Frank Reinecke

Raumschiff Genderpreis I

Planet der Kuscheltiere

Roman

*Bibliografische Information der Deutschen National-
bibliothek:*
*Die Deutsche Nationalbibliothek verzeichnet diese
Publikation in der Deutschen Nationalbibliografie; de-
taillierte bibliografische Daten sind im Internet über
http://dnb.dnb.de abrufbar.*

© *2014 Frank Reinecke*

Illustrationen: Frank Reinecke

*Herstellung und Verlag: BoD – Books on Demand,
Norderstedt*

ISBN: 9783756240395

Sämtliche Personen, Orte, Organisationen und Handlungen, die in diesem Buch vorkommen, entspringen einer schrägen Phantasie und sind völlig frei erfunden. Ähnlichkeiten mit existierenden Personen, Orten, Organisationen oder Handlungen sind rein zufällig.

Dasselbe gilt auch für die meisten der physikalischen Gesetze, die in diesem Buch Erwähnung finden.

Es war eine ganz schön heftige Quantenfluktuation, die vor etwa vierzehn Milliarden Jahren über das völlig leere Nichts hereinbrach. Und mit ‚Nichts' ist hier wirklich nichts gemeint, denn zuvor hatte es nicht mal einen Raum, geschweige denn eine Zeit gegeben. Doch jetzt, mit einem Paukenschlag, betraten beide Akteure die Bühne – oder besser gesagt, sie bildeten diese, indem sie sich untrennbar ineinander verhedderten und verknoteten.

Nicht, dass es davor keine Versuche gegeben hätte, ein Universum oder ähnliches ins Leben zu rufen, oh nein. Ansätze gab es genug, doch ging dies alles kläglich in die Hose. Zu wenig Energie, zu viele Dimensionen, falsche physikalische Gesetze, keine Inflation, diese Dinger sind immer wieder ziemlich schnell nach ihrer Entstehung kollabiert und im Orkus der Geschichte verschwunden.

Doch dieses Universum hier war anders. Es war stabil. Diese Stabilität wurde von außen hereingetragen, von Paralleldimensionen flankiert, die auch die Initialzündung für die große Fluktuation geliefert hatten, doch das liegt außerhalb unseres Horizonts. Bleiben wir in diesem Universum, hier gibt es mehr als genug zu sehen.

Milliarden von Galaxien zum Beispiel.

Und Leben.

Leben ist in unserer Galaxis – der Milchstraße – nicht ungewöhnlich. Es hat sich an vielen Orten unabhängig voneinander entwickelt und zeigt daher eine große Bandbreite an Erscheinungsformen. Die dominierende Spezies aber sind die Wesen von Terra III, die sich selbst Menschen nennen. Diese Kreaturen werden von den meisten anderen Lebensformen in der Galaxis als ziemlich hibbelig und nervös angesehen. Mit Recht. Ständig ändern und verbessern sie alles Mögliche, auch wenn es gerade rund läuft. Es kann einfach nicht sein, dass man mal den Tag faulenzt und die geänderten Verbesserungen und verbesserten Änderungen genießt, nein, man könnte ja schon wieder etwas getan haben in der Zeit. Bloß nichts verpassen, nie stillstehen. Und die anderen müssen da auch mitmachen, diese faulen Säcke. Ist ja für einen guten Zweck, also los, bewegt euch endlich!

Schrecklich. Außerdem gründen sie gerne überall da, wo sie sich niederlassen (und das ist fast überall), Vereine und Organisationen. Kein Tag vergeht ohne Neugründung, und wenn es sich nur um einen Verwaltungsrat für die Einhaltung des maximalen Lärmpegels in der Fußgängerzone ab Mitternacht handelt.

Das Leben entstand auf Terra III vor ca. 3,5 Milliarden Jahren in Form kleinster Mikroben und hat sich seitdem kontinuierlich weiterentwickelt und verbessert, wenn man denn den größeren und komplexeren Lebensformen Glauben schenkt. Die Mikroben selber sind da ganz anderer Ansicht, denn immerhin sind sie die ältesten Wesen, stellen knapp siebzig Prozent der Biomasse von Terra III und bilden die Lebensgrundlage für den ganzen Rest. Doch wer hört schon auf Kleinstlebewesen, die man nur unterm Mikroskop sehen kann?

Wenden wir uns lieber den Menschen zu. Die Geschichte dieser bemerkenswerten Spezies war über lange Strecken von Kriegen und Auseinandersetzungen gekennzeichnet. Meistens ging es dabei um Differenzen von imaginären Freunden im Himmel, die vorgaben, innerhalb einer lächerlich geringen Zeit das ganze Weltall inklusive Lebewesen nur für den Zweck erschaffen zu haben, von eben diesen Wesen möglichst oft angebetet zu werden. Andernfalls wären diese Alleskönner so traurig, dass sie ihre Schöpfung ins ewige Feuer der sogenannten ‚Hölle' schmissen. Diese ‚Götter', wie sie sich selber nannten, sprachen seltsamerweise auch nie direkt zu den Menschen, sondern nur zu auserwählten Außenseitern, die in abgelegenen Höhlen zu viel getrockneten Kamelmist geraucht hatten und dennoch die Worte ihrer Gottheiten eins zu eins wiedergeben konnten – so jedenfalls die Eigendarstellung dieser Propheten.

Es hatte lange gedauert, bis die Menschen diese Phase einigermaßen überwunden hatten und sich produktiveren Dingen zuwenden konnten - wie der Gründung von Vereinen und Organisationen beispielsweise. Eines dieser Dinge war die systematische Erforschung der Galaxis und die damit verbundene Entdeckung extraterrestrischen Lebens.

Mit diesem einschneidenden Ereignis wurde auf Terra III – wo sonst? - die Föderation der zivilisierten Planeten der Milchstraße (FZPM) gegründet, die bis heute Bestand hat.

Diese Föderation hatte es sich zur Aufgabe gemacht, die Galaxis zu erkunden und nach anderen Lebensformen beziehungsweise bewohnbaren Planeten zu suchen, die sich zur Besiedlung eigneten. Es wurden im Lauf der Zeit viele Missionen zum Abschluss gebracht, zwei davon unter Leitung des damals jungen Käptens Roderich Grubinger, was jetzt auch schon knappe fünfzehn Jahre her ist.

Eine dritte Expedition unter Leitung dieser Ikone der Raumpioniere ist gerade in Planung. Man hatte den alten Haudegen nicht nur aufgrund seiner guten Reputation ausgewählt, sondern auch, weil die anderen Bewerber um diese Position entweder zu hohe Gehaltsvorstellungen gehabt haben oder bereits für andere Einsätze verplant gewesen sind. Herr Grubinger hingegen war froh, nochmal ein Angebot bekommen zu haben und den Schreibtisch verlassen zu können, hinter den er wegen ein paar Unregelmäßigkeiten bei seinen Spesenabrechnungen verbannt worden war.

Eine solche Mission ist kein Kinderspiel! Man begegnet vielen gefährlichen Wesen, die einem ans Leder wollen und denen gegenüber man sich behaupten muss. Man gelangt an äußerst dubiose Orte und muss oft Glück haben, um überhaupt etwas Essbares zu bekommen beziehungsweise um am Leben zu bleiben. Und richtig gefährlich wird es erst, wenn man von Bord gehen muss, etwa um fremde Planeten zu erkunden oder um Vereine und Organisationen auf neuen oder bekannten Welten zu gründen. Doch gerade das macht den Reiz einer solchen Expedition aus: Neues entdecken, an seine eigenen Grenzen stoßen und diese erweitern.

Und dafür steht die dritte Genderpreis-Mission. Sie erfüllt nicht nur diese Erwartungen, sondern gibt obendrein noch eine Vorgabe, eine neue Spielregel hinzu: Neuerdings muss man dabei diversitäts- und gleichstellungskonform vorgehen, auch wenn es nicht immer einfach sein wird. Aber immerhin repräsentiert man die Föderation der Galaxis und die hat nun mal diese Spielregeln aufgestellt.

Von dieser Mission sowie deren Schwierigkeiten handelt das vorliegende Buch.

Teil 1

Vorgeplänkel

Angriff der Quotenkrieger

Die Geheimwaffe der Föderation

Zombie-Apokalypse auf Jura IV

Vorgeplänkel

Seit den frühen Morgenstunden schon belauerten die drei verwegenen Gestalten das große Raumschiff. Sie hatten sich von Süden kommend an ihr Ziel herangepirscht, die Sensoren, welche die Umgebung nach Bewegungen abscannten, erfolgreich überwunden und konnten so in die unmittelbare Nähe des großen Schiffs gelangen, wo sie hochprofessionell mit der Umgebung verschmolzen, unsichtbar für das normale Auge. Jetzt musste es ihnen nur noch gelingen, irgendwie ins Innere zu gelangen, dort die Wachmannschaft zu überwinden und dann den Professor zu entführen, was das Ziel ihres Überfalls war. Danach würden sie noch den Antrieb lahmlegen, um eine Verfolgung unmöglich zu machen, und die Mission wäre erfüllt. Ja, sie waren die Bösen und fühlten sich unheimlich gut dabei!

Die Drei, das waren die Soldaten Möller und Kareninoff sowie der Zivilist Jarulin Voof, Angehörige eines verwegenen Haufens moldenischer Briganten. Sie hockten sich in ihrer Deckung ab. Einer der beiden

großen und kräftigen Söldner flüsterte: „Möller und ich schleichen weiter an die Wartungsluke, Sie bleiben hier und lenken auf unser Zeichen die Wachen ab." - „Jawohl, Sir!" bestätigte der Angeflüsterte, der von seinem äußeren Erscheinungsbild gar nicht zu den beiden durchtrainierten Muskelbergen passte.
Die beiden Riesen robbten sich, langsam von Deckung zu Deckung gleitend, weiter auf die Stelle des Schiffs zu, an der man die Umrisse einer Tür erkennen konnte. Diese kurze Zeitspanne gab ihrem kleineren Kameraden Jarulin, der in der Deckung geblieben war, die Gelegenheit, dieses Meisterwerk der Technik, das Raumschiff Genderpreis, nochmals von außen zu bewundern.

Keine dreißig Meter entfernt von ihm schlummerte es friedlich und erhaben, nichts von der drohenden Gefahr ahnend. Es war das modernste, schnellste und neiderweckendste Schiff, das bis dato jemals von Menschen oder anderen Wesen der Milchstraße erschaffen worden war. Für eine lange Mission in die entlegensten Winkel der Galaxis konzipiert bot es alles, was der Zubehörkatalog hergab. Nicht nur Platz für hundertzwanzig Besatzungsmitglieder, darunter einige der angesehensten Forscher dieser Zeit sowie deren technische Ausrüstung und Laboreinrichtungen, nein, auch für das Wohlergehen eben dieser Leute war bestens gesorgt.
Großzügige Kabinen, ein 4-Sterne-Koch, ein Fitnesspark und diverse Annehmlichkeiten sollten vergessen machen, dass man sich in den öden, schroffen Weiten des Weltraums befand und nicht auf einem urbanisierten Planeten mit allen erdenklichen Vorzügen einer fortschrittlichen Zivilisation.
Sogar ein Kindergarten nebst Zwergschule befand sich an Bord, da mindestens eine Mutter mit Kind anwesend

sein musste, um zu beweisen, dass die Föderation der zivilisierten Planeten der Milchstraße etwas für die Vereinbarkeit von Beruf und Familie machte.

Und - sind wir mal ganz ehrlich: So eine Expedition ist eine langwierige Angelegenheit, draußen im All ist es dunkel und kalt und für echte Abwechslung wird nur selten gesorgt. Was passiert denn auf der Erde in langen, kalten Nächten, wenn vielleicht noch der Strom ausfällt und kein Fernseher läuft, unter solchen Umständen? Richtig.

Es herrschen ideale Bedingungen, mit einer weitaus größeren und jüngeren Besatzung als beim Abflug heimzukehren.

Von außen ähnelte das Schiff einem gleißend-weißen Diskus, durch dessen Mitte irgendein Spaßvogel eine dicke Zigarre geschossen hatte. Im diesem länglichen Teil befand sich der Antrieb, der das Schiff mühelos bis zu den entferntesten und rätselhaftesten Orten der Galaxis katapultieren konnte. Zudem war hier der größte Teil des nicht unerheblichen Waffenarsenals untergebracht, da einerseits doch ein paar bekannte Völkchen immer wieder zu Aggressionen neigten und es andererseits einfach beruhigend war, neue Welten zu entdecken und zu wissen, noch ein paar Trümpfe in der Hinterhand zu haben.

Auf die obere Seite der Außenhülle waren die Fahnen aller teilnehmenden Zivilisationen sowie die der Föderation der Galaxis gemalt. Direkt darunter hatte man in großen Lettern den Namen des technischen Wunderwerks geschrieben: Raumschiff Genderpreis.

Eigentlich sollte es nach seinen beiden Vorgängern ‚Enterprise' getauft werden, aber da die Föderation, welche die Schirmherrschaft über die Missionen innehatte, neuerdings eng mit dem Verein für Gleichstellung und Unterschiedlichkeit (VGU) zusammenarbeitete, wurde neben der Erforschung neuer Planeten und Zivilisationen auch die Verbreitung der auf Terra III so erfolgreich installierten Diversitäts- und Gleichstellungspolitik als zweites Expeditionsziel aufgenommen, was zu guter Letzt Ausdruck im Namen des Schiffs fand.

Direkt um den Schiffsnamen und die Flaggen befanden sich die Logos der Sponsoren, denn so eine Mission ist elendig teuer und die Föderation hätte die Kosten niemals alleine schultern können. Fünfundzwanzig Firmen waren es, die einige Milliarden nur für den Zweck zusammengebracht hatten, ihren Namen auf dem Schiffsrumpf unterbringen zu können und so mit der Genderpreis auf entlegenen Welten Reklame zu machen.

Eine Minute später hatten seine beiden Kameraden eine gute Position in der Nähe der kleinen Tür gefunden und gingen dort in Deckung. Kareninoff fuchtelte mit seiner rechten Hand in der Luft herum, was Jarulin als das verabredete Zeichen deutete. Seine Aufgabe war es jetzt, die Aufmerksamkeit der Angegriffenen auf sich zu ziehen.

Er nahm eine Patrone aus seinem Gurt und ließ sie über den Boden kullern, so als ob sie ihm versehentlich aus der Hand gerutscht wäre. Das genügte schon, um von den Wächtern bemerkt zu werden, denn kurze Zeit später öffnete sich, wie erhofft, die kleine Wartungsluke und ein Schrank von einem Soldat trat hinaus. Er sah sich um, ging langsam die kleine Treppe hinunter und kam, immer wieder um sich herumblickend, direkt auf ihn zu!

Jarulin war jetzt voll angespannt. Seine Knie schmerzten vom langen Hocken, die Luft war unangenehm stickig und er hatte von dem ganzen Herumkauern einen steifen Nacken bekommen. Kurz, er konnte es kaum erwarten, endlich Feierabend zu haben.

Roderich Grubinger stand, wie jeden Mittwoch, auf der Brücke seines Schiffs und versuchte, so gut es ging, wieder in die Rolle eines souveränen Käptens zu kommen, der mit seiner bloßen Autorität und seinem Charisma die Leute so befehligt, dass sie genau das Richtige tun. Doch offenbar hatte seine Ausstrahlung in der langen Zeit, die er im Verwaltungsapparat der Föderation zugebracht hatte, Rost angesetzt. Weder wurde er, wie noch vor fünfzehn Jahren, bewundernd angeschaut, noch gingen die Leute, die er kommandierte, mit dem freudigen Ausdruck im Gesicht, einen Befehl von der lebenden Legende Grubinger erhalten zu haben, an dessen sofortige Ausführung.
Doch das war im Moment nicht seine einzige Sorge, denn gerade wurden sie von einem Trupp Soldaten angegriffen und mussten sich verteidigen! Baxter hatte es mit seinen Adleraugen bemerkt. Eine Patronenhülse, die ein offenbar ungeschickter Angreifer hatte fallenlassen, war in sein Sichtfeld gerollt. Jetzt waren sie in einer heiklen Lage.
Ihr Auftrag war es gewesen, den Professor nach Beteigeuze zu bringen, doch unterwegs wurden sie von einem Schwarm moldenischer Briganten angegriffen und mussten auf einem unbekannten Planeten notlanden. An Flucht war nicht zu denken, da ihre Triebwerke bei dem Angriff beschädigt worden waren und sie nur mit viel Glück und Geschick hatten landen können. Und obendrein mussten sie jetzt den Angriff, der

wahrscheinlich unmittelbar bevorstand, abwehren und sich die Gegner einen Tag lang auf Abstand halten, denn dann würde die Verstärkung eintreffen, die sie wenigstens noch über ihre Lage haben informieren können.

„Sergeant Baxter, checken Sie die Lage vor Ort, aber vorsichtig, wir können uns keinen Fehler mehr leisten!" wandte er sich an den riesigen Soldaten, der neben ihm auf der Brücke stand.

Sie hatten noch zwei weitere Kämpfer dieser Machart an Bord, wahre Könner auf ihrem Gebiet. Nicht unbedingt als Gesellschafter oder Repräsentanten geeignet, doch wenn mal was in die Hose ging und mit brutaler Gewalt wieder gerade gebogen werden musste, war es gut, solche Leute mit an Bord zu haben.

„Jawoll, Käptn!" lautete die schneidige Antwort. Baxter war voll in seinem Element. Er entsicherte sein Gewehr, öffnete eine Nebenluke und schlich nach draußen, in Richtung der Stelle, wo er die Bewegung lokalisiert hatte, um eine Gegenoffensive zu starten.

Jarulins Nerven waren jetzt bis zur Unerträglichkeit angespannt. Was, wenn die beiden Kameraden den Soldaten, der direkt auf ihn zukam, nicht überwältigen konnten? Er nahm zur Sicherheit sein Gewehr fest in beide Hände, bereit, sich bis zum bitteren Ende zur Wehr zu setzen.

Und als wäre diese Anspannung nicht schon genug, bemerkte er auf einmal mit einem großen Schrecken einen fremden Schatten, dessen Werfer direkt hinter ihm stehen musste. Jemand hatte sich unbemerkt an ihn herangeschlichen! Waren jetzt etwa sie, die hier einen Hinterhalt stellen wollten, selber in einen geraten? Er hatte doch, außer dem einen Soldaten, niemanden das Schiff verlassen sehen!

Ängstlich drehte er sich um und zuckte zusammen, denn er blickte dem Wesen, das sich unbemerkt angenähert hatte, direkt in die Augen. Die knapp 1,80 Meter große Kreatur steckte in einem dunkelblauen Overall und schwarzen Sicherheitsschuhen, auf dem Kopf trug sie einen gelben Helm. Anstelle eines Gesichts war nur ein wildes Gestrüpp aus schwarz-grauen Haaren zu erkennen, aus dem an der Stelle, wo man den Mund vermuten würde, nur ein dampfender Zigarrenstummel ragte, der sich rhythmisch auf und ab bewegte, als das Wesen nuschelnd zu sprechen begann:

„Entschuldigen Sie die Unterbrechung, Meister, aber ich muss da mal eben ran!" sagte der Monteur mit einem unverhohlenen, leicht spöttischen Grinsen und entnahm aus der großen Kiste, hinter der sich Jarulin die ganze Zeit versteckt hatte, zwei schwere, grundierte Metallstreben. Dieser grinste den Arbeiter gequält an und meinte: "Ja, natürlich, bitte bedienen Sie sich!"

Schon wieder ist die Luft draußen, dachte Jarulin und fühlte sich der Lächerlichkeit preisgegeben, was nicht nur daran lag, dass sie sich in Wirklichkeit nicht auf einem fernen Planeten befanden, sondern nur in einer halbfertigen Halle des Raumhafens Berlin-Brandenburg und so taten, als seien sie ein feindlicher Trupp Briganten, der jetzt ihr künftiges Raumschiff angriff. Es waren viel mehr die erstaunten und erheiterten Blicke der Arbeiter, die sich zumeist ebenfalls in der Halle aufhielten, um den Innenausbau fertigzustellen, die jegliche Atmosphäre oder Spannung immer wieder im Keim erstickten.

Solche Spielchen führten sie jeden Mittwoch durch. Letzte Woche war es ein simulierter Rettungseinsatz, davor der Ausfall des Bordcomputers und nächste Woche stand eine Asteroidenkollision auf dem Programm. All dies gab ihm das Gefühl, nicht standesgemäß wie der Erste Offizier, sondern wie ein armseliger Pausenclown behandelt zu werden. Aber egal, weiter im Programm.

Möller und Kareninoff hatten sich unterdessen hinterrücks an Baxter herangeschlichen und diesen überwältigt. Er leistete zwar erbitterte Gegenwehr, aber gegen seine beiden Kameraden hatte er keine Chance. Kurze Zeit später schlich sich Kareninoff ins Schiff, während Möller den Gefangenen in Schach hielt.
Jetzt war es für Jarulin an der Zeit, langsam aus seinem Versteck hinter der Kiste zu kommen, seine halbsteifen Knie zu lockern und ebenfalls an Bord zu gehen.
Mit seinen rabenschwarzen, glatten Haaren und einem leicht grünlichen Teint war Jarulin nicht unbedingt ein Schönling, was aber auch in Ordnung war, denn das hätte sich überhaupt nicht mit seinem recht trockenen Charakter vertragen. Jarulin war ein Bregander und somit fast humanoid, lediglich mit ziemlich großen und spitzen Ohren ausgestattet.
Doch dieser eine Körper, der hier gerade ein Schiff miteroberte, war nur die eine Hälfte von Jarulin.

Es ist normal, wenn ein Schizophrener zwei Seelen in einem Körper vereint, bei den Bregandern hingegen ist das manchmal genau umgekehrt: Sie sind nämlich die einzigen bekannten Wesen, bei denen ein Individuum auch in mehreren Körpern auf einmal existieren kann. Wie bei uns kommen manche Personen als Zwillings-

und Drillingsgeburten auf die Welt. Doch diese zwei beziehungsweise drei Körper sind bei den Bregandern keineswegs Individuen, sie haben vielmehr nur einen Geist, der für die ganzen Körper zuständig ist. Und Jarulin ist ein bregander'scher Zwilling, dessen Zweitkörper auf Bregander III lebt, um dort als Vertriebsassistent für elektronische Werbesysteme zu arbeiten.

Stellen Sie sich doch einfach mal vor, Sie hätten zwei Körper: Es muss doch unheimlich schwierig sein, im gleichen Moment mit einem Körper Kaffee zu trinken und mit dem anderen Lichtjahre entfernt auf einem fremden Planeten ein Raumschiff zu erobern, ohne den Kaffee des anderen zu verschütten, doch die mehrkörperigen Bregander bekommen das meistens gut gebacken. Das Ganze funktioniert sogar instantan, also ohne Zeitverzögerung, da die Gehirne miteinander verschränkt sind.

An Bord der Genderpreis hatte Roderich, der Käptn, mittlerweile in seinem Chefsessel auf der Kommandobrücke Platz genommen und bekam von der Attacke rein gar nichts mit, da die Sensoren, welche die nähere Umgebung scannen sollten, ausgeschaltet waren, was wieder mal eindeutig auf einen Fehler der neuen Crew zurückging. Jaja, die neue Crew …

… sie gab ihm das Gefühl, ein wandelnder Anachronismus zu sein - was er eigentlich auch war. Wohl am richtigen Ort, hatte er es aber versäumt, sich schnell genug den neuen Zeiten anzupassen. Oh, tut mir leid, Herr Grubinger, Sie sind hier zwar richtig, aber fünfzehn Jahre zu spät!

Und in der Tat: Er war nicht ganz auf der Höhe seiner Zeit. Denn Roderich sah sich trotz seiner sechsundvierzig Lenze immer noch als der junge, dynamische

Abenteurer von Anfang zwanzig, der mit seinen drei Kumpels für Aufruhr im Raum gesorgt hatte. Dabei zeigten sich bereits erste Anzeichen von Verschleiß im Spiegel. Die dunkelblonden Haare wurden da, wo sie noch wuchsen, ziemlich schütter - die Stirn hatte sich doch um einiges vergrößert. Zum Ausgleich hatte er sich längere Koteletten wachsen lassen, die ihm ein wenig das Aussehen eines in die Jahre gekommenen Rockabillysängers gaben. Und die Uniform musste zwei Nummern größer bestellt werden als bei den ersten Missionen - freilich nur, wenn er das Kneifen unter den Achseln und im Bauchbereich akzeptierte, sonst waren es drei.

Das lag unter anderem an der guten Ernährung, die seine Frau zubereitete und daran, dass er seit Ende der Enterprise II-Mission sportliche Aktivitäten stark zurückgefahren hatte. Aber das war alles noch im Bereich des Normalen. Immerhin war er seit einundzwanzig Jahren verheiratet und seit knapp fünfzehn Jahren vierfacher Vater, was ja auch seine Spuren hinterlässt. Auch an Raumhelden nagt die Zeit, vor allen Dingen, wenn sie seit Jahren nur noch im Innendienst der Föderation zum Einsatz gekommen sind. Ganz zu schweigen von den Geschäftsessen.

Doch zurück zur Crew:
Eigentlich sollte sie aus den erfahrenen Leuten der erfolgreichen Vorgängermission Enterprise II bestehen, doch aufgrund von diversitätspolitischen Anforderungen war es zu größeren Umstellungen gekommen.
Die Föderation arbeitete seit einiger Zeit eng mit dem Verein für Gleichstellung und Unterschiedlichkeit (VGU) zusammen. Dieser hatte sich die Aufgabe gestellt, alle Wesen in der Galaxis dort gleich zu

behandeln, wo sie verschieden waren und dort verschieden zu behandeln, wo sie gleich waren. Das große Endziel war, alle Gleichheiten zu beseitigen und alle Verschiedenartigkeiten anzugleichen.

Und da dieser Verein einer der Hauptgeldgeber der Forschungsmission war, musste die Mannschaft nicht wie bisher nur durch Qualifikation, sondern auch durch ein kompliziertes Diversitätspunktesystem zusammengestellt werden.

Stützen des Erfolgs der früheren Missionen, die ebenfalls unter seiner Leitung gestanden hatten, waren seine alten Jugendkumpels von Wega III gewesen: Sathington Durbrick mit seinem genialen Händchen fürs Maschinelle, Jarulin Voof, der nüchterne Nerd, den wir schon kennen gelernt haben und Ludovic Vaillard, Mediziner. Bis auf Jarulin waren die drei Erdlinge, deren Eltern nach Wega ausgewandert waren.

Zusammen hatten sie schon vor ihren Forschungsmissionen auf Wega III einige kleinere Abenteuer bestanden und funktionierten als Team wie eine perfekte Maschine. Roderich konnte mit seinem Charisma und seinen verwegenen Ideen die Impulse setzen, Jarulin sorgte im Hintergrund für die nötige Bodenhaftung, Sathington übernahm das Tuning und die Reparatur der Sportraumer und Ludovic flickte sie wieder zusammen, wenn mal wieder was danebenging. Ja, das waren noch Zeiten!

Sie hörten Musik vom fünften Revival des dritten Rockabilly-Revivals von Terra III, ‚Rebels Rule‘ war zum sechsten Mal innerhalb der letzten zwölfhundert Jahre unter den Top Ten. Derartig beschallt flogen sie in der Stratosphäre um die Wette. Sie erledigten einige kleinere Geschäfte, von denen Föderation und Historie besser nichts erfahren, zumal diese bereits lange verjährt sind, und begannen ihre erfolgreiche Karriere als Team bei der galaktischen Föderation. Wie gerne wäre Roderich jetzt wieder mit den Dreien an seiner Seite auf Erkundungstour gegangen; vier erfahrene Astronauten, die der neuen Ordnung und den neuen Werten zeigten, wo der Hammer hing und die auf die gute, alte Art und Weise alle Probleme lösten. Daher war es umso trauriger, dass zwei der alten Kumpels von Bord mussten.

Sathingtons Alkoholproblem wurde zu einer immer größeren Belastung. Zu oft verstand der erste Maschinenoffizier unter „beamen" die Einnahme eines fast gleichnamigen amerikanischen Whiskeys von Terra III. Und seitdem Ludovic der Doktortitel aberkannt worden war (auch waren seine Abrechnungen Gegenstand mehrerer Untersuchungen), blieb nur noch der erste Offizier Jarulin Voof vom engsten Kreis übrig.

Nachfolger von Dr. Vaillard wurde ein gewisser MbembaMbemba, ein Afrikaner, der nur mit Bambusrock und Kopfschmuck bekleidet letzten Monat Quartier im Sanitätsbereich bezogen hatte. Aufgrund der hohen Diversitätspunktrate sowie seinen geringen Gehaltsvorstellungen konnte er sich gegen die anderen Mitbewerber durchsetzen. Als Erstes ließ er die medizinischen Geräte auf den Speicher räumen und packte stattdessen ein paar abgewetzte Voodoopuppen, Schrumpfköpfe und verschiedene, geheimnisvoll stinkende Tinkturen aus. Roderich nahm sich fest vor, während der gesamten Reisezeit keinen Unfall zu bauen oder krank zu werden.

Auch die restlichen Mitarbeiter hatten die vorgeschriebene Diversitätsquote genauestens zu erfüllen. Leider hatte diese Quote absoluten Vorrang, so dass bei der Qualifikation größere Abstriche gemacht werden

mussten. So war der Navigator, ein gewisser Herr Al-Djaffadth, kaum der deutschen Sprache mächtig, brachte aber als Angehöriger der Sekte der Akabaranier wertvolle Diversitätspunkte mit. Roderich ließ ihn aufgrund der sprachlichen Barriere meist links liegen und übertrug anstehende Aufgaben dessen Assistenten – was aber auch mit Vorsicht zu genießen war.
Denn der neue Navigationsassistent war der klägliche Versuch der Föderation, einen Außerirdischen der Quote wegen in eine Führungsposition zu pressen. Nichts gegen Abrenkulaner, doch leider waren sie auf einer Kommandobrücke ziemlich unbrauchbar.

Die Abrenkulaner sind eine friedliche Spezies und leben im Sektor 7, Abschnitt IIa. Für einen Erdling sehen sie wie ein viel zu groß geratener, zurückhaltender Säugetierkäfer aus. Sie verfügen über zwei Knopfaugen, ein Paar Fühler, mit denen sie hören und riechen, vier dünne Arme und zwei stämmige, kurze Beine. Ihr Körper ist mit einem schönen, bläulich-grünen Fell bedeckt. Abrenkulaner ernähren sich von den Sprossen heimischer Bäume, haben gerne ihre Ruhe und gehen Ärger aus dem Weg.
Da sie als Pflanzenfresser ein wenig träge und behäbig sind, ist die Kommandobrücke eines hochmodernen Raumers nicht unbedingt ein guter Arbeitsplatz für diese Sorte von Wesen, doch eine Spezies aus dem Sektor 7 musste laut Vorschrift in einer führenden Position angestellt werden und die anderen Arten, die zur Wahl standen, hätten für noch größere Emotionen gesorgt.
Zu ihrem Phlegma gesellen sich weitere Nachteile. Abgesehen davon, dass sie vier Meter groß sind und daher das halbe Schiff inkl. Toiletten komplett umgebaut werden musste, sondern sie in Stresssituationen ein eklig

riechendes Sekret ab und fallen in eine Trance, die ungefähr zwei Stunden anhält. Das ist dem Umstand geschuldet, dass sie auf ihrem Planeten, bevor sie ihre Intelligenz ausspielen konnten, Beutetiere gewesen sind, die sich nicht durch Wegrennen oder Kämpfen haben zur Wehr setzen können.

Und eben dieser Quogag, der die Schaltelemente mit seinen dünnen Ärmchen nicht richtig hat bedienen können, war für das Desaster mit den Sensoren verantwortlich. Roderich wandte sich verzweifelt an Elektra Orlando, seine Kommunikationsoffizierin: „Lt. Orlando, scannen Sie die Umgebung genaustens ab. Ich hab' da so ein Gefühl, dass wir gleich Besuch bekommen werden!"

Er freute sich eigentlich, dass die begabte Funkerin von den Vorgängermissionen wieder gewonnen werden konnte, denn sie war zusammen mit dem alten Navigator eine zuverlässige Stütze in heiklen Situationen gewesen. Elektra war ein paar Jahre jünger als er und stammte von der Erde, genauer gesagt aus New Orleans, was man ihr auch anhörte und worauf sie unheimlich stolz war. Sie war so braun wie der Schlamm, der jedes Jahr den Mississippi hinuntergespült wird und trug ihre Rastalocken in einem zusammengeflochtenen Zopf. Doch sie konnte auch leicht energisch werden, wenn ihr etwas gegen den Strich ging, was der gute Roddi das ein- oder andere Mal hatte erfahren müssen.

Und auch jetzt schien sich eine solche Situation anzubahnen, denn mittlerweile war sie Mutter geworden. Erst mal schön für sie, doch als moderne Frau musste sie, von Föderation und VGU unterstützt, unbedingt versuchen, Familie und Beruf unter einen Hut zu bringen. Daher kam der kleine Shaqueville-Boomsheeka, so der Name des Stammhalters, zu jedem Übungseinsatz mit aufs Schiff.

Der alte Navigator übrigens war der Vater von Shaque-a-Boom, so der Kosename des Juniors, und hatte sich leider kurz nach dessen Geburt von seiner Mutter getrennt. Aufgrund der persönlichen Spannungen sowie nicht beglichener monatlicher Zahlungen für den Junior konnte er nicht mehr für die Folgemission gewonnen werden.

Im Moment schrie das kleine Balg unaufhörlich, weil sein rotes Feuerwehrauto unter das Navigationspult gerollt war. Elektra war gerade dabei, es mit Hilfe einer abgebrochenen Antenne wieder herauszuholen, und hielt sich daher ganz knapp: „Dann müssen die Angreifer mal einen Moment warten, ich kann mich schließlich nicht zerreißen! Wer hat denn diese Brücke auch so komisch konstruiert, dass da alles Mögliche runterkullern kann?"

Dieser kurze Moment Konfusion wurde von Sergeant Kareninoff erbarmungslos ausgenutzt, der vor der Tür stehend auf eine solche Gelegenheit gewartet hatte. Mit einem Hechtsprung gelangte er auf die Brücke und brüllte, dass alle die Hände hochnehmen sollten und er sie bei der kleinsten Bewegung über den Haufen schießen würde.

Damit hatte er es geschafft: Quogag schaute sich panisch um, gab einen stöhnenden Laut zu hören und verfiel in seine Schockstarre. Ein übler Geruch nach ranzigem Fisch in Buttersäure ging von ihm aus und etwas Schleim, den er reflexartig absonderte, tropfte auf den Boden.

Jetzt kam auch Jarulin langsam auf die Brücke geschlichen, um die Eingeschüchterten in Schach zu halten.

Kareninoff würde sich an Punkt zwei der Mission begeben, nämlich die Zerstörung des Antriebs, damit sie gefahrlos flüchten konnten.

Dazu musste er in den Maschinenraum, was für den Soldaten aber kein Problem darstellte. Lautlos und fast unsichtbar schaffte er den Weg in unter einer Minute. Dort traf er, wie wir wissen, nicht auf Sathington Durbrick, sondern auf den Praktikanten Kevin-Jeanette Müller-Brandenstett, der anstelle des alten Haudegens angeheuert worden war. Mehr als ein Praktikant war aufgrund einiger schwarzer Löcher in der Föderationskasse nicht mehr drin gewesen.
Dieser Kevin-Jeanette war ein schlanker, mittelgroßer Kerl, dessen straßenköterblonde Haare ziemlich ungepflegt in der Gegend herumhingen und dessen Gesichtsausdruck nicht unbedingt von einer Überdosis an Motivation geprägt war, was in Anbetracht seines jugendlichen Alters aber noch durchging. Immerhin, könnte man euphemistisch sagen, hier ist noch viel Entwicklungspotential und genau dafür sind Praktikanten ja da: Um sich zu entwickeln, zu lernen und den Job für ein Viertel des üblichen Salärs zu erledigen.
Bedenken, dass ein Praktikant diese wichtige Tätigkeit ausüben sollte, hatte niemand, denn die Genderpreis lief rundweg vollautomatisch. Sollte mal etwas kaputtgehen, würde der Bordcomputer den Schaden benennen und gleichzeitig sagen, was zu tun ist. Der Praktikant musste dann nur noch das defekte Teil unter Aufsicht des Zentralrechners austauschen.
Es fiel Kareninoff leicht, Kevin-Jeanette zu überwältigen und eine Bombenattrappe geschickt zu platzieren, die kurz darauf durch lautes Summen bekanntgab, dass der Antrieb des Schiffs jetzt in Trümmern lag.

Zum Schluss noch Punkt drei: Keine fünfzig Meter entfernt fand er die Kabine von Prof. Dr. Dr. Glrbrdryk. Dieser war eines der ganz wenigen rotationssymmetrischen und gleichzeitig hochintelligenten Wesen, die es in unserer Galaxis gab: ein Zwengenbrink. Das waren seesternartige Geschöpfe, die normalerweise unter Wasser lebten und einen Durchmesser von bis zu 1,8 Metern erreichen konnten. An Bord der Genderpreis war ein schönes Zimmer mit einem großen Aquarium für ihn fertiggestellt worden. Prof. Dr. Dr. Glrbrdryk war eine Kapazität auf dem Gebiet der Plattentektonik und Planetengeologie und als Forscher sowie Diversitätspunktlieferant unentbehrlich.

Und genau diesem stattete der wackere Sergeant einen ungebetenen Besuch ab. Besser gesagt, er hätte ihn ungebeten besucht, wenn der Professor denn an Bord gewesen wäre. Da er aber als Gastwissenschaftler nicht zur Stammbesatzung gehörte, musste er die ganzen Übungen nicht mitmachen und konnte auf seinem Heimatplaneten solange weiterforschen, bis die Genderpreis zu ihrer Mission aufbrechen würde.
Daher begnügte Kareninoff sich damit, per Funk "Ziel erreicht, Mission erfüllt!" durchzugeben und sein Gewehr zu sichern. Damit war die Übung beendet.
„So ein Mist!" dachte sich Roderich. „Schon wieder verloren. Na, wenigstens ist der Tag gelaufen." Er stand auf, um die Mannschaft zusammenzutrommeln, damit sie gemeinsam von Bord gehen konnten. Nein, nicht alle, es würde noch knapp zwei Stunden dauern, bis Quogag wieder aus seiner Starre aufwachen würde.

Feierabend. Endlich. Sie verabschiedeten sich beim Hinausgehen von den Monteuren, die gerade ein paar

Zwischenwände und Lüftungsschächte in der Halle anbrachten beziehungsweise Wasserrohre auf Länge schnitten. Der bärtige Monteur von vorhin war gerade dabei, unter heftigem Blitzen die beiden Metallstreben an einen großen Träger zu schweißen und erfüllte dabei die umgebende Luft mit einem Geruch nach verbrannter Farbe.

Morgen würden sie, zusammen mit einigen Experten von der Föderation, den Übungseinsatz analysieren, Schwachstellen ausfindig machen und ausbessern. Es war immer wieder derselbe Trott. Seit Monaten warteten sie darauf, bald den Zweck erfüllen zu können, für den sie so intensiv übten. Dieser bestand darin, die Weiten des Weltalls zu erkunden, den Kontakt mit vorhandenen, bewohnten Welten aufzunehmen und je nach Bedarf verschiedene Missionen zu erfüllen, von denen sich noch niemand auch nur eine kühne Vorstellung machen konnte.

Doch das konnte noch dauern ...

Eigentlich sollten sie bereits seit einem halben Jahr unterwegs sein. Doch einige Verzögerungen beim Bau des Raumhafens Berlin-Brandenburg, dem Ort, an dem die Mission ihren Anfang nehmen sollte, hatten diese hochtrabenden Pläne gründlich vereitelt. Bei Großprojekten kam es natürlich immer wieder zu Komplikationen, doch hier gingen Armut und Elend Hand in Hand. Es gipfelte darin, dass vor zwei Jahren der Bürgermeisternde der Stadt Berlin (ganz früher sagte man „Bürgerinnen-und-Bürger-Meisterin-oder-meister", was sich als zu lang erwiesen hatte. Daher folgte man hier dem Trend der Adjektivierung.) zu einer Kontrolle über die Baustelle flog, als diese bereits recht weit fortgeschritten war. Bei einem flüchtigen Blick aus dem Fenster echauffierte er sich, weil der Rohbau aus der Vogelperspektive fast so aussah wie das Logo der rivalisierenden bürgerlichen Partei, die ihm gerade im Senat die Hölle heiß machte.

Eine solche, wenngleich auf völlig zufällige Manipulation des Volkes konnte er nicht auf sich sitzenlassen und da ein Umbau ja nicht sein Geld oder das seiner Partei kosten würde, beschloss er, ein paar Gebäude umstellen zu lassen, damit das ganze Gebilde mehr Ähnlichkeit mit seinem geliebten Symbol, Hammer und Sichel, bekam. Glücklicherweise war er auch Vorsitzender des Aufsichtsrats der Baugesellschaft, was die ganze Sache unheimlich erleichterte.

Leider ergab es sich aus technischen und logistischen Gründen, dass der Raumhafen, um einen reibungslosen Ablauf zu gewährleisten, aus der Vogelperspektive dem Symbol der ärgsten Konkurrenzpartei ähneln musste.

Mist. Aber trotzdem.

Für diesen Umbau musste fast alles, was in mühevoller Arbeit aufgebaut worden war, wieder abgerissen beziehungsweise total umgemodelt werden, aber das war es wert. Immerhin sollte der Raumhafen viele Jahrzehnte lang bestehen bleiben und den ankommenden und abfliegenden Gästen zeigen, welche Fraktion sich beim Bau durchgesetzt hatte. Und so wurde jeden Tag eifrig weiter umgebaut ...

Ja, die Zeiten hatten sich geändert für unsere Raumhelden. Aber sie durften die Hoffnung nicht verlieren, denn bis zur Eröffnung des Raumhafens gingen noch mindestens acht weitere Monate ins Land, in denen sich noch einiges ändern könnte.

Endlich: Nach einem weiteren halben Jahr Wartezeit war es soweit: Die Genderpreis konnte abheben. Die Feierlichkeiten zum Start der dritten Mission unter Käptn Grubinger fielen deutlich kleiner aus als bei den Vorgängermissionen, da die Föderation aufgrund eines Kursverfalls der galaktischen Börse enorme Liquiditätsprobleme hatte. So fehlte sogar Vurg Astentoi, die Präsidentin der galaktischen Föderation. Diese hatte ursprünglich das obligatorische blaue Band durchschneiden sollen, doch die Reisekosten waren momentan nicht aufzubringen. Zudem war sie als Molluskenwesen auch nicht gerade die Schnellste.

Wenigstens hatte die Genderpreis noch ein paar Tankgutscheine und Bonusflugmeilen, um über die ersten Wochen zu kommen. Das war aber nicht der einzige Grund, warum die Feier irgendwie nicht so richtig in Gang kommen wollte.

Der Raumhafen konnte nämlich immer noch nicht fertiggestellt werden, aber wenigstens waren die Einrichtungen für den Start provisorisch hin gebastelt worden - Gott sei Dank nur provisorisch, denn das reduzierte den Schaden erheblich, den Al-Djaffadth und Quogag beim Startmanöver anrichteten.

Es gab aber auch eine positive Überraschung: Sathington Durbrick war wieder an Bord! Zwar konnte er sein Alkoholproblem nicht loswerden, aber unterm Strich hatte ihm genau das wieder seinen Job gesichert, denn ein halbes Jahr zuvor war ein neuer Diversitätsparagraph in Kraft getreten, nach dem Besatzungen von über einhundert Personen einen Suchtkranken respektive Quotenalkoholiker dabeihaben mussten.

Seitdem turnte im Maschinentrakt wieder sein dicklicher Körper mit dem geröteten, runden Gesicht herum, auf dessen Kopf sich immer noch ein paar Haare zeigten, welche dieselbe braune Farbe hatten wie der dichte Schnurrbart unterhalb seiner Boxernase.

Roderich, der viel Wert auf alte Freundschaften legte, freute dies sehr, zumal er davon ausging, die obligatorischen Whiskyproben nach Feierabend dringend nötig zu haben, denn mit Sathington war auch eine Genderbeauftragte an Bord gekommen, die für den graduell genauen und gewissenhaft-gleichberechtigten Gang genderbetonter Gerechtigkeit sorgen sollte, eine Person mit Namen Roth-Grün, direkt vom VGU abgestellt. Recht klein und korpulent war sie, auf eine sehr langweilige Art völlig unscheinbar. Doch zum Ausgleich dafür war sie immer sehr schrill gekleidet, fast so schrill wie ihre rotgefärbten Haare oder ihre Stimme, mit der sie den armen Roderich immer wieder zurechtwies. Denn den Käptn konnte sie nicht leiden, das ließ sie ihn vom ersten Tag an spüren.

„Ich habe Ihre Karriere genau verfolgt. Ein Westentaschenmacho sind Sie, Person Käptn, nichts weiter. Aber diese Sperenzchen werde ich Ihnen noch austreiben. Ich unterstehe direkt der Hauptperson für Gleichstellung und Unterschiedlichkeit und habe hier an Bord Weisungsbefugnis. Sehen Sie sich also vor!"

Und Person Roth-Grün war sehr gut darin, die Machoallüren von Roderich zu untergraben, was diesen schon vor dem Start einen Teil seiner Autorität und Nerven kostete.

Oh ja, der Start …

Ein paar Ereignisse verzögerten den lange herbeigesehnten Abflug noch ein wenig: Es fing damit an, dass der neue Navigator, Herr Al-Djaffadth, den Start wegen einer seiner Gebetspausen um zehn Minuten nach hinten verschob. Ein Windelwechsel beim kleinen Shaque-a-Boom brachte die nächsten fünf Minuten Verzögerung.

Zum Überfluss meinte Sathington, dass sein Maschinengehilfe, der Praktikant Kevin-Jeanette, das Hochfahren der Motoren sowie den Countdown unbedingt übernehmen müsse, um etwas Erfahrung zu sammeln. Leider hatte dieser seinen Schulabschluss in Berlin-Neukölln gemacht, wodurch er genötigt war, den Countdown mit einem Taschenrechner nachzuvollziehen, was wieder wertvolle Minuten und Nerven kostete – neben dem bereits erwähnten Malheur der beiden Navigatoren.

Wenigstens waren sie kurze Zeit darauf im All, um zum ersten Sprungpunkt zu gelangen, von dem aus es mit Überlichtgeschwindigkeit in einen weit entfernten Teil der Galaxis gehen sollte.

Wie, um alles in der Welt, kann sich denn ein Schiff schneller als mit Lichtgeschwindigkeit fortbewegen? wird sich hier der geneigte Leser fragen. Das ist doch unmöglich, denn es würde doch in der Zeit zurückreisen und unendlich viel Energie verbrauchen!
Einerseits ja, andererseits nein.
Das Grundproblem ist, dass sich Information nicht schneller als mit Lichtgeschwindigkeit ausbreitet. Wenn man diese jetzt überholen könnte, hätte man einen Informationsvorsprung und könnte beispielsweise ein Vermögen auf die Explosion eines Mondes setzen, den man gerade höchstpersönlich gesprengt hat. Ist man nun schneller als das Licht, fliegt man im Handumdrehen ins Nachbarsystem in fünf Lichtwochen

Entfernung, schließt eine hohe Wette auf die Explosion des Trabanten ab, wartet fünf Wochen, bis die Zerstörung bemerkt wird und ist ein reicher Mann.
Damit haben jetzt Haarspalter und hochdotierte Physiker ein Problem.
In der Praxis aber spielen solche Finessen keine Rolle, da niemand auf die Zerstörung von Himmelskörpern wettet und die Zollformalitäten normalerweise eh so lange dauern, dass der Vorsprung dahingeschmolzen wäre wie Eis in der Sonne. Außerdem ist unsere Galaxis groß. Riesig groß. Wenn man also mit Informationen von anderen Welten rüberkommt, sind diese, wenn sie eintreffen, aufgrund der Fülle anderer Ereignisse entweder veraltet oder nicht mehr wichtig, so dass kein Hahn mehr danach kräht. Daher ist dieses Paradoxon in der Praxis noch nie aufgetreten.
Zum anderen interessiert es die weiter entfernt lebenden Kreaturen nicht die Bohne, welcher Mond gerade explodiert ist oder was die seltsamen Wesen in fünf Lichtwochen Entfernung sonst so alles treiben.

Nun ist es möglich, mit Hilfe einer bahnbrechenden Technik, der sogenannten Raumfaltung, einfach den Raum zu verlassen, was sehr praktisch ist, denn außerhalb von diesem gilt die Einschränkung der Lichtgeschwindigkeit nicht. Das funktioniert so, als würde man, anstatt mit seinem Auto in einem Stau ganz langsam voranzukriechen, das Lenkrad nach rechts reißen und kräftig Gas geben, um die Leitplanke zu durchbrechen und über Bauer Hubers Rübenacker, der sich neben der Autobahn befindet, bis ans Ziel fahren.
Nicht nur, dass man ein gutes Stück der Wegstrecke einspart, es gibt zudem auch keinerlei Geschwindigkeitsbeschränkung. Doch der Weg über den Acker ist

nicht ungefährlich. So gibt es dort einige Objekte, mit denen man leicht zusammenstoßen kann, wenn man nicht aufpasst:

1. Kühe, die auf Bauer Hubers Rübenacker vereinzelt rumstehen
2. Andere Verkehrsteilnehmer, die auch auf den Trichter mit der Abkürzung gekommen sind
3. Die Trümmer derer, die auf die unter 1. und 2. angeführten Hindernisse nicht aufgepasst haben.

Außerdem ist eine Fahrt über einen Rübenacker, wie man weiß, eine ziemlich holprige Angelegenheit. Daher ist es wichtig, Fracht und Ausrüstung gut einzupacken, sonst kann es passieren, dass man zwar im Handumdrehen einhundert Lichtjahre weit gekommen ist, am Ziel aber kein Frühstück mehr einnehmen kann, weil das gute Geschirr in Scherben liegt. Das würde auch ziemlichen Ärger mit Emilio Scampinelli, dem 4-Sterne-Schiffskoch, nach sich ziehen.

Angriff der Quotenkrieger

Einen Tag gerade war die Genderpreis im All unterwegs auf ihrem Flug, der sie erst zur Oort'schen Wolke und dann zum ersten Sprungpunkt führen sollte.

Die vierundzwanzig Stunden hatten sich positiv auf den Käptn ausgewirkt: Roderich war durchweg besser gelaunt und fühlte sich langsam wieder heimisch. Er war jetzt zu einhundert Prozent bereit, den neuen Zeiten und Herausforderungen Paroli zu bieten – und bekam, sehr zu seiner Freude, auch gleich Gelegenheit, dies zu beweisen.

Es war ein Funkspruch, den Lt. Orlando empfangen hatte, eine persönlich an ihn adressierte Nachricht von seinem alten Erzfeind: Lord Schwarzencape. DER schwarze Lord, bösartiger Widersacher, oberster Paladin des Imperators der Dunklen Seite der Galaxis. Aufgrund einer Sonnenallergie pflegte er sich nur in einer schwarzen Ganzkörperrüstung fortzubewegen. Als die Meldung vom bevorstehenden Start der Genderpreis in der Milchstraße die Runde gemacht hatte, hat sich dieser Fiesling doch tatsächlich auf den Weg gemacht, um ihn abzufangen und eine alte Rechnung zu begleichen. Dreimal hatten sich ihre Klingen gekreuzt, zweimal ging Roderich als Sieger hervor. Doch die eine Niederlage vor fünfzehn Jahren wurmte ihn immer noch.

Aber Schwamm drüber, gestern war gestern und heute war heute. Der dunkle Adelige vermeldete schroff: „Kapitän Grubinger, die Zeit des Versteckens ist vorbei. Auf der Erde konnte ich dir nichts anhaben, hier aber, im weiten Raum, entkommst du mir nicht. Wir haben da noch ein paar alte Rechnungen offen, die endlich beglichen werden müssen. Ich erwarte dich in einer Stunde Standardzeit auf Ganymed, dem größten Jupitermond. Wenn du noch Ehre im Blut hast, sehen wir uns!"

Roderich gab seine Replik: „Kein Problem, Milord. Koordinaten 14.33.12 östlicher Achse, das bedeutet Punkt Mittag, high noon – nach Jupiterzeit. Bis dann!"
- „Nein, nein, Käptn. Koordinaten 17.83.12, abends, zum Sonnenuntergang. Dann wirfst du einen dramatischeren Schatten, wenn ich dich besiege!"

Ach, warum nicht. Also verlegte man kurzerhand den Ort des Geschehens um eine Vierteldrehung der Mondachse weiter, auf dass man sich zur Abendsonne duellierte - oder besser gesagt zum Abendplaneten, da Jupiter der dominante Himmelskörper für seinen Mond war.

Normalerweise hätte er so eine Angelegenheit durch die Sergeanten erledigen lassen, aber das hier war eine Frage der Ehre, das konnte man nicht delegieren, sondern musste es persönlich erledigen, zumal es für einen lange vermissten Adrenalinschub bei Roderich sorgte.

Ja, das ließ sich doch sehen. Gerade mal vierundzwanzig Stunden auf Achse und schon die erste Schlägerei. Sichtlich zufrieden wandte sich Roderich an den Navigationsassistenten: „Quogag, fliegen Sie das Schiff in den Orbit von Ganymed, ich gehe runter. In einer Stunde bin ich wieder zurück!". Jetzt nur noch zum Transfer. Shuttle oder beamen? Beamen spart auf kurze Distanz Energie, also fällt das Shuttle aus, um Roth-Grün keinen Grund zu einer Zurechtweisung zu geben. Obendrein herrschten gleiche Gravitationsverhältnisse an Bord wie am Ziel, was außerordentlich wichtig für den Beamvorgang war, denn die Energieerhaltung musste berücksichtigt werden. Sonst könnte man einfach einen großen Stein auf eine Anhöhe beamen, diesen durch kontrolliertes Fallen zur Abgabe seiner potentiellen Energie bringen und, wenn er unten angekommen war, wieder hoch beamen – man hätte ein Perpetuum mobile gebaut und das geht nun wirklich nicht! Durch einen kleinen Fehler von Sathington bei der Eingabe der Koordinaten wurde der Käptn um einen Kilometer zu weit südlich abgesetzt und musste sich zu Fuß zum Duellierplatz aufmachen. Nutzen wir die kurze Pause, um die eben erwähnte Dunkle Seite vorzustellen:

Generell war die Dunkle Seite weder dunkler noch gemeiner als die ‚Helle Seite', welche allgemein von der galaktischen Föderation repräsentiert wurde. Da aber nach einem Naturgesetz anscheinend immer zwei Seiten miteinander konkurrieren müssen, wurde die Spaltung der Galaxis von niemandem hinterfragt. Es musste halt so sein, fertig aus, sonst wäre es einfach zu langweilig gewesen. Die dunkle Seite war normalerweise ein wenig autoritärer und man musste etwas höhere

Steuern zahlen, ansonsten konnte man die Unterschiede eher mit dem Rasterelektronenmikroskop suchen.

Die Dunkle Seite hatte eine außergewöhnliche Waffe entwickelt, die von ihren zahlreichen Gegnern gefürchtet wurde. Früher einmal hatte man beim Grillen für gewöhnlich einen sogenannten Luminoröster bereitliegen, um Braten und Fleisch zu schneiden (diesen kann man sich von der Funktion her ganz grob als rotglühendes Messer vorstellen).

Der Vorteil dieses Geräts gegenüber anderen Zubereitungsmethoden lag darin, dass man rohes Fleisch mit ein wenig Übung beim Schneiden perfekt erhitzen und gleichzeitig garen konnte. Korrespondierten Temperatur des Luminorösters und Scheibendicke des Fleisches harmonisch miteinander, war die Fleischschnitte, mit einem solchen Wunderwerk abgetrennt, ein einzigartiger Genuss. Der Röster verschloss durch seine hohe Temperatur sofort die Poren, so dass der Saft im Fleisch verblieb. Mit einer angepassten Schnittgeschwindigkeit konnte man zwischen englisch, medium und durch wählen. Obendrein war die Zubereitungszeit wesentlich kürzer und man benötigte weder Fett noch Öl.

Eben diesen Küchenhelfer hatten findige Ingenieure der Dunklen Seite in eine tödliche Waffe umgebaut, mit der jetzt nicht mehr ein leckeres Steak, sondern Leute, die sich dem Träger dieser Waffe in den Weg stellten, tranchiert wurden: das Laserschwert.

Wie dem auch sei, Roderich ist gerade beim vereinbarten Treffpunkt angekommen, daher fahren wir jetzt mit der Geschichte weiter fort.

Sie hatten sich längere Zeit nicht mehr gesehen, da ist es nur natürlich, wenn der andere ein wenig verändert erscheint. Doch Lord Schwarzencape hatte sich dramatisch gewandelt. Nicht nur, dass der Zahn der Zeit an ihm genagt zu haben schien, irgendwie war seine Haltung demotiviert und leicht eingefallen. Wenigstens trug er immer noch seine dunkle Rüstung, lediglich seinen schwarzen Umhang hatte er gegen einen regenbogenfarbenen eingetauscht.

„Eintauschen müssen", wie er erklärte. „Zum Glück konnte ich meinen Namen ‚Schwarzencape' behalten und musste ihn nicht in Lord Regenbogen ändern. Ich kanns nicht fassen! Unser Imperator hat sich bereit erklärt, fortschrittliche Gender- und Gleichstellungspolitik in seine Expansionsgelüste zu integrieren!

‚Nicht nur die Planeten erobern, sondern auch die Herzen der Unterdrückten' ist unser neues Motto. Und um das zu realisieren, steht mir jetzt ein Stilberater zur Seite. Pah! Meine Rüstung war schwarz, da gab es nichts zu beanstanden, doch das Cape musste für eine positive und heitere Grundstimmung bunt schillern. Und ich erwähne besser nicht, wie ich neuerdings mit meinen Untergebenen reden muss. Nur ein Wort: Anti-Aggressions-Therapie!

Egal, wir sind hier, um unsere letzte Abrechnung zu begleichen. Zieh dein Laserschwert!" Und mit diesen Worten zog er das seinige.

Und wirkte, als er den Auslöser seines Lichtsäbels betätigte, noch bemitleidenswerter als in den Minuten zuvor. Denn es erschien nicht die bedrohliche und gefürchtete Laserklinge, die alles und jeden zerschnibbelt, der anderer Ansicht ist als derjenige, der das besagte Schwert in den Händen hielt. Es klappte lediglich, begleitet von einem leisen Klickgeräusch, eine kleine

Handkurbel aus, welche der dunkle Adelige eifrig zu drehen begann.

Und kurbelte. Und kurbelte. Und kurbelte. „Moment noch, gleich hab' ich's. Verdammtes Energiesparen!" Eine Minute später war es soweit, er hatte genug Energie in den Akku gepumpt und schaltete sein Schwert ein. Doch nur ein fades, grünliches Leuchten erschien, um zehn Sekunden später langsam zu erlöschen.

„Jaja," seufzte er, „seitdem wir unsere Schwerter auf Energiesparklingen umstellen mussten, macht das alles keinen Spaß mehr. Aber wie sagt unser Sicherheitsbeauftragter, so spart man Energie und senkt das Verletzungsrisiko. Schlimm, nicht?"

Was war nur aus der Dunklen Seite geworden? Roderich fuhr die Klinge seines Lichtschwertes wieder ein. Einen derart geschwächten und deprimierten Gegner zu töten war gegen seine Vorstellung von Moral. Zudem konnte er nie wirklich gut mit diesen Dingern umgehen.

Da ihm das schwere Schicksal seines Erzrivalen aufs Gemüt schlug, erzählte er von seiner Gender- und Gleichstellungsbeauftragten, wie sie ihn bei jeder Begegnung schikanierte und tat sich selbst auch ein wenig leid.

„Carmen-Peter heißt diese Person. Stell dir vor! Diese verdammte Mode, seinen Kindern einen männlichen und einen weiblichen Vornamen zu geben, nur damit diese dann später flexibel über ihre Geschlechterrolle entscheiden können, wer denkt sich denn sowas aus?" fragte er den Dunklen Lord, der darauf nur seine eiserne Maske schüttelte und einen verächtlichen Laut von sich gab.

Auch wenn sie immer gegeneinander gekämpft hatten, wurden sie, da sie so viel Zeit miteinander verbracht hatten, durch diese kriegerische Vergangenheit zusammengeschweißt, quasi zu Waffenbrüdern, die von einem übermächtigen Gegner, der Moderne, angegriffen wurden und kurz davor waren, in den Orkus der Geschichte gespült zu werden. Gemeinsam fragten sie sich, was denn nur aus den alten Zeiten geworden sei und Roderich hätte schwören können, unter der eisenharten Maske der Geißel des Universums ein leises Schluchzen zu hören. Sie gaben sich die Hand, schlugen sich auf die Schulter und bedauerten sich gegenseitig.

„Was aber nicht heißen soll, dass ich dich nicht doch noch irgendwann fertigmache. Es kommen noch bessere Tage, wart's nur ab!" tönte der Schwarzgepanzerte, mehr bockig als ernst, und ließ sich auf sein Schiff zurückbeamen.

Da es auf Ganymed nichts mehr zu erledigen gab, übernahm der Käptn der Genderpreis dessen Idee und setzte sich mit Sathington in Verbindung.

„Beam mich hoch, Sath" befahl er.

„Hoch? Hoch die Tassen, jawoll, der Käptn hat gewonnen!"

„Nein, beam – mich – hoch – an – Bord – Sath!!!" ein kurzes Poltern, und die Stimme Kevin-Jeanettes klang durch: "Wird gemacht, Käptn!"

Und da war er wieder an Bord seines Schiffes. Die Lokalität stimmte, er war da, wo er sein sollte. Aber war er auch da, wo er wirklich hingehörte, in seiner Zeit? Nach dieser Begegnung hatte er wieder große Zweifel.

Die nächsten Tage vergingen relativ reibungslos, wenn man von ein paar kleineren Kabbeleien absah, was aber völlig normal war in Anbetracht der Tatsache, dass die unterschiedlichsten Leute für viele Wochen und Monate in einem zwar komfortablen, aber eben nicht gerade großen Raumschiff miteinander auskommen mussten. Ganz zu schweigen von den kapriziösen Wissenschaftlern, die es einfach nicht gewohnt waren, auf andere Forscher zu treffen, die, ganz wie sie selber, in ihrem Bereich die führenden Kapazitäten waren und so was wie Rücksicht und Respekt erwarteten.

Und als besonderes Schmankerl waren sie von allen Welten abgeschnitten, einzig über Funk und E-Mail konnten sie mit ihren Familien und Freunden daheim kommunizieren.

Aufschrei der mitlesenden Physiker: Ja, wie geht denn das? Es gilt doch die Lichtgeschwindigkeit als Richtgeschwindigkeit!

Wir haben anfangs erfahren, dass Raumschiffe den Raum falten und umgehen können, doch das gilt nicht für elektromagnetische Wellen! Die Genderpreis ist doch –zig Lichtjahre von den Heimatplaneten ihrer Besatzung entfernt, eine Nachricht würde somit –zig Jahre brauchen, bis sie überhaupt daheim angekommen ist und noch mal dieselbe Zeit, damit die Antwort zur Genderpreis gelangt und so weiter und so fort! Oder?

Richtig.

Einerseits.

Keine Nachricht kann mit Überlichtgeschwindigkeit verbreitet werden.

Andererseits:

Worüber redet man denn den ganzen Tag lang? Im Weltall ist nicht viel los, daheim herrscht Alltagstrott. Es sind die täglichen Kleinigkeiten wie ‚die Person Roth-Grün nervt wieder‘ und ‚deine Große hat letztens wieder ...‘, ‚das Wetter bei uns ist wieder zum Davonlaufen‘ und ‚wäre schön, wenn wir an Bord wenigstens so was wie Wetter hätten‘, die ausgetauscht werden. Und, Hand aufs Herz: Sind das wirklich Nachrichten? Nein! Es sind austauschbare Floskeln, Kleinkram im Urlaubskartenformat.

Wir merken es schon im Alltag, im täglichen Sprachgebrauch. Solche Nichtigkeiten verlassen wesentlich leichter und schneller (!) unsere Lippen als wirklich Informatives, welches lange in unserem Mund festhängt und nur viel langsamer (!) und mit Bedacht geäußert wird. Hier lassen sich bereits ohne Aufwand und Messtechnik die stark unterschiedlichen Geschwindigkeiten erkennen, mit denen sich Nachrichten und Geplapper fortbewegen. Für Letzteres gilt die Einschränkung der Lichtgeschwindigkeit nicht, da es keinen Informationsgehalt hat.

Wenn beispielsweise unsere Nachbarn, die Familie Müller, für nächsten Sommer eine Reise gebucht hat, wissen wir jetzt schon, dass sie uns eine Postkarte mit den Floskeln ‚Wetter ist gut - Essen lecker - Sonne scheint -Könnten für immer hierbleiben‘ schicken wird – und das neun Monate, bevor sie losgeflogen sind!

Die allgemeine Anspannung lag auch zum Teil an der Art, wie im Namen der Föderation einige Besatzungsmitglieder der unteren Kategorien verpflichtet worden waren. Man hatte zunächst Arbeitsverträge für ein Schnupper-Praktikum von drei Monaten ausgegeben. Die Leute freuten sich, mal in den Weltraum zu kommen und was für die Föderation tun zu können - so was machte sich immer gut im Lebenslauf.

Doch leider „vergaßen" die Rekruteure den Praktikanten zu sagen, dass die Mission länger als drei Monate lief, genauer gesagt, dass sie für vier Jahre angesetzt worden war.

Jetzt hatte man natürlich ein Problem, denn die Genderpreis würde sicher nicht nach drei Monaten umkehren, um die Praktikanten wieder abzusetzen und neue Leute einzustellen. Das bedeutete, die armen Mitarbeiter mussten entweder für ihren Aufenthalt und Transport wie Touristen zahlen oder für den Rest der Reise unentgeltlich weiterarbeiten.

Da niemand Lust hatte, mit einem großen Schuldenberg wieder zurückzukehren, mussten sie wohl oder übel die restlichen drei Jahre und neun Monate nur für Kost und Logis durchhalten, um wieder auf ihren Planeten zu kommen, was einigen doch sauer aufstieß.

Fünf Tage nach dem Vorfall mit dem Dunklen Lord hatten sie ihre zweite kleinere Aufgabe erledigt, die darin bestand, drei Satelliten in der Oort'schen Wolke auszusetzen, um deren Zusammensetzung und Rotationsgeschwindigkeit zu messen. Ein Spaziergang, der für vier Astronauten eine willkommene Abwechslung bedeutete. Die Satelliten wurden zwar automatisch auf Position gebracht, doch mussten sie an Ort und Stelle parametriert werden, was nur von Hand durchführbar war.

Danach sollten sie einen größeren Sprung in das Romula-System im Sektor 2 machen und in die Vollen gehen, denn hier gab es noch einige weiße Flecken auf der galaktischen Karte, die nur auf Entdeckung durch eine Horde von Abenteurern harrten. Sie waren noch einen Tag vom Sprungpunkt entfernt, als der Funkspruch eines hochrangigen Funktionärs der Föderation einging, dem direkten Vorgesetzten von Käptn Grubinger. Es war niemand anderes als der legendäre Admiral Krothenfels.

Dieser übermittelte Roderich, dass sie auf Rhenania II eine Zwischenlandung einrichten sollten, um das Schiff etwas zu modernisieren und Gäste an Bord zu nehmen. Die ganze Crew – außer natürlich dem Beamoffizier Sathington und seinem Maschinengesellen/Praktikanten Kevin-Jeanette – sollte auf Rhenania in einem Hotel untergebracht werden. Das war schon ungewöhnlich, denn normalerweise wurde ein Schiff dieser Größe nur zur Generalüberholung von seiner Besatzung alleine gelassen.

„Seltsam, wir sind doch gerade erst aufgebrochen und haben unser Zielgebiet noch nicht erreicht. Aber seit dem Kursverfall an der Börse ist die Föderation ziemlich dünnhäutig. Offenbar sollen wir Taxi spielen, oder wir müssen ein paar Speditionsaufträge übernehmen.“ spekulierte Jarulin.

„Die Betonung lag auf Modernisieren und nicht auf Geld einsparen. Aber was soll‘s, machen wir uns keinen Kopf, ein schöner Abend auf Rhenania II ist doch was Feines. Und vielleicht werden ja diese neuen Raumfaltdämpfer installiert, von denen ich letztens einen Artikel im Space-Race-Journal gelesen habe. Nahezu ruckelfreier Übergang in Hyper-, Über- und sonstige Zwischenräume! Kein nerviges Anschnallen mehr, keine Tassen und Teller, die in der Kantine aus den Schränken fallen. Der gute Emilio ist schon mit den Nerven ganz runter. Ja, das wird es wohl sein, Dämpfer für die Genderpreis, juchhu!“ gab Roderich zurück.

„Dein Wort in Gottes Ohr. Ich sehe die Lage dramatischer. Ein Bekannter von meinem Zweitkörper arbeitet in einer Filiale der galaktischen Föderation. Er meint, dass man verzweifelt nach Auswegen aus der Finanzmisere sucht. Zudem stellt sich die Frage, warum sie diese was-auch-immer-Dinger nicht gleich auf Terra III eingebaut haben. Mir schwant nichts Gutes.“

Normalerweise behielt Jarulin fast immer Recht, doch das konnte die gute Laune von Roderich im Moment nicht dämpfen. Er sah sich bereits im Sprint von 0 auf 300.000 km/Sek. an allen anderen Schiffen vorbeiziehen. Und das, ohne sich das Missfallen von Emilio Scampinelli zuzuziehen.

Nachdem sie den Sprungpunkt passiert hatten, der sie im Handumdrehen von unserem Sonnensystem in einen anderen Spiralarm der Galaxis gebracht hatte, waren sie schon neun Stunden später im Orbit von Rhenania II. Sie wurden in Zehnergruppen in die Eingangslobby des Hotels gebeamt, die mit rotem Samt beschlagen war. Nur Quogag wurde aufgrund seiner Körpergröße alleine runtergebracht.

Das Hotel, welches die Föderation gebucht hatte, war eines dieser Paläste, die im sogenannten ‚lean-luxury-Style‘ hochgezogen worden waren, um einerseits Baukosten zu sparen, andererseits aber durch überflüssigen Luxus den Gästen den Eindruck vermitteln wollten, sie seien in einem Acht-Sterne-Hotel untergekommen, wobei der Kasten eigentlich nur vier verdient hatte. Der Name ‚Acht-Sterne-Himmelshotel‘ unterstrich diese Ambitionen zusätzlich.

Die Zimmer machten einen erlesenen Eindruck – auf den ersten Blick. Es wurde teilweise großzügig mit Luxus geprotzt. So funktionierte beispielsweise die Toilettenspülung mit Warmwasser und die Armaturen im

Bad waren allesamt vergoldet. Das war eine dieser Referenzen an alte Zeiten, denn Gold war seit geraumer Zeit kein besonders wertvolles Metall mehr. Das hing mit der Entdeckung der beiden legendären Gold-Meteore des westlichen Sektors zusammen.

Gold war bis vor knapp fünfhundert Jahren ein seltenes und daher sehr wertvolles Metall. Es diente im Handel als Leitwährung und wurde, um die Kurse zu schützen, mit Bedacht ge- und verkauft.
Eines Tages aber entdeckte eine Patrouille von Terra III in einem abgelegenen Winkel des benachbarten Sonnensystems zwei Meteore, etwa fünfhundert Kilometer im Durchmesser, die beide zur Hälfte aus purem Gold bestanden. Und das hatte Folgen:
Direkt nach Bekanntgabe des Fundes rutschte der Goldpreis ins Bodenlose, was Kursverfall, Aktiencrash, Währungsabstürze, Wirtschaftschaos und kriegerische Auseinandersetzungen nach sich zog. Erwähnenswert ist auch die Tatsache, dass sich diese Meldung erwiesenermaßen mit Überlichtgeschwindigkeit durch die Galaxis verbreitet hatte. Physiker und Börsianer haben bis heute noch nicht herausgefunden, wie das hat funktionieren können.
Glücklicherweise wurden diese Folgekosten zu einem Drittel vom Erlös der güldenen Himmelskörper gedeckt, so dass schon fünfundzwanzig Jahre später wieder fast alles auf dem Standard vor der Entdeckung der goldenen Meteore des westlichen Sektors war, abgesehen vielleicht von einem größeren Schuldenberg der betroffenen Planeten sowie ungefähr fünfhundert Millionen Opfern, welche die kriegerischen Auseinandersetzungen und Hungersnöte nicht überlebt hatten.

Großzügige Gemälde sowie prächtig-bunte Gobelins vermittelten den Eindruck, dass hier jemand, der kein Händchen für Stil und Klasse hatte, unbedingt seine Gäste beeindrucken wollte, aber für eine Nacht war das völlig in Ordnung, wenn man rechtzeitig das Licht ausmachte.

Zum Ausgleich hatte man bei den Baukosten gespart. Es gab zwar überall wunderschöne Ornamente, die verschiedene Wesen der Galaxis bei Tätigkeiten zeigten, auf die wir hier nicht weiter eingehen, die Wände aber waren ziemlich dünn und auch bei den großen Marmorsäulen, die überall in der Gegend herumstanden und den Anschein erweckten, die Decke zu stützen, hatte man gespart. Sie waren dünnwandig und hohl, was sich zeigte, als Quogag aus Versehen eine umrannte. Gott sei Dank hatte die Genderpreis eine gute Haftpflichtversicherung für seine Mannschaft.

Nach dem Bezug der Zimmer wurden sie in den groß angelegten Freizeitpark geleitet, nur Käptn Grubinger und die Gleichstellungsbeauftragte Roth-Grün wurden von einem Komitee der Föderation in einen Konferenzraum gebeten, um über den Grund des Zwischenstopps informiert zu werden. Währenddessen stiegen sechs Beiboote, vollgeladen mit Kisten und Monteuren, in den Orbit zur Genderpreis, um die vorgesehenen Umbauten vorzunehmen.

Die Besatzung genoss den Aufenthalt im Hotel, das gemeinsame Abendessen und die kulturellen Tanzvorführungen der Eingeborenen, die grosso modo darin bestanden, dass seltsam gekleidete Pärchen mit lauten Schreien über eine provisorisch aufgebaute Bühne sprangen und sich zum Schein mit langen Stöcken malträtierten, was Kenner eigentlich nicht für möglich hielten, denn die Kultur vom Rhenania-System galt als recht hochentwickelt.

Man verfügte über viele große Komponisten, Maler, Bildhauer und dergleichen und schätzte ein gepflegtes, kultiviertes Ambiente. Viele Opernhäuser, Museen und Theater von Rang befanden sich in diesem System. Auch waren Brauchtum und Volkstänze auf einem zivilisatorisch hohen Stand.

Doch wollten Touristen das wirklich sehen? Wollten sie, dass die Einheimischen ihnen durch die Blume sagten: „Hey, wir haben ja nicht nur besseres Wetter als ihr, sondern auch kulturell noch mehr auf dem Kasten?"

Sicher nicht.

Sicher hätte es dann kein Trinkgeld gegeben. Wenn man aber den debilen Wilden gab, der sich nur mit Mühe artikulieren und sich nur durch lächerliches Herumgehopse fortbewegen konnte, waren die Besucher genötigt, aus Mitleid beträchtliche Summen dazulassen, um den armen Eingeborenen ein wenig unter die Arme zu greifen.

Das funktionierte.

Und wie das funktionierte.

Das funktionierte auf Rhenania so gut, dass kein Angehöriger einer Kultur- und Tanzgruppe mit seinem Privatwagen vor die Touristenhotels fahren durfte. Einerseits wären die Touristen vor Neid erblasst und der Schwindel wäre aufgeflogen, andererseits waren die Parkplätze viel zu klein gehalten für die Edelkarossen der Ensembles.

An Bord der Genderpreis herrschte nun reges Treiben. Die Monteure schwitzten die ganze Nacht hindurch, installierten hier, bohrten da, testeten und fluchten, doch am Morgen (nach synchronisierter Bord- und Rhenaniazeit) war die Arbeit vollbracht. Und für die Besatzung im Luxushotel gab es nach dem Frühstück drei Überraschungen.

Die erste war die Rechnung. Diese wurde nicht, wie sonst üblich, von der Föderation großzügig für alle beglichen, sondern stattdessen jedem Crewmitglied diskret persönlich zugeteilt. Zustände waren das wie auf Hartz IV und V!

Die zweite Überraschung kam direkt nach dem Frühstück: Es war der Käptn, der aschfahl und angespannt mit der Gleichstellungsbeauftragten den Speisesaal betrat. Person Roth-Grün ließ sich nichts anmerken, Roderich aber konnte sich nur mit Mühe in Zaum halten.

„Dass sie zu so was fähig sind ...“ murmelte er unentwegt. „Wir sind doch Menschen und müssen entsprechend behandelt werden!“

„Wesen!“, wurde er von Roth-Grün korrigiert.

„Und haben keine Zeit für – so was. Wir sind auf wissenschaftlicher Mission! Das kann man doch mit keinem machen!“

„Was denn, Käptn?“ fragte Quogag auf seine schüchterne Art.

„Sie haben uns verkauft. Unsere Werte. Unsere Mission. Unsere Würde. Alles! Und wisst ihr, wie?

Die Föderation hat aus finanziellen Gründen einen Vertrag mit URS 4 abgeschlossen, dem Fernsehsender, der damit prahlt, alles außer Niveau zu haben. Dieser Vertrag beinhaltet ein Experiment. Ein kommerzielles Experiment, das genug Geld in die Föderationskassen spült, und daher müssen wir mitspielen. Wir haben keine andere Wahl. Während unseres Aufenthalts hier wurde unser Schiff umgebaut und manipuliert, sodass ...“ und er brach ab.

Mehr war aus ihm nicht herauszubekommen.

Nach dem Begleichen der Rechnung versammelte sich die Besatzung in der Lobby, von wo aus die Gäste hoch- und runtergebeamt wurden.

„Beam uns hoch, Sath" befahl Roderich.

„Ayeaye, Sir. Hupps, das Pult habt ihr Säckel ja auch umgebaut. Wer soll da noch klarkommen? Wo muss ich denn hier drücken?" die letzten Bemerkungen richteten sich offenbar an einen der fremden Techniker an Bord der Genderpreis.

„Der rote Knopf mitten auf dem Schaltpult ..."

„Da sind aber zwei!" offenbar war Sathington nicht mehr ganz nüchtern nach all dem Stress mit den Monteuren.

„Dann nehmen Sie den in der Mitte ..."

„OK. Der klemmt. Mist!!! (rumms) Auaaa, meine Hand!" rief Sathington.

„die andere Mitte ... - (rumms) Aua, meine Nase!" skandierte die Stimme, deren herablassender Kommandoton für Sathington offenbar zu viel des Guten gewesen ist. Nach dem dritten Rumms ging es los, der Maschinist hatte sich mit den neuen Gegebenheiten auf seine rustikale Art vertraut gemacht.

Fünfzehn Minuten später waren alle wieder an Bord – und erlebten die dritte Überraschung.

Sie waren überall. In jedem Raum, in jeder Ecke.

Kleine, schwarze Biester, die sie begierig anblickten, die jede ihrer Bewegungen im Auge behielten und mit hungrigen Knopfaugen verfolgten. Sie klebten an den Decken. Unter Matratzen. Überall. Es mussten Tausende sein, auf dem ganzen Schiff verteilt.

Sie würden alles und jeden rund um die Uhr beobachten, der Besatzung keine Ruhe mehr lassen und nicht mal für eine Sekunde die Augen schließen. Nie.

Denn es wurden keineswegs die Raumfaltdämpfer oder sonstiger Schnickschnack montiert. Kein Luxus, kein Tuning, dafür hatte sich die Inneneinrichtung eines jeden Zimmers an Bord auf fatale Art und Weise geändert.

Und, als wäre das nicht genug, erschienen sie. Die beiden größten Folterknechte des unzivilisierten Universums. Zwei äußerlich stark unterschiedliche Gestalten, die dafür umso besser Hand in Hand arbeiteten und sich hervorragend ergänzten: Die eine weiblich, groß und schlank, die andere männlich, klein und dick.

„Hallo und guten Morgen daheim an ihren Bildschirmen!" fing die kleine Gestalt auch gleich mit seinem unverwechselbaren niederländischen Akzent an. Es war niemand Anderes als Bernd Brotkast, Klatschkolumnist, Regenbogen-Reporter und Trash-TV-Unterhaltungsstar. Er konnte in den vergangenen sieben Jahren dreimal die Auszeichnung ‚Populistischster Moderator und sinnbefreitester Unterhalter des Jahres' der Vereinigten Medien-Kooperation gewinnen und ließ keinen Zweifel daran, diese Auszeichnung auch ein viertes Mal abräumen zu wollen.

„Wir befinden uns hier an Bord der Genderpreis, die in den Weiten des Weltalls unterwegs ist, um neue Planeten zu entdecken, gefährliche Missionen zu erfüllen und – vor allem (dies sagte er mit einem verschmitzten Lächeln, das seine blendendweißen Zähne inklusive Zahndiamanten zeigte, in eine der zehntausend schwarzen Kameras, die überall von den Monteuren angebracht worden waren) um SIE daheim vor Ihren Bildschirmen zu unterhalten! Big Brother war gestern, heute gehen wir einen Schritt weiter. Hach, was sage ich, wir fliegen einen Schritt weiter, und zwar ins Weltall!"

„Ja", meinte seine Kollegin, die bekannte Moderatorin Marionetta Emisson mit kölschem Dialekt, „wir haben einen Exklusivvertrag mit der Föderation abgeschlossen. Sie können daheim live, 24/7, an den Abenteuern der Genderpreis teilhaben!

Außerdem werden wir ein paar kleinere Spielchen und Aufgaben für die Mannschaft einbauen. Es wird rund um die Uhr Action, Qualm in der Bude und coole Sachen geben! Und das Schönste – SIE daheim dürfen jede Woche ein Besatzungsmitglied rauswählen!" Man muss den Umstand, dass Marionetta ebengenannten Preis zweimal gewinnen konnte, nicht extra erwähnen.

Und sie fuhr fort: „Außerdem haben wir noch einen Gast mitgebracht. Ihr kennt ihn sicher alle als den charmanten Stilberater aus der Reality-Soap ‚Pimp my home'. Er wird hier einiges zu tun haben, denn, wie wir bemerkt haben, ist die Genderpreis eher im nüchternen Bauhausstil gehalten, es fehlt überall an Wärme, Herzlichkeit und Ausstrahlung. Aber dafür haben wir ja ihn mitgebracht: André, den androgynen Androiden!"

Ein mittelgroßer Blechmann erschien auf der Brücke, Kusshändchen nach links und rechts schleudernd. Er war in eine smaragdfarbene Robe sowie in eine dichte Parfumwolke eingehüllt, die nach einem Gemisch aus Maschinenöl, Moschus und Rosenholz duftete.

Seine bernsteinfarbene Metallhaut, die mit goldenen Verzierungen in Form von Ornamenten geschmückt war, glänzte wie mit einer Speckschwarte abgerieben. Auf dem Kopf trug er einen kleinen, frechen Dreispitz mit einer langen Pfauenfeder, sein wallendes, mit

Rüschen verziertes Hemd harmonierte grandios mit seiner engen, hellbeigen Hose. Jede Falte seiner Klamotten, jede Bewegung war genau gestylt. Jetzt winkte er kokett in die Kamera und sagte mit einem perfekt einprogrammierten, französischen Akzent:
"Bonjour, Monsieurdames da'aim, willkommen von eure André, der zum ersten Mal aus die Tiefen von der Weltall und nicht aus eine schäbige Cabane berichtet. Ihr 'abt schon sicherlich bemerkt, dass 'ier und da noch viel Arbeit auf uns wartet. Einfach horrible, diese Nüchtern'eit! Na, da wollen wir mal etwas Stil und Élégance in die doch recht trist gebaute Genderpreis bringen. Ihr könnt évidemment die Accessoires, mit denen isch 'ier arbeiten werde, exklusiv erstehen. Also vite, isch an die Arbeit und ihr an die Shopping-Kanäle!"

Der geneigte Leser wird schon bemerkt haben, dass Moderatoren in der Zeit, in der wir uns gerade befinden, eine herausragende gesellschaftliche Stellung innehaben. Doch das war nicht immer so!
So hatten sie zu Beginn des Televisionszeitalters nicht viel zu melden. Sie nannten sich ‚Nachrichtensprecher‘ und durften wie die Papageien einen Text vom Blatt lesen, freundlich lächeln und dann Platz für den abendfüllenden Spielfilm machen oder, schon als ‚Moderatoren‘, in einer Show einfache Spielchen kommentieren, zweitklassige Witze in die drittklassige Runde werfen und Begeisterung heucheln.
Doch mit der Zeit gab es immer mehr Kanäle, die Leute guckten immer länger fern und so wurden die Moderatoren und Journalisten immer wichtiger, denn die Zuschauer wollten keine nüchternen Nachrichten mehr von einem Blatt vorgelesen bekommen, sondern

*vielmehr ein Gesicht sehen, das diese mit viel Herzens-
wärme und Persönlichkeit präsentiert. Ein ehrliches,
freundliches und vertrauenerweckendes Gesicht eben,
dem man alles glaubt.*

Emotionen statt Fakten.

Herz statt Hirn.

*Und so wurden aus Nachrichtensprechern Nachrich-
tenmoderatoren, die immer größeren Wert auf Mimik
und Gestik, Anzüge und Abendroben, Schminke und
Schattierungen sowie, ganz wichtig, die richtige Auswahl der Nachrichten legten. Was brachten schon die
wichtigsten Informationen, wenn sie nicht zum aufge-
legten Lidschatten passten? Wenn der Farbton der
Krawatte nicht mit der Revolution, die sich in einem
nahegelegenen System abspielte, harmonierte? Die
Sendungen mussten eine kompakte Einheit aus Mensch,
Make-up und Nachricht sein, nur so konnte man das
Publikum perfekt einlullen.*

*Sie waren sozusagen das professionelle Präsentations-
programm, das im Vorstand einer Aktiengesellschaft
den jährlichen, nüchternen Geschäftsbericht schön
bunt und abwechslungsreich vorstellte, damit niemand
auf die alarmierenden Zahlen achtete, die gleichzeitig
beiläufig erwähnt wurden. Wurde beispielsweise von
der Machtergreifung brusischer Truppen auf Hallux V
berichtet, wartete das Publikum erst mal auf die Reak-
tion des Moderators, da kaum jemand mal irgendwas
von einem Planeten Namens Hallux V gehört hatte und
sich niemand für irgendwelche brusischen Truppen interessierte.*

*Verzog der Moderator seine Mundwinkel leicht nach
unten, war es eine schlechte Nachricht.*

*Gingen seine Augenbrauen nonchalant auseinander,
war es eine gute.*

Erhob er gegen Ende seine Stimme in einer moralischen Art und Weise und blickte er mit einem betroffenen Dackelblick in die Kamera, musste man sich der Nachricht wegen aus irgendeinem Grund schämen.
Mit der Zeit vertraute das Publikum den Moderatoren grenzenlos. Sagte zum Beispiel Bernd Brotkast, dass die eigene Nachbarin, Frau Müller, sich scheiden ließ, dann wurde das geglaubt, auch wenn sie gerade Kind Nummer fünf austrug und mit ihrem Mann in die zweiten Flitterwochen fuhr, um einem von dort aus eine Postkarte zu schreiben, deren Inhalt man bereits jetzt kannte.
Denn immerhin hatte Bernd – DER Bernd - von Scheidung gesprochen und wenn das nicht stimmen würde, hätte es das Thema doch gar nicht in die Nachrichten geschafft!
Der geneigte Leser wird schon erkannt haben, dass es sich bei den Namen der beiden neuen Gäste auf der Genderpreis um Künstlernamen handelt. Denn ein guter Moderator ist so was wie ein Künstler, ein Star der Medienwelt, und da macht auch der Name die Musik. Kaum ein Top-Moderator, der noch unter seinem eigenen Namen auftritt.

Das war der Gipfel. Drei Nervensägen, ausgestattet mit der Vollmacht ihrer Sender, die ihnen umfangreiche Freiheiten auch gegenüber dem Käptn gab, waren von der Kette gelassen. Roderich hatte es konsequent vermieden, sich Sendungen mit Bernd, Marionetta und André anzuschauen, sie waren ihm zu trivial, nichtssagend, modern. Und jetzt hatte er sie höchstpersönlich an Bord, vierundzwanzig Stunden am Tag, Bordzeit. Das konnte ja heiter werden!

Nun hatte man drei zusätzliche Nervensägen an Bord, die aus dem melancholischen Einerlei des weiten Weltraums einen kurzweiligen Hort abendfüllender und oberflächlicher Unterhaltung machen wollten. Da kamen die kleineren Aufgaben für die Föderation, die sie auf dem Weg zum Sprungpunkt erledigen sollten, gerade recht. Denn die zwei vom URS 4 (Unterhaltung, Reality und Soaps) waren mit ihrem Kameramann ständig auf der Pirsch. Jeder, der ihnen über den Weg lief, musste triviale Fragen nach Herkunft, Hobbies und Leibgericht beantworten.

Ein paar Tage später – sie waren just im Romula-System angekommen - hatten sich die beiden Moderatoren auf der Brücke installiert und waren gerade damit beschäftigt, Quogag ein paar Fragen zu stellen, als ein rotes Lämpchen auf dem Schirm die Anwesenheit eines fremden Schiffs signalisierte. „Offenbar ein Piratenschiff, Käptn!" meinte Quogag eifrig. Eine begründete Annahme, denn in diesem Sektor waren Piraten keine Seltenheit. Außerdem war die automatische Kennung des Schiffs deaktiviert. Roderich bat Lt. Orlando, per Funk in Erfahrung zu bringen, mit wem man es denn zu tun habe.

„Käptn, Sie wissen doch, dass in diesem Teil der Galaxis nur ein schlechtes Netz vorhanden ist. Mit dem Bordtelefon kann ich von hier aus nichts erreichen. Jemand müsste schon mit der Antenne auf das Dach der Genderpreis und diese justieren, dann hätten wir vielleicht eine Chance ..."

"Gut, Lt. Orlando, tun Sie dies!" war die provokativ laxe Antwort des Käptens.

Die Angesprochene strafte ihn mit einem vernichtenden Blick, setzte den kleinen Shaqueville auf den Boden, schlüpfte in ihren Raumanzug und stieg murrend auf das Dach der Genderpreis, wo sie die Antenne in die Luft hielt – nein, nicht in die Luft, die es ja im All nicht gibt, sondern nach oben – nein, oben gibt es ja auch nicht, also über ihren Kopf halt.

„Etwas mehr nach rechts – ja, ich weiß, im Weltraum gibts kein links oder rechts, also – ääh – wie heißt rechts noch mal – Steuerbord! ... noch mehr ... gut so, stehen bleiben!"

Der Kontakt war hergestellt und das verwegene Gesicht eines älteren Raumfahrers, der offenbar ein Faible für Piratenoutfits hatte, tauchte auf der Bildfläche auf. Seine wilde Mähne zottelte in der Gegend herum wie die von Sid Viscous, ein schneidiger Piratenhut versuchte erfolglos, diese zu kaschieren. Eine schwarze Augenklappe auf dem rechten Auge sowie wilde Bartstoppeln im Gesicht rundeten den Eindruck ab, es mit einem Überbleibsel aus der Freibeuterzeit zu tun zu haben. Dank des erstklassigen Bildschirms konnten sie jedes einzelne Barthaar erkennen.

„Immer wieder beeindruckend, diese HD-Qualität bei einer Größe von drei Metern Diagonale. Und dann diese 3D-Effekte ... Ja, wenn die Genderpreis mal unbewacht im Wartungsdock liegt, werde ich mir dieses Teil höchstpersönlich unter den Nagel reißen – vielleicht schon vorher. Immerhin teile ich die Bordwachen ein ..." dachte sich Roderich.

Und sprach zum Kapitän des Piratenraumers:

„Fremdes Schiff, hier Käptn Roderich Grubinger von der Genderpreis, galaktische Föderation, bitte identifizieren Sie sich!"

In einem sehr schroffen und virilen Ton entgegnete der Angesprochene: „Beim Klabautermann, ein Schiff der Föderation! Ich bin Käptn Bähr, Raumpirat, Schmugglerkönig und Schrecken dieses Sektors. Wir werden jede Art von Einmischung in unsere Angelegenheiten als Angriff werten und sofort und gnadenlos zuschlagen. Sehen Sie sich also vor, Haaarrrr!

-äh, war das gut so?" der letzte Teil richtete sich fragend an jemand anderen, der unmittelbar in seiner Nähe stehe musste, aber nicht im Bild zu sehen war. „Ja, das Ganze noch mal mit etwas mehr Enthusiasmus und rollenden Rs, dann können wir das so lassen, Roy!" war die Antwort dieser unsichtbaren Person. Also wiederholte sich Käptn Bähr, diesmal jedoch mit mehr Bedrohlichkeit in der Stimme, rollenden Rs und einem leicht gekünstelten Gelächter am Schluss seiner Mitteilung.

Roderich setzte an: „Wir wollen uns in nichts einmischen, wir fragen nur, ob ...". Ein schwarzgelockter Reporter kam ins Bild und unterbrach Käptn Grubinger. „Hallo, wir sind das Explosiv-Team von RTU – Raum-Televisions-Unterhaltung und sind live und exklusiv mit dabei, wie echte Raumpiraten und Schmuggler ihrer blutrünstigen Tätigkeit nachgehen! Pech für Sie, denn Käptn Beurre hier", Einwand des besagten Piraten: „Bähr, Bähr mit Bäääh! Nicht mit Öööh!"

„Wie auch immer - wird ihr Schiff exklusiv für unsere Zuschauer in winzige Fetzen zersprengen!"

„Beim Klabautermann, warum sollte ich das tun?" fragte der eben Erwähnte. „Ich will hier eigentlich keinen Ärger, sondern nur meine Schmuggelware auf Aldebaran IV abliefern, harrr!"

„Wir haben einen Vertrag, mein Lieber. Zwei geschlagene Wochen sind wir jetzt schon durchs All geschippert, ohne dass irgendwas passiert wäre. Heute muss Action her, das sind wir den Zuschauern schuldig – und ich meinem Intendanten. Laut Vertrag habe ich hier das letzte Wort. Also: Wenn ich sage, dass das Schiff hier zerstört wird, dann sagen Sie nur ‚Aye‘ und laden durch!“

Da schaltete sich auch noch zu allem Überfluss Bernd Brotkast ein: "Heyheyhey, die Konkurrenz um die Einschaltquoten. Na, euch zeigen wir, wo der Hammer hängt. Käptn Grubinger, zerstören Sie das Piratenschiff!" Alles wartete auf eine gewaltfreie Intervention von Person Roth-Grün, doch offenbar hatten die Einschaltquoten Vorrang vor allem, sogar vor den Gleichstellungsquoten, denn sie machte sich schnurstracks in die Kantine, um nicht in den Ärger hineingezogen zu werden.

Roderich gab in seiner Rolle als Käptn Anweisung an seinen Maschinisten: "Sathington, Gefechtsbereitschaft, aber noch nicht schießen. Das wäre ja noch schöner, wenn wir uns wegen einer Doku-Soap hier fetzen würden!"

„Ayeaye, Käptn, es gibt ja noch so was wie Anstand und Moral im Weltraum! Darf ich heute – nur für alle Fälle – ein ganzheitliches Destruktorpedo X2 empfehlen? Das wird jetzt gerne genommen!“ kam es aus dem Maschinenraum.

Doch sie hatten die Rechnung ohne das Explosiv-Team gemacht. Dieses war gerade dabei, den Piratenkäptn weich zu klopfen. „DER Bösewicht schlechthin, zur Primetime in der ganzen Galaxis ausgestrahlt – sie werden der offizielle Schmugglerkönig und bekommen vielleicht eine eigene Rumsorte und eine Sitcom, Roy Bähr – knallhart apart, der Pirat!“ Käptn Bähr geriet sichtlich ins Grübeln, zeigte als Ergebnis dieses Denkvorgangs ein dreckiges Grinsen und gab Befehl zum Durchladen. „Beim Klabautermann! Nehmt die Föderationsaffen unter Feuer! Keine Überlebenden! Haarrr!“ Offenbar fand er so langsam Gefallen daran, eine Demonstration seiner Arbeit in Milliarden von Haushalte zu tragen.

Damit waren die Würfel gefallen, man musste den Piraten eine zerstörerische Überraschung in die Frachtluke schieben. Da Sathington das gute Stück bereits mit den Zielkoordinaten gefüttert hatte, musste er nur noch auf den Knopf drücken und - Abschuss!

Die Waffentechnik erreichte bereits vor ca. zweihundert Jahren ein Maximum an Effektivität. Man konnte beim besten Willen keinen Rumms mehr an Sprengwirkung, keinen Millimeter mehr an Zielgenauigkeit und weniger an Baugröße herauskitzeln, was fatal für die Waffeningenieure war. Eine ganze Branche war massiv von Arbeitslosigkeit bedroht!

Doch just, als die Hälfte bereits ihre Kündigung in der Tasche hatte, kam ein findiger Konstrukteur auf eine geniale Idee, welche das Militärwesen revolutionierte. Das war so:

Bei der Präsentation einer neuen Kurzstreckenrakete sah er die gelangweilten Gesichter der Reporter, Militärs und Staatschefs, die schon lange im Voraus wussten, dass es gleich einen lauten Knall geben und ein größeres Loch in den Kontinent des entlegenen Planeten, auf dem sie sich gerade befanden, gesprengt werden würde. Und so lief es dann auch immer ab.

Beim obligatorischen Abschlussfeuerwerk der Veranstaltung kam ihm dann die Erleuchtung: Warum kombinieren wir nicht die tödliche Präzision der Kurzstreckenraketen mit der leichten Eleganz und Grazie der Feuerwerksraketen?' fragte er sich. Eine moderne Rakete kostet im Schnitt fünfhunderttausend Raummark, da fallen doch dreißig weitere Öcken für einen spektakulären Abgang nicht ins Gewicht!

Und so entwickelte er die ersten wirklich hochmodernen Raketen. Beim Einschlag bildeten sich die fantastischsten Muster und Leuchteffekte, die sogar dem Feind, dessen Hauptquartier gerade ausgelöscht worden war, eine gewisse Bewunderung entlockte. Es ging bei dem ganzen Zauber aber nicht nur um die Soldaten, sondern auch um die Zivilisten, welche die aktuellsten Berichte von der Front live im TV zu sehen bekamen. Diese waren durchweg begeistert! Proteste und Demonstrationen gegen Krieg und für Frieden gingen galaxisweit signifikant zurück.

Durch diesen Erfolg motiviert, rang man sich zu einer weiteren Neuerung durch. Diesmal waren die Marschflugkörper fällig. Wie der Name nahelegt, wurde ein raffinierter Mechanismus an die Enddüse montiert, der wie eine Pfeife funktionierte und mittels Mikrochip verschiedene schmissige Märsche und Melodien beim Überfliegen des feindlichen Gebiets erklingen lassen konnte – wahlweise auch die Nationalhymne des angegriffenen Landes oder aktuelle Hits aus dessen Charts. So manch gegnerischer Soldat ist fröhlich pfeifend mit dem Lied des Flugkörpers auf den Lippen gestorben.

Das hatte aber auch – zumindest für die unmittelbar Betroffenen – einen Nachteil. Die Kriege schienen länger anzudauern, denn militärische Entscheidungen wurden nicht mehr ausschließlich unter Vernunftaspekten getroffen. Ab und an ließen sich die Generäle dazu verleiten, eine gelungene Inszenierung, bestehend aus musikalischen Leckerbissen im Verbund mit einem grandiosen optischen Spektakel, wie eine pompöse Operette darbieten zu wollen. Dadurch ging so manche gewonnen geglaubte Schlacht in die Verlängerung beziehungsweise doch noch verloren.

Und genau so eine hochentwickelte Bombe schlug in das Piratenschiff ein.

Das Explosiv-Team machte zwei Sekunden später seinem Namen alle Ehre. Die glühenden Überreste des Schiffs bildeten einen pittoresken Kontrast zu der sich dahinter befindlichen interstellaren Wolke, die transzendent luminierte. Kurz darauf formte sich ein gigantischer Kranz verschiedener zarter Blau- und Violetttöne, der einer Rose gleich geformt war. Um die Dramatik der Stunde noch zu unterstreichen, schlug André vor, in einem leichten Bogen mitten durch das Zentrum dieses optischen Hochgenusses zu fliegen.

Das war ein Spektakel, wie es sich die vierundsiebzig Milliarden Zuschauer von Big-Brother-in-Space gewünscht hatten. Und der Kampf um die Einschaltquote im Abendprogramm war fürs Erste gewonnen! Lt. Orlando konnte wieder an Bord gehen und die Gefechtsbereitschaft wurde zurückgenommen. Käptn Grubinger aber hatte genug vom Tag.

Mussten diese Fernsehheinis und Quotenfritzen überall ihre Finger mit im Spiel haben! Und Person Roth-Grün, frischgestärkt aus der Kantine zurückgekehrt, stand schon in den Startlöchern, um sich über seinen Ton Lt. Orlando gegenüber zu beschweren. Er wollte nur noch zu Sathington, um das neue Fässchen jaglenischen Weinbrand zu probieren und hatte schon eine Idee, wie er das bewerkstelligen könnte:

„Jarulin, du übernimmst, ich ziehe mich zurück und nehme meine Stillzeit." Kommentarlos, wie üblich, nahm der erste Offizier die Meldung hin, Person Roth-Grün jedoch wurde maulig.

"Käptn Grubinger, Ihre Kinder sind doch schon in der Pubertät und gar nicht an Bord, zudem können Sie als Mann gar keine Milch geben!"

"Diskriminieren Sie mich nicht wegen meines Geschlechts und meiner momentanen Kinderlosigkeit!" blaffte der Käptn zurück. Und der Konter saß! Roth-Grün stand mit heruntergeklapptem Unterkiefer auf der Brücke und muckste sich nicht mehr. Sollte niemand sagen, Roderich sei auf seine alten Tage nicht lernfähig! Irgendwie würde er es sich doch noch im Hier und Jetzt bequem einrichten.

Doch erst mal richtete er sich wieder im Kabuff von Sathington ein. Dieser Raum war ein Refugium ohne Kamera, das hatte der Mechaniker zu verhindern gewusst. Er war ja an Bord geblieben, als diese Dinger überall installiert worden waren. Er erwartete den Käptn bereits und hatte schon eine Flasche Roten entkorkt. „Jaja, Roddi, gar nicht so einfach, wenn man's doppelt nimmt, nicht wahr?"

„Ja. Früher wars ein wenig unkomplizierter. Niemand hat einem dazwischengeredet, man war letzten Endes nur sich selber und seinem Gewissen verantwortlich. Damals hat man noch eines gehabt. Weißt du, wie ich mir mit dieser Roth-Grün manchmal vorkomme? Wie diese Hund-und-Katz-Teilchen. Genauso. Ich will ..."

„Wie was?"

„Hast du nicht von den berühmten Hund-und-Katz-Teilchen gehört? Vor ein paar Jahren hat ein Wissenschaftler, der unbedingt das Perpetuum mobile erfinden wollte, die Idee für ein neues, elementares Teilchen gehabt. Es ist ihm sogar gelungen, so eines zu erschaffen. Seine Kreation war im Prinzip nichts weiter als ein Elektron, er nannte es Gesellotron, das unbedingt die Nähe zu einem normalen Elektron suchte – es zog

andere Elektronen an und stieß sie nicht ab, das war das Besondere. Doch die normalen Elektronen wollten nichts mit dem neu kreierten Teilchen zu tun haben und sind entfleucht, wie unter Elektronen üblich – die Ladung der normalen Elektronen stieß das umgemodelte Elektron ab, wie die Katz vor dem Hund davonläuft.“
„Na und? Was ist daran so besonders?“
„Na, überleg mal. Das normale Elektron ist weg wie die Katz auf den Baum, das umdesignte Gesellotron wie ein Hund immer hinterher. Beide haben sich aufgeschaukelt und sind immer schneller geworden, bis sie fast Lichtgeschwindigkeit erreicht haben. Sie sind heute noch vermutlich irgendwo unterwegs im Weltraum, vielleicht mittlerweile in einer anderen Dimension, keine Ahnung. Jedenfalls war dies das einzige Gesellotron, das jemals erschaffen worden ist, denn die Laborbedingungen konnten nie wiederhergestellt werden, auch waren die Aufzeichnungen unvollständig. Und, zu guter Letzt: Wer hat schon Interesse an einer Energiequelle, die zwar unerschöpflich ist, sich aber mit Beinahe-Lichtgeschwindigkeit davonmacht?
Jedenfalls so komme ich mir vor. Ich renne ständig weg und diese Person verfolgt mich. Je schneller ich renne, umso schneller ist sie mir auf den Haxen.“
„Dann – nähere dich ihr doch an!“ war der Rat des Maschinenmeisters.
„Kommt nicht in die Tüte. Lieber rennen als mit der unmöglichen Person Walzer tanzen. Ich werde weiterhin versuchen, ihr aus dem Weg zu gehen. Wenn ich vor ihr wegrenne, muss ich sie wenigstens nicht sehen.“
„Na gut, du musst es wissen. Wohlsein!“

Es war wieder einer dieser drückend-schwülen Tage auf Wega III, die seinem Kreislauf so zusetzten, als würde ein Hufschmied bei jedem Herzschlag seinen Schädel von innen mit einem Hammer traktieren und, wo er schon mal dabei war, seinen Brustkorb mit den Füßen auf gleiche Art und Weise bearbeiten. Ja, er hatte wieder diese fürchterlichen Kopfschmerzen. Oh ja, der Wein war wieder schuld.

Nein, Wein wollte er diese Flüssigkeit nicht nennen. Diese Brühe war wieder schuld. Ja, das ging schon eher. Früher, als er noch einen Doktortitel, einen guten Ruf und eine Arbeitsstelle gehabt hatte, genoss er oft ein gutes Tröpfchen von Terra III oder aus dem Aldebaransystem, aber diese Zeiten waren erst mal vorbei. Jetzt war er froh, wenn es noch für ein wenig ‚Brühe' reichte, um, wenn er um kurz nach Zehn aufgestanden war und die Zeitungen, mit denen er sich üblicherweise zudeckte, beiseitegelegt hatte, erst mal einen zur Brust zu nehmen.

Früher einmal war er ein stolzer Raumfahrer gewesen, nicht unbedingt groß gewachsen, doch mit einem immer leicht sauertöpfischen Blick, der durch seine dichten, angewinkelten Augenbrauen noch verstärkt wurde. So konnte er immer mehr Autorität verströmen, als er eigentlich gehabt hatte. Doch mittlerweile wirkte er nicht mehr sauertöpfisch, sondern nur noch desillusioniert. Seine schwarz-grauen Haare waren wirr in alle Richtungen verteilt. Und einige Falten hatte er in den letzten Jahren bekommen, die es in Puncto Verwegenheit locker mit seinen Haaren aufnehmen konnten.

Es war jedes Mal ein Schock für ihn, nicht in einem guten Bett aufzuwachen, sondern auf der Straße, auf einer Bank oder unter einer Brücke. Er würde sich wohl nie daran gewöhnen. Beim Einschlafen musste er an sein altes Leben denken. Die Abenteuer mit seinen Kumpels, sein Medizinstudium, dann der erste Job, Heirat ... ja, und die zwei Weltraum-Entdeckungsmissionen: Er hatte alles, als er losflog. Kinder, Frau, Haus, Reputation, Geld, alles, einfach alles. Und als er zurückkam ...

Während seiner Abwesenheit hatte man gewisse Differenzen bei seiner Doktorarbeit entdeckt – na gut, es war aufgefallen, dass zwei Drittel des Oeuvres gar nicht von ihm stammten, sondern eilig von verschiedenen Quellen aus dem Internet per copy-and-paste zusammengestückelt worden war. Das löste eine Kettenreaktion aus. Während seiner Abwesenheit wurde ihm der Job beim Krankenhaus der Föderation gekündigt, seine Frau ließ sich kurz danach scheiden und riss sich die Kinder, das Geld und das Haus einfach unter den Nagel. Und als er nach langer Fahrt wiederkam, stand er vor einem Trümmerhaufen. Betrugsverfahren, kein Geld, kein Titel, keine Frau, keine Familie und kein Dach überm Kopf.

Als Arzt durfte er nicht mehr arbeiten, also musste eine andere Einnahmequelle her. Zunächst hatte er sich mit dem Schreiben eines Buches über Wasser halten können, denn schreiben konnte er schon immer (außer Doktorarbeiten). Er hatte ein paar Geschichten über Verschwörungstheorien zu Papier gebracht und auch ein wenig Erfolg damit gehabt. Da er eine gute medizinische Bildung und auch Allgemeinwissen hatte, konnte er leicht ein paar an und für sich gesicherte Fakten nehmen, diese mittels für Kenner der Materie haarsträubenden Halbwahrheiten in Frage stellen und daraus eine interessante Verschwörung basteln – die Sonne ist gar nicht heiß, Wega III ist erst sechstausend Jahre alt, Pulsare sind doch Funkstationen von

Außerirdischen und dergleichen. Und der Schmöker hatte sich ganz gut verkauft!

Doch leider waren zu dieser Zeit Autoren nicht mehr so angesehen wie um das Jahr 2000. Das dicke Geld machten nicht sie, sondern die Übersetzer, was daran lag, dass bereits so gut wie alle Geschichten geschrieben worden waren – in irgendeiner Form, zu irgendeiner Zeit, an irgendeinem Ort - und Autoren daher nur als bessere Kopierer galten. So viele Ideen für neue Bücher und Geschichten gab es einfach nicht mehr, jeder Spannungsbogen war dutzende von Malen gespannt, überspannt und entfremdet worden, jede noch so geschickte Wendung der Handlung schon hundert Mal verwendet, gewendet und in sich verdreht worden, als dass es noch jemanden vom Hocker gehauen hätte.

Anders die Arbeit der Übersetzer: Es war leicht, ein Buch für ein Volk zu schreiben, ein Buch für viele Völker mit unterschiedlichem kulturellen Hintergrund war schon ungleich schwerer. Zu groß waren die Differenzen bei Vorstellungen und Werten, um überall gut verstanden zu werden. Und um wie viel schwerer war es dann, ein Buch zu schreiben, dass auf verschiedenen Planeten von verschiedenen Spezies mit verschiedenen Kulturen gelesen werden sollte?

Hier waren Übersetzer gefragt, um die jeweiligen Texte um- und teilweise neu schrieben, damit sich überhaupt ein Interessent für das Buch fand. Man musste genauestens auf die Gepflogenheiten, die geografischen und biologischen Verschiedenheiten der potentiellen Käufer Rücksicht nehmen, sonst floppte das Oeuvre gnadenlos.

Natürlich gab es auch seit Längerem den sogenannten Uni-Gender-Schreibstil, der extra dafür geschaffen worden war, auf jedem Planeten von jeder Kreatur jeglicher Kultur gelesen werden zu können, doch auch den musste man erst mal beherrschen. Zudem waren Bücher, die in diesem Stil gehalten worden waren, extrem langweilig zu lesen und im allgemeinen Ladenhüter, die fast nur von Angestellten des Vereins für Gleichstellung und Unterschiedlichkeit gelesen wurden.

Um eben diese Schwierigkeiten der Übersetzer aufzuzeigen, sei ein kleines Beispiel erlaubt. Hier ein kurzer Absatz aus einem ganz normalen Schmöker, so wie wir ihn kennen:

<u>Das Original für Terra III:</u>
Er nahm sie in seine starken Arme und säuselte ihr ins Ohr: „Ach, Silke, jetzt können wir für immer zusammenbleiben, heiraten und eine Familie gründen!“. Anschließend gingen sie zurück in ihr Haus, um das Abendbrot einzunehmen.

<u>Uni-Genderstil:</u>
Es nahm Es nahe zu sich mit Hilfe seiner/ihrer oberen Tast- oder Manipulationsorgane heran und kommunizierte Es:“ Ach, Wesen, jetzt werden wir einen steuermindernden Status einnehmen, uns dem Fortbestand unserer Spezies widmen und Nachkommen zeugen“. Dann gingen beide in ihre Behausung/präferierte Stelle, um sich der Nahrungsaufnahme zu widmen.

<u>Für Tomingas, eine räuberische Spezies:</u>
Er nahm sein Weibchen in seine messerscharfen Pranken und brüllte in die Weite der Steppe: “Grroarrr, Jägerin! Jetzt gründen wir ein eigenes Rudel! Ich werde dich bis zum nächsten Jahr dabei behalten, denke ich!“. Dann rannten beide in ihren Bau, um die Reste des Azerbintieres, das sie am Vortag erlegt hatten, zu verspeisen.

<u>Für Drakolilien, eine Art intelligenter Pflanzen:</u>
Er ließ innerhalb der nächsten vier Tage einen Trieb zu ihr rüberwachsen und gab ihr mittels chemischer Botenstoffe zu verstehen, dass er gerne mit ihr zusammen bei der nächsten Windböe seine Blütenpollen in das Tal hinabwehen lassen würde, damit Jahre später dort eine Schneise ihrer gemeinsamen Nachkommen vom jetzigen Liebesglück erzählen könnte. Darauf sogen sie mit ihren engumschlungenen Wurzeln mit Nährstoffen angereichertes Wasser aus derselben Quelle.

Als Autor bekam er nur ein paar kleinere Tantiemen und musste sich immer wieder mit Kritikern rumschlagen - auch ein Nachteil, den man als Übersetzer nicht hat. Daher reichte das Geld vorne und hinten nicht und als seine Frau immer weitere Alimente forderte, rutschte er in eine Depression. In dieser befand er sich auch heute, trotz eines Schlucks Brühe um zehn.
Doch der heutige Tag sollte anders laufen. Gerade, als er sich überlegte, wo er denn ein schattiges Plätzchen finden könnte, um seinen Bettelhut aufzustellen, kam eine lange, dürre Frau direkt auf ihn zu und winkte ihn fröhlich lächelnd an. „Herr Vaillard?" fragte sie. Er bejahte kopfnickend.
„Hach, das ist ja ein Glückstag. Für Sie natürlich!" schob sie deutlich leiser und abfällig hinterher, während sie ihn mit einem geringschätzigen Blick von oben bis unten musterte. Nach einer genau kalkulierten Pause, die ihrem Gegenüber einerseits den vollen Umfang ihrer Geringschätzung zeigte, ihm andererseits aber auch nicht die Zeit ließ, darauf einzugehen, fügte sie hinzu: "Reporta Pulitzer mein Name. Ich arbeite für den Sender URS 4 und habe Ihnen ein Angebot zu

machen. Gibt es hier einen Ort, an dem man sich in Ruhe unterhalten kann?"

Natürlich gab es einen solchen Ort. Viele solcher Orte sogar – aus seinem alten Leben kannte er sie. Da er davon ausging, dass die Frau bezahlte, schlug er das teuerste Frühstückscafe am Platz vor. Ohne mit den falschen Wimpern zu zucken, akzeptierte die Dame und so setzten sie sich in die heiße Vormittagssonne zu einem sündhaft teuren Kaffee, ein paar luxuriösen Häppchen und einem Gespräch, das sein Leben einschneidend verändern sollte.

Die Geheimwaffe der Föderation

Nach diesem Zwischenfall war es wieder an der Zeit, sich auf die ursprüngliche Mission zu konzentrieren, was bedeutete, sich in das benachbartes Sonnensystem zu begeben, um dort die Wissenschaftler von der Leine zu lassen. Das war höchste Eisenbahn, denn die hochrangigen Koryphäen wurden teilweise schon unruhig, bestand die vorrangige Aufgabe der Mission bisher doch darin, ein größeres Publikum zu unterhalten und Geld für die Föderation zu generieren. Und gelangweilte Spitzenforscher können ziemlich kapriziös werden! Da kamen ein paar weiße Flecken auf der Landkarte, die nach einer gründlichen Erforschung schrien, gerade recht, um die intelligentesten Köpfe der Galaxis zu beschäftigen.
Doch es sollte wieder nichts daraus werden.
Diesmal war es ein Fünf-Sterne-General der föderalen Armee, der sich kurz vor Mittag an die Genderpreis wandte. General Drenko, ein blauhäutiger Bergenter,

dessen grüne Uniform sich doch sehr im Widerspruch zu seinem Teint befand, wie André nach dem Gespräch passend bemerkte.

„Käptn Grubinger, wir haben einen Auftrag für sie. Dieser unterliegt der höchsten Geheimhaltungsstufe. Nichts darf nach außen dringen! Von unserer Militärbasis 7-Strich-2 in Sektor 3 - dem Stützpunkt, den es eigentlich gar nicht gibt - ist eine geheime Waffe gestohlen worden. Es handelt sich um eine völlige Neuentwicklung. Eine Waffe, die in den falschen Händen die halbe Galaxis außer Gefecht setzen kann. Oberstes Ziel ist die Ausschaltung der Waffe sowie der Diebe. Und Geheimhaltung, Geheimhaltung ist ebenso wichtig!

Die Ganoven halten nach unseren Informationen Kurs in Ihre Richtung. Mit ein wenig Glück können Sie ihr Schiff in ein paar Stunden orten und kaltstellen. Sie sind im Moment das einzige Großraumschiff mit einem halbvollen Tank, der Rest der Flotte würde Tage brauchen, um einsatzbereit vor Ort zu erscheinen. Käptn Grubinger, Sie sind unsere einzige Hoffnung, enttäuschen Sie uns nicht! Einen genaueren Bericht sende ich Ihnen per Mail."

„Aye, Sir, wir werden uns auf die Suche machen, die Waffe sicherstellen und die Diebe ausschalten. Grubinger Ende!

Quogag, scannen Sie schon mal die Umgebung ab, vielleicht empfangen wir ja etwas Verdächtiges."

„EiEi, Söhr! Äh – wo soll ich denn anfangen?"

„Bei zwei Uhr, oberhalb des Meteoritengürtels" entgegnete der Käptn dem eifrigen Abrenkulaner.

Elektra schaltete sich ein: "Na, hoffentlich kommt dann ein wenig Pep in die Bude. Die Person Roth-Grün geht mir seit geraumer Zeit ganz schön auf den Senkel. Sie will unbedingt interkulturelle Kompetenz zeigen, indem sie die Mannschaft bekocht. Gestern hat sie doch diese – wie nannte sie das - Dönerwelle als Nachtisch serviert! Bääh! Eine Kombination aus dem Besten der österreichischen und türkischen Küche, Gammelfleisch mit Schokoüberzug und Kirschen! Mein armer Shaque-a-Boom hat alles wieder ausgespuckt und wird für den Rest seines Lebens eine Austrophobie haben!"

„Ja, diese Person würde ich gerne gegen die Geheimwaffe eintauschen, dann hätten wir zwei Probleme weniger. Wir können es ja den Banditen vorschlagen, wenn wir sie gestellt haben. Viel schlimmer kann die geheime Geheimwaffe auch nicht sein." meinte Jarulin mit einer für ihn unüblichen Portion Sarkasmus in der Stimme.

Mitten in die Konversation platzte Marionetta mit ihrem Kameramann, der die ganze Zeit in der offenen Tür gestanden und alles gefilmt hatte:

„Oh-là-là, eine geheime Mission! Ja, werte Zuschauer, wir sind live dabei, wenn die Genderpreis Schurken jagt, die eine geheime Waffe, die es eigentlich gar nicht gibt, von einem noch geheimeren Stützpunkt gestohlen haben, den es noch viel weniger gibt! Exklusiv für Sie blicken wir in die tiefsten Abgründe, die es dafür umso mehr gibt und holen zu ihrer Unterhaltung Dinge ins Rampenlicht, die eigentlich für immer im Dunkeln liegen sollten!"

„Frau Emisson! Die Mission ist geheim! Streng geheim! Oberste Geheimhaltung! Wissen Sie nicht, was das heißt?" fragte Roderich erregt.

„Natürlich weiß ich das: DER Knaller zur Abendzeit! URS 4 ist wieder dabei, wenn die dunkelsten Seiten des Universums beleuchtet werden!"

„Von dieser Mission darf niemand erfahren, streng vertraulich ...."

„Ach, wissen Sie, das ist kein Problem!", fiel ihm Marionetta ins Wort und sprach in die Kamera, die von ihrem Assistenten bereit gehalten wurde: "Unsere vierundsiebzig Milliarden Zuschauer daheim werden schon nichts sagen, nicht wahr? Sie werden alle schön den Mund halten! Sehen Sie, Käptn? Alles kein Thema. Das Publikum wird schweigen wie ein Grab. Und um die Zuschauer noch zusätzlich zum Schweigen zu motivieren, verlosen wir eintausend Exemplare des Buches ‚meine zehntausend schönsten Zufallscodes' unter den leisesten Schweigern, die nicht anrufen!"

Naja, es war ohnehin zu spät, denn der ganze Ablauf inklusive des Gesprächs mit dem General wurde ja live übertragen.

Eine Stunde später waren die Gemüter soweit abgekühlt, dass man sich in die Mittagspause begeben konnte. Scampinelli, der Koch, hatte die momentane Abwesenheit der Gleichstellungsbeauftragten (die gerade dabei war, die Reste der Dönerwelle fachgerecht zu entsorgen) genutzt, um eine italienische Köstlichkeit zu zaubern. Als Vorspeise gab es Meeresfrüchtesalat, das Hauptgericht war eine echte Saltimbocca. „Nache bähsder Resehbt vonne Maahma!", wie er mit seinem übertriebenen italienischen Akzent versicherte.

Das hatte freilich nicht viel zu bedeuten, denn das sagte er auch, wenn er auf die Schnelle ein Fertiggericht im Neutronenkocher vollautomatisch garen ließ. Einmal wurde er von Sathington drauf angesprochen und hat ihm das Ganze augenzwinkernd erklärt: "Weihsse du, maine Maahma hadde nix gutt gekocht, hadde immer nur aufgewähmt Spaisse in Neutrohnekocher,

Haubtesache schnähl und müheloss. Bin ich ährste, einzigsde und bähsde Koch inne ganze Familie Scampinelli!"

Roderich, Jarulin und Sathington nahmen ihre Tabletts und setzten sich an einen freien Tisch. Jarulin sagte in die Runde: „Möchte mal wissen, was die Föderation für Waffen entwickelt. Und mit was wir uns auseinandersetzen sollen. Da sind ja die dollsten Gerüchte in Umlauf. Angeblich sind bis zu fünfzehnhundert Ingenieure auf der geheimen, unterirdischen Station und denken sich von morgens bis abends neue Möglichkeiten aus, seinen Mitwesen den Garaus zu machen. Eigentlich ein interessanter Job, der sowohl Fantasie als auch eine Portion Fiesheit erfordert. Ich will gar nicht dran denken, was die alles im Arsenal haben! Also, ich würde eine Waffe erfinden, die unsere Gegner einfach in eine andere Dimension pustet. Dann hätte jeder seine Ruhe - und ihr so?"

„Ich würde eine Waffe auf Basis von Kontinentalverschiebung entwickeln", antwortete Roderich mit vollem Mund.

„Ähhh, naja ...." meinte Jarulin. „Ich dachte eigentlich an ein paar neue Strahlen oder Bomben. Egal. Wir sollten uns mal Gedanken machen, warum der General uns nicht erklärt hat, wie wir uns gegen die Waffe schützen können, das hat nämlich in dem Bericht, den er uns gesendet hat, gefehlt. Wir haben, die Waffe betreffend, keinerlei Informationen, außer dass sie wohl mittels Datenübertragung funktioniert. Woher könnten wir weitere Informationen bekommen, wenn der General schweigt?"

„Von Alfred Wegener!", warf Sathington ein.

80

„Was ist denn mit euch los?" wollte Jarulin wissen. Doch dann bemerkte auch er es. Das, was die beiden anderen schon unterschwellig beeinflusst hatte.
„Sag mal, dieses Stück Tintenfisch hier, erinnert dich das an wen, Roddi?". Wie auf ein Kommando hörten sie auf zu essen und stürmten in die Küche.
„Emilio, den Tintenfisch vom Salat, wo hast du den hergenommen?"
„Ah, mussde ich brinnge heute Morgen Täller Algenfädden für aihne Professor in Simmer Undartsibbenunddrahisich. Isse dort aber nix gewähse Professor, nur Aquarium mitte Tintenefische driehne. Muhßte gleich Geläggenhait nuhdse und den in Salate gäbbe! Konnte nicht widerstähe! Große Brocke, diesse Tintenfische, aber friisch unde läkker!"
„Scampinelli, du Depp, das WAR der Professor! Prof. Glrbrdryk, unser Experte für Plattentektonik! Er ist – war - ein Wasserlebewesen und deshalb in einem Becken untergebracht!"
„Oh, scusi ... warum hatte ähr nixxe gesakkt?"
„Normalerweise kommunizieren die Zwengenbrinke telepathisch. Haben Sie nicht irgendwelche Schmerzen, irgendwelche Meldungen in ihrem Gehirn empfangen?"
„Aah, wisse Sie, müsse isch ertragge italienische Fussballe, binne isch Schmerze unde Trauer gewohnt! Aber..."
„Ja?"
„Die Knobbelauchsoße dabei, warre die in Ordnung?" Nun ja, die war deliziös, das mussten die Offiziere zähneknirschend zugeben. Ein wenig mehr Majoran hätte nicht schaden können, aber ansonsten eine ausgewogene Kombination verschiedener mediterraner Gewürze.

Zum einen war es wirklich schade, eine Kapazität der Wissenschaft war von dieser Welt gegangen. Zum anderen - und vor allen Dingen (Roderich schämte sich ein wenig, weil dies sein vorrangiger Gedanke war) sind wertvolle Diversitätspunkte für das einzige rotationssymmetrische Lebewesen an Bord mit der heutigen Vorspeise perdu gegangen.
Nachdem sie Scampinelli eingeschärft hatten, nur noch das zu kochen, was tot in der Speisekammer lag, gingen sie wieder in die Kantine, um deutlich lustloser und schweigsamer ihre Saltimbocca zu genießen.

Eine halbe Stunde später hatte ein strahlender Quogag bereits einen astralen Strahl Neutronenstrahlung (das ist das, was ein Schiff mit Neutronenstrahlantrieb hinterlässt, für gewöhnlich ein sehr schnelles Schiff der Wellenreiterklasse) entdeckt.

„Lt. Orlando, verbinden Sie mich mit dem Schiff!"

„Aye, Sir!"

„Hier Käptn Grubinger von der Genderpreis. Bitte identifizieren Sie sich!"

„Hier Lorgag 45, Käptn des Wellenreiters 809-Zugl. Was wollen Sie von uns?" Lorgag kam ins Bild. Es handelte sich um einen Blugunzianer.

Käptn Grubinger beneidete die Blugunzianer aus demselben Grund, aus dem er sich freiwillig für die jetzige Mission gemeldet hatte: Er hatte vier Kinder im pubertierenden Alter.

Jetzt müssen wir mal wieder ein wenig vom Thema abschweifen, aber egal, es geht hier um die Emotionen des Protagonisten dieses Buchs, und das sollte uns doch einen kleinen Exkurs in die Gewohnheiten fremder Spezies wert sein.

Erdlinge zeugen wie fast alle Wesen in der Milchstraße Kinder, die zuerst ganz niedlich und harmlos sind. Doch im Alter von etwa dreizehn Jahren mutieren diese zu den übelsten Kreaturen, die es im gesamten All gibt: Teenager.

Nun, die Blugunzianer dagegen sind eine insektoide Spezies. Sie legen ein, zwei oder maximal. drei Eier ab, aus denen kleine, süße Maden schlüpfen. Diese bleiben allerliebst bis in ein Alter von dreizehn Jahren, gehen in den Larvengarten, spielen und sind artig. Soweit die Gemeinsamkeiten.

Doch anstatt sich dann in Teenager zu verwandeln, wickeln sie sich in einen Kokon, hängen sich an einem seidenen Faden kopfüber an die Decke und überdauern die nächsten sieben Jahre, indem sie sich verpuppen. Nach dieser Zeit schlüpfen die fertig entwickelten Blugunzianer in die von ihren Eltern unter den Kokon gelegten Klamotten, setzen sich ein letztes Mal an den gemeinsamen Frühstückstisch, verspeisen gemeinsam mit ihren Eltern den Kokon (ein Ritus auf den von Blugunzianern bewohnten Planeten) und ziehen ihres Weges. Natürlich gibt es auch manchmal Blugunzianerlarven, die nicht so pflegeleicht sind, doch diese werden einfach von ihren Eltern aufgefressen. Man kann also festhalten: Blugunzianerteenager

- wollen nicht die Schlüssel für Daddys sportlichen Raumkreuzer, sondern hängen die kritische Phase locker ab

- lassen sich nicht mit dreizehn schwängern, sondern legen erst ab fünfundzwanzig Jahren Eier

- wissen nicht alles besser, sondern werden während ihrer Verpuppung durch Bestrahlung geschult

- wollen nicht andauernd wohin gefahren werden, es genügt ihnen, wenn sie zweimal die Woche von ihren Eltern angestupst werden, so dass sie leicht ins Schaukeln geraten

- benötigen über knapp sieben Jahre hin nur einen Platz von 40x40cm, welcher sich ruhig im hintersten Keller befinden kann.

Das macht Blugunzianer zu den zufriedensten Eltern in der ganzen Galaxis.

„Wir sind auf der Suche nach einem entwendeten Gegenstand und möchten Ihre Einwilligung, damit ein Suchtrupp Sie besucht und versucht, den gesuchten

Gegenstand zu suchen, den wir suchen!" meinte Roderich ziemlich unbeholfen. Aber auch wenn er sich stilistisch besser ausgedrückt hätte, das Ergebnis wäre dasselbe gewesen: Käptn Lorgag 45 mauerte.

„Kommt nicht in Frage. Wir sind ein freies Schiff und besser bewaffnet als ihr! Holt uns doch, wenn ihr euch traut! Krukk 32, auf Gefechtsstation!"

„Gut", gab Roderich zu bedenken, „Sie lassen uns keine andere Wahl. Wir haben offiziell Schießbefehl und unsere Gleichstellungsbeauftragte ist gerade in der Küche, wir können also Gewalt anwenden."

Das war der Moment, in dem die Blugunzianer mit der entwendeten Geheimwaffe auf die Genderpreis feuerten. Ein Strahl, der fächerförmig auseinanderlief, raste auf das teuerste Schiff seiner Zeit zu und traf mitten ins Schwarze! Es passierte -

gar nichts.

„So viel zu den geheimen Entwicklungen der Föderation. Sath, Feuer frei, ein Doppelpack erntefrischer Bio-Blaster-Sprenggranaten kann den Dieben nicht schaden! Aber bitte nur kampfunfähig machen, wir müssen die Waffe noch sicherstellen!" Auf dem drei Meter HD-3D-Dolby-Schirm verfolgten die Offiziere auf der Brücke alles: Das fremde Schiff in der Bildschirmmitte, das Fadenkreuz von Sathington, die Such-Arretierung, die einrastete und dem Schiff keine Chance zum Entkommen ließ. Und dann: Feu ....

Nein. Anstelle eines bedrohlichen Doppelpacks wirkungsvoller Waffen, die auf das fremde Schiff zurasten, tat sich ein Fenster auf. Nicht mal ein Fenster in eine andere Dimension, sondern nur ein Werbefenster, welches die erstaunten Offiziere fragte: "Noch keinen Urlaub gebucht? Nicht viel Geld übrig und trotzdem sonnenreif? Kommen Sie nach Riga II-a! Wir haben das ganze Jahr über bestes Wetter zu besten Preisen!"

Riga II-a ... ach ja, wer denkt da nicht an kristallklares Wasser, blütenweiße Strände, eine leicht rosafarbene Sonne und Luxus pur?
Die Leute natürlich, die Riga II-a noch nicht kennen. Und das sind zu der Zeit, in der wir uns gerade aufhalten, nur gänzlich rückständige Zivilisationen, die nicht mal wissen, was überhaupt ein Urlaub ist und sich ohnehin keinen leisten können. Doch fangen wir von vorne an.
Vor etwa vierhundert Jahren entwickelte sich auf Riga II (nein, nicht Riga II-a) eine unschlagbar gute Tourismusindustrie. Kein Wunder, es gab ellenlange Küsten mit feinen Sandstränden, fast nur gutes Wetter (zweimal im Jahr, gerade zwischen der ersten und der zweiten Sommersaison, regnete es eine Nacht lang) und überall liefen freundliche und gut gelaunte Leute herum.
Die größte Attraktion aber war das Doppelsternsystem selber: Die Hauptsonne leuchtete in einem blassrosa Ton und erzeugte dabei auch bei Tag eine sichtbare Korona, die alles in den Schatten stellte, was man bislang an anderen Himmeln beobachten konnte. Der Farbton sowie diskret ausgestrahlte Radionenstrahlen waren wie geschaffen dafür, die Seelen der Leute, die unter dem Licht dieser Sonne am Strand lagen, auf eine sanfte Art vollkommen zu entspannen.
Der zweite Stern war schon vor langer Zeit zu einem schwarzen Loch kollabiert und zog in einem beständigen Strom Masse von der aktiven Sonne ab. So entstand, zusätzlich zur Korona, ein weiteres faszinierendes Bild am Himmel: die Akkretionsscheibe. Beide

Himmelskörper zusammen waren wie eine gigantische Schnecke geformt, die langsam über den Himmel zog.

Da der Andrang immer größer wurde und damit die Preise immer weiter stiegen, verdienten sich die Bewohner von Riga eine goldene Nase.

Bis eines Tages Frogel Barmerdick, ein exzentrischer Milliardär, von den Bediensteten des Hotels, in dem er seine Ferien verbringen wollte, nicht genug gebauchpinselt wurde. Da er nicht nur exzentrisch, sondern auch fürchterlich leicht erregbar und jähzornig war, beschloss er, den Hotelbetrieben auf Riga II den Rücken zu kehren. Frogel montierte an einen Mittelklasse-Asteroiden ein paar leistungsfähige Antriebsdüsen, ließ dort eine großzügige Villa erbauen und ging mit seinem neuen Privatasteroiden direkt in den Orbit um Riga II. Morgens flog er mit einem leichten Sportraumer runter, badete, aß und prahlte, abends ging es wieder hoch in seine Villa.

Das war ein Signal. Andere Milliardäre und Möchtegerne machten es ihm nach, bis der Himmel über Riga II mit Asteroiden gespickt war. Doch die Riganer konterten. Sie erließen ein Gesetz, das sogenannte Orbit-Reinheitsgebot, das es untersagte, Asteroiden oder Raumschiffe auf Dauer in den Orbit von Riga II zu bringen. Andernfalls würden horrende Parkgebühren fällig.

Doch dadurch wurde der exzentrische Milliardär nur angespornt. Frogel hatte noch eine Idee: „Wenn ich keinen Asteroiden in die Umlaufbahn bringen darf", so sagte er sich, „werde ich halt einen ganzen Planeten in die Umlaufbahn bringen, aber diesmal um die Riga-Sonne. Genau eine Sechstel Umdrehung vor Riga II wird mein Planet fliegen. Riga II liegt dann in meinem Kielwasser, ein paar Wochen hinter mir!"

Gesagt, getan, er schoss einen Planeten, den er billig erworben hatte, an die vorgesehene Position, ließ diesen touristisch umbauen und eröffnete ein Hotel nach dem anderen. Das lief so gut, dass sich schnell Nachahmer fanden und sich mittlerweile insgesamt sechs Planeten (der Originalplanet Riga II sowie die Neulinge Riga II-a bis Riga II-e) von unterschiedlichen Hotelketten in der Umlaufbahn von Riga drängten, die alle gnadenlos um Touristen buhlten.

Wobei Riga II, der Originalplanet, einen unschlagbaren Vorteil hatte: Da dieser Planet direkt einem Haufen Trojaner (ein gebündelter Haufen kleinerer Körper und Asteroiden, der ihm um sechzig Grad in einem der Lagrange-Punkte vorauseilt) folgte, war es möglich, sich gegen Aufpreis eine persönliche Sternschnuppe zu wünschen, die an einem genau definierten Zeitpunkt erschien. Dazu wurde ein kleines Stück von einem der Trojaner-Asteroiden abgesprengt, das dann etwa acht Wochen später in die Atmosphäre des nachfolgenden Planeten Riga II gelangte, um dort spektakulär zu verglühen.

Außerdem konnten die Hotelbetriebe auf Riga II ihren Müll einfach hinter sich in den Weltraum schießen, dieser fiel ein paar Wochen später auf Riga II-e und sorgte dort für schmuddeliges Wasser und Beschwerden der Gäste.

„Klicken Sie die Werbung weg!" brüllte Jarulin Al-Djaffadth an. Sathington wollte wieder zielen, doch das Schiff war bereits außer Reichweite. Roderich setzte sich mit Sathington in Verbindung – vielmehr wollte er das tun, doch statt dem geröteten Gesicht seines Maschinenmeisters lief ein Werbefilmchen für Mascara mit dem Hinweis, man könne die Werbung in fünf Sekunden überspringen.

Was war los?

Die Gleichstellungsbeauftragte, die just in diesem Moment aus der Küche kam, wusste mehr: "Jaja, ich kenne so manches Geheimnis der Föderation. Immerhin gehen wir vom Gleichstellungs- und Unterschiedlichkeitsverein dort ein und aus. Und ich habe von Gerüchten gehört, Gerüchten über eine neue Waffe. Auf den ersten Blick ungefährlich, doch in Wahrheit brutal, tödlich und hocheffizient. Durch einen Virus wird das Bordsystem infiltriert, die Firewall eingerissen und ein normaler Betrieb durch Werbeeinblendungen unmöglich gemacht. Das mag erst mal harmlos klingen, aber stellen Sie sich vor, den ganzen Tag lang beworben zu werden, das hält auf Dauer niemand aus. Wir müssen unbedingt die Diebe verfolgen und stellen. Konnten Sie orten, wo sie hinfliegen?"

Wenigstens das konnte man. Lt. Orlando setzte einen Funkspruch zur Zentrale ab (nachdem sie an einer Umfrage über Inneneinrichtung teilnehmen musste, bei der sie von André assistiert wurde) und gab Bescheid, dass sie die Verfolgung aufgenommen hätten. Anhand der Daten, die von Quogag ermittelt wurden, schienen sich die Diebe in Richtung Vignoble III zu bewegen. Offenbar musste ihr Wellenreiter nachgetankt werden, denn dazu war dieser Planet, der im Volksmund der Wüste Planet genannt wurde, ein sehr guter Anlaufort.

Doch sie hatten die Genderpreis an ihren Hacken kleben...

Drei Stunden noch waren die wackeren Genderpreisler vom Wüsten Planeten entfernt, es sollte also ein Leichtes sein, bis dahin den Suchtrupp zusammenzustellen, eine grobe Strategie zu finden und die Ausrüstung klar zu machen.

„Alle drei Sergeanten werden runtergehen," stellte Roderich fest, "als Kommunikationsoffizier – Entschuldigung, aber wir können nicht mit der Tür ins Haus fallen und benötigen daher einen ausgeglichenen Charakter – kommt Jarulin mit."

Das schien eine gute Wahl: Drei hochspezialisierte Einzelkämpfer, dschungel- und wüstenerfahren, dazu der besonnene Jarulin, der die Ureinwohner zu einer Zusammenarbeit bewegen und die doch ziemlich heißblütigen Sergeanten an der Leine halten konnte. So würde es ein Leichtes sein, diese Mission zu einem guten Ende zu bringen.

Außerdem freute es Jarulin immer, die Sonderzulagen für Außeneinsätze einstreichen zu können.

Die Sergeanten Baxter, Möller und Kareninoff tanzten sofort artig auf der Brücke an. Aufgereiht und ausgerichtet stellten sich die drei kräftigen Kerle mit kurzen Haaren, entschlossenem Gesichtsausdruck und glattrasierten, eckigen Kinnen vor dem Käptn. Doch Person Roth-Grün funkte dazwischen:

„Nein, diese Personen erfüllen ganz und gar nicht die Anforderungen einer solchen Mission. Wir sind Repräsentierende der Föderation und müssen eine strikte Quotenvorgabe einhalten, um unsere volle Diversität widerzuspiegeln. Bei solchen Missionen gilt eine strikte Quotierung. Wir haben vier Teilnehmende, somit brauchen wir mindestens hundertzwanzig Diversitätspunkte!

Schaun mer mal: ahhh, alles weiße Männer ohne Behinderung. Null Punkte. Wir brauchen mindestens einen Farbigen, eine Frau und einen Außerirdischen. Ein Homosexueller wäre auch nicht verkehrt.
Also: Ich schlage Lt. Orlando als Quotenfarbige und Mutter vor, das macht dreißig Diversitätspunkte."
„Wieso?" fragte die Vorgeschlagene schnippisch. „Ich soll meinen kleinen Shaque-a-Boom alleine lassen? Kommt nicht in die Tüte! Und wieso farbig? Ich habe auch weiße Vorfahren, gibt das nicht Punktabzug?"
„Kommt drauf an, wir vom VGU arbeiten mit Hauttontafeln, mit denen wir die Hautfarbe festlegen und bewerten. Sie würden, denke ich, zwanzig Farbpunkte erhalten und fünf für eine weibliche Person. Dazu noch fünf für die Mutter, die Beruf und Familie unter einen Hut bringt. Hmmmm ..." Roth-Grün blühte jetzt richtig auf. Im Diversitätspunktrechnen war sie eine galaxisweit anerkannte Kapazität! „Sie müssen nicht unbedingt mit nach Vignoble, wir können in den Bericht schreiben, dass Sie der Mission von hier aus Rückendeckung geben."
Gut, Nr. 1 wäre damit an Bord – und würde auch an Bord bleiben. Die Sergeanten ebenso (einer muss ja die Arbeit machen) und Jarulin als Leiter. Dieser brachte als Außerirdischer auch so manches Pünktchen mit und das mal zwei, da sein Zweitkörper mit eingerechnet wurde, auch wenn dieser, ein paar Lichtjahre entfernt, gerade eine Paella zubereitete und sich auf den Theaterbesuch am Abend freute. Jarulin tuschelte mit Person Roth-Grün, die daraufhin nickte und die Punktzahl auf achtzig anhob. Seltsam. Dennoch fehlten vierzig Punkte.
Da hatte Roderich eine Idee: „Bekommen misshandelte oder unterdrückte Personen auch Punkte?" Person

Roth-Grün meinte, das würde wohlwollend gerechnet etwa fünf Punkte pro Nase machen.

Der Käptn ging auf Sergeant Baxter und Kareninoff zu, gab beiden eine Ohrfeige und blökte sie wegen ihrer blonden Haarfarbe an. „Reicht das? Misshandelt und rassistisch unterdrückt?"

„Hmnaja, ich denke, das geht (rechenrechen). Fehlen noch dreißig Punkte. Wo bekommen wie die noch her?"

Da meldete sich eine Stimme mit französischem Akzent aus dem Hintergrund: „'ach, isch würde gerne mit runtergehen! Isch möchte schauen, was man als Anregung vom wüsten Vignoble so alles mitnehmen kann. Gerade die regionalen Dekosachen 'aben es mir angetan, das wird in meine Sendung die Geheimtipp für die Woche. Die machen viel mit putzigen, kleinen Lederarbeiten, einfach magnifique! Und in dieser süßen Châtel wollte isch auch schon immer mal fliegen. Zudem bringe isch als androgyner Android genau dreißig Pünkte auf der Waagschale, also, allons-y, vite vite!" und klatschte geziert in die Hände.

Der Gesichtsausdruck von Roth-Grün entspannte sich. „Ja, das gibt eine Punktlandung bei hundertzwanzig Punkten! Wir haben somit die wichtigste Hürde für diese Mission genommen - die Quote stimmt. Jetzt kann nichts mehr passieren!"

Und das Abenteuer konnte beginnen ...

Eine Stunde später war das kleine Shuttle gepackt und fertig zum Abflug. Der Suchtrupp hob Richtung Vignoble III ab, um die Geheimwaffe sowie deren Diebe unschädlich zu machen. Sie würden es mit den größten Monstern des Alls, einer gigantischen, tückischen Wüste und unberechenbaren, wilden Stämmen zu tun bekommen - und das alles unter einer knallenden Sonne mit Temperaturen von bis zu 55 °C. Die Glücklichen ... Denn der Rest musste an Bord bleiben.

Und es war Zeit.

Moderatorenzeit.

Marionetta drehte voll auf: „Und wir kommen zum Ergebnis der Wahl des Publikums!", tönte die Bohnenstange: "Ja, Sie daheim an Ihren Bildschirmen haben exklusiv bei uns die Möglichkeit, einzelne Besatzungsmitglieder rauszuwählen! Ein Anruf für nur fünfzig Cent aus dem Normnetz reicht aus, und obendrein können Sie noch einen Luxusurlaub auf Riga II-c gewinnen!

Und - wen hat es erwischt? Welcher arme Teufel – oder welches andere Wesen, hahaha – muss gehen?

Rausgewählt wurde - Schiffsarzt Mbemba-Mbemba! Tja, Kollega, Pech gehabt! Naja, nicht nur Sie, sondern wohl auch der Rest der Crew, da diese jetzt erst mal ohne Arzt dasteht. Aber das ist live, das ist Unterhaltung!"

„Und nun zur wöchentlichen Aufgabe", übernahm Bernd Brotkast: "ja, wir starten von heute an die Spiele: Die Mannschaft der Genderpreis wird in zwei Mannschaften aufgeteilt. Das Team, das zuerst den auf dem Mond von Vignoble III versteckten Schatz findet, bekommt auch weiterhin in der Kantine was zu Essen. Das Verliererteam muss zwei Tage hungern! Ja, richtig: Was ist der Schatz? Ich sage es Euch: es iiiiiist - das, womit wir nach der Werbeunterbrechung weitermachen!" Das reichte Roderich, er ging dazwischen: "Ich brauche meine ganze Mannschaft fit und einsatzbereit. Ich kann es mir nicht leisten, eine Hälfte zwei Tage lang hungern zu lassen und auf unsere medizinische Versorgung zu verzichten!"

„In unserem Vertrag mit der Föderation – hier bitte – ist das genau geregelt. Solange bei den Spielen nicht unmittelbar ein Besatzungsmitglied stirbt, haben wir freie Handhabe. Ja, Käptn, und jetzt wählen Sie ihr Team, denn Sie sind der Teamchef Nr. 1!" gab Bernd mit einem niederländisch-akzentuierten Lächeln zurück. Der Käptn war machtlos, der Vertrag wasserdicht.

Nach der Werbeunterbrechung wurde den Armen mitgeteilt, dass im Lauf des Vormittags die Hyper-Warp-Verstärker des Schiffs auf den Mond gebeamt worden waren und sie diese nun finden müssten.

Auf so eine Idee konnten nur völlig ahnungslose Moderatoren kommen, denn an die Verstärker war auch das Sauerstoff-Regenerierungssystem angeschlossen. Wenn die Besatzung sich nicht beeilen und erfolgreich sein würde, wären alle binnen der nächsten achtundvierzig Stunden erstickt.

Zum Glück schaffte es das Team Nr. 2 von Lt. Orlando innerhalb eines Tages, die Verstärker zu finden und an Bord zu bringen. Sathington und Kevin-Jeanette legten eine Sonderschicht ein und alles war wieder so, wie es sich gehörte, niemand kam zu Tode.

Zum Unglück aber musste das Team des Käptns jetzt zwei Tage lang hungern.

Das soll uns aber erst mal egal sein, denn mit dem Fund der Verstärker kehrte wieder die übliche Langeweile an Bord zurück. Begeben wir uns doch lieber nach Vignoble III an die Seite des Kommando-Einsatzteams – fast des Ganzen, denn Lt. Orlando gibt an Bord der Genderpreis gleichstellungskonforme Rückendeckung, während sie in der Kantine noch einen Extranachschlag für sich und ihren Kleinen ordert.

Vignoble III war ein Wüstenplanet, der für seinen hervorragenden Raumschifftreibstoff bekannt war: eine Flüssigkeit Namens ‚Schobbe‘. Den Rohstoff dafür erhielten die Bewohner von gigantischen, mysteriösen Wurmwesen namens Salzstangen, die unter dem Sand lebten. Aus dem Schweiß dieser Tiere wurde ein besonderes Salz gewonnen, das sich nach einem speziellen Keltervorgang und unter Zugabe von viel Wasser zu Schobbe umwandelte. Jedoch musste diese Flüssigkeit einige Jahre lang reifen und solange der Reifungsprozess nicht abgeschlossen war, konnte man dieses hochprozentige Gebräu ohne Folgeschäden konsumieren. Man unterschied zwei verschiedene Sorten, die beide nach der Reife nicht mehr genießbar waren und nur noch als Treibstoff dienten: Weißer Schobbe für kleine, schnelle Schiffe, roter Schobbe dagegen für große Transporter und Langstreckenraumer.

Viel mehr konnte man nicht über diesen Planeten berichten, außer, dass dort verschiedene Stämme lebten, die sich seit vielen Generationen befehdeten. Im Grunde ging es immer wieder darum, welcher Schobbe denn der Beste sei. Jedes Jahr waren bei diesen Auseinandersetzungen, den sogenannten ‚Kerben‘, viele Tote zu beklagen. Dieses Klagen wurde allerdings dadurch versüßt, dass bei den Trauerfeierlichkeiten Unmengen an flüssigem Kriegsgrund ausgeschenkt wurden.

Die Hauptstämme waren die Silvaner, Rieß-Linge, Dornvelda und Kerner, aber auch die Anjoux sowie die Zinfandels spielten eine gewichtige Rolle bei den häufigen Auseinandersetzungen. Inoffiziellen Berichten nach schienen ein paar weiße und rote Stämme Frieden geschlossen zu haben, um gemeinsam einen neuen Schobbe zu kreieren, Rosseh mit Namen.

Der Transfer verlief sauber, nur beim Landeanflug kam es zu Turbulenzen. Vignoble III ist eben ein Wüstenplanet für harte Kerle und nichts für Liegeradfahrer. Dementsprechend kommentierte André die Flugkünste von Jarulin bzw. dem Shuttle, da der Autopilot das ein oder andere Mal schwere Windböen robust ausgleichen musste. Sie hatten für ihren Besuch einen Nebenstamm der Dornvelda, die Merlots, auserkoren, da dieser eine starke Affinität zur galaktischen Föderation hatte. Beim Landeanflug hatten sie Gelegenheit, sich einen Überblick über das schöne Städtchen zu machen, welches das Zentrum der Merlots und ihres kleinen Reichs bildete.
Es bestand aus herrlich rustikalen Häusern und Hütten, zumeist aus Stein gebaut und künstlerisch verziert, deren Dächer mit Stroh gedeckt waren. Dieses hatte nur die Aufgabe, die Bewohner vor der Sonne zu schützen, denn Regen gab es praktisch nie. Das zum Überleben benötigte Wasser kam aus künstlich angelegten Brunnen und diente auch dazu, die Äcker, die kreisförmig um das Städtchen angelegt worden waren, zu bewässern.
Als sie an der Stadtgrenze gelandet waren, kam ihnen schon ein Begrüßungstrupp entgegen, den ledernen Schürzen nach handelte es sich um hochrangige Vertreter der Gemeinde. Sie winkten freundlich und hatten standesgemäß ein Fässchen ‚Schobbe‘ mit, um es den Besuchern zu überreichen. Normalerweise waren die Bewohner Fremden gegenüber zwar kritisch, aber keineswegs unhöflich eingestellt. Jarulin folgte, André und die Sergeanten im Schlepptau, dem

Empfangskomitee zum Bürgermeister, der auf Vignoble den Titel ‚Vincer' trug, ins Rathaus. Den Sergeanten hatte er zuvor befohlen, so wenig wie möglich zu sprechen, was kein Problem darstellte, da diese sowieso immer schweigsam wie ein Grab waren.

„Ich heiße Euch auf Vignoble und bei uns, den Merlots, willkommen! Was führt Euch zu uns?" wollte der Vincer wissen.

„Wir begrüßen den großen Vincer des edlen Stammes der Merlots! Wir sind Abgesandte der galaktischen Föderation und in einer wichtigen Mission unterwegs. Es handelt sich um die Suche nach einem gestohlenen Artefakt, das auch das Leben auf Vignoble bedroht. Über etwas Hilfe von den großen Merlots wären wir sehr dankbar."

Der Vincer erwiderte: "Ich freue mich, Besucher der Föderation empfangen zu dürfen. Wir stehen auf Ihrer Seite und unterstützen die föderalen Kräfte, wo immer es geht. Ihr müsst auf der Hut sein, einige Stämme hier sehen die Föderation als Bedrohung und tendieren mehr zur Dunklen Seite der Galaxis. Aber ich werde euch meinen Kellermeister zur Seite stellen, der euch bei der Suche behilflich sein wird. Er kennt sich bestens in der Gegend und mit den anderen Stämmen aus. Doch jetzt lasst uns erst mal Willkommen feiern! An die Fässer! An den Grill! Hopp! Holt die Musiker, es gibt was zu feiern!"

Es wäre unhöflich, gefährlich und auch dämlich gewesen, die Feierlichkeiten, die zu Ehren der Gäste gegeben wurden, durch einen schnellen Aufbruch zu beenden. Also zeigte man notgedrungen interkulturelle Kompetenz und feierte gezwungenermaßen die ganze Nacht durch. Keiner der wackeren Kommandoteilnehmer hat sich übrigens nachträglich beschwert.

Das Frühstück war ganz nach den Traditionen von Vignoble. Es gab ‚Wegg, Woscht und Schobbe' sowie einen kleinen, weißen Salzstangenkrümel, der Jarulins Kopfschmerzen in Nullkommanix auflöste. Die Zeit, in der sie frühstückten, nutzte André, der ja keine Nahrungsmittel benötigte, sondern sich nur während der Nacht an eine Steckdose anschließen musste, um einen Abstecher zu einem lokalen Markt zu unternehmen. Sämtliche Taschen, die er vorsorglich mitgenommen hatte, waren mit Dekoartikeln und allerlei sinnfreiem Krimskrams gefüllt, die er systematisch auf der Genderpreis verteilen wollte, um das Chi besser fließen zu lassen, wie er ihnen erklärte.

Alle Fünf stiegen in das Shuttle und hoben ab. Der Kellermeister dirigierte sie in die Richtung, die das Blugunzianerschiff vermutlich genommen hatte. Er war nämlich Zeuge vom Eintritt des Raumers in die Atmosphäre gewesen und konnte sich in etwa ausrechnen, welchen Kurs die Insekten genommen hatten.

Und tatsächlich, nach zwanzig Minuten Flug war es ein Leichtes, die Spur der Diebe aufzunehmen. Sie mussten immer nur den Werbetafeln folgen, die, wie aus dem Nichts geboren, in der Wüste standen. Offenbar stand die Geheimwaffe kurz vor dem Kollaps, wenn sie schon dafür sorgte, dass sich die Werbebotschaften in der realen Welt materialisieren konnten. Sie mussten nur mit dem Shuttle im Tiefflug über den Wüstenboden düsen, um die Blugunzianer früher oder später zu erwischen.

Während des Flugs musste Jarulin an all die Situationen denken, in denen man sich still gegenübersaß, in peinliches Schweigen gehüllt, weil niemand wusste, was er sagen sollte. Aber all das war gar nichts im Vergleich mit dem Schweigen, das gerade im Beiboot herrschte. Sogar André gab keinen Muckser von sich. Er hatte sich in eine Ecke zurückgezogen, um seine neuen Besitztümer eingehend zu begutachten und zu katalogisieren.

Die Abrenkulaner, die wir bereits durch Quogag kennengelernt haben, kennen siebenundachtzig verschiedene Wörter für den Begriff ‚Ruhe‘, was auch so in etwa den tatsächlich existierenden Arten der Ruhe entsprechen dürfte. So gibt es Wörter für die Ruhe, die sich einstellt, wenn man reife Anranti-Sprossen gegessen hat, die Ruhe, die man sich nimmt, obwohl man eigentlich noch den Abwasch erledigen und die Anranti-Schalen wegschmeißen müsste oder die Ruhe, wenn man morgens einfach die Bettdecke über den Kopf zieht, weil man am Vortag zu viel Anranti-Sprossen gegessen hat und so weiter.

Auch Jarulin kannte mehrere Arten von Ruhe, von der Friedhofsruhe bis hin zur Ruhe vor dem Sturm, doch dieses Schweigen hier und jetzt war so – still, so anders, so - gefährlich. Es war das Schweigen von drei Raubtieren, die eine Beute umzingelt hatten und sich gleich auf diese stürzen würden, um sie zu zerreißen. Irgendwie sah sich Jarulin in der Rolle der Beute. Auch wenn er sonst gerne seine Ruhe hatte, diese Stille musste er einfach durchbrechen, da seine Nerven das nicht lange mitmachen würden. Er musste so etwas wie ein Gespräch beginnen. Also fragte er Sergeant Baxter, der wenigstens ein paar Sätze unfallfrei herausbringen konnte: „Und ihr gehorcht also jedem Befehl, nehmt jede Mission an, ohne sie zu hinterfragen?“

„Natürlich. Sie machen das ja auch. Wenn wir jedes Mal eine Diskussion starten, wenn schnell entschieden werden muss, haben wir schon verloren, bevor es losgeht.“ – „Aber kommt euch das nicht manchmal spanisch vor? Macht ihr euch nicht manchmal Gedanken, ob das alles seine Richtigkeit hat?“ insistierte Jarulin weiter.

„Das nennt sich Vertrauen. Ihr vertraut uns, dass wir eine Mission mit allen Mitteln zu Ende bringen und wir vertrauen euch, dass ihr eure Befehlsgewalt nicht missbraucht und dass die Kommandos einen Sinn ergeben.“
In Ordnung, das leuchtete Jarulin ein. Und da Baxter von sich aus an keinem Gespräch interessiert war, musste er krampfhaft ein anderes Thema suchen.
„Seit wann seid ihr denn eigentlich ein Team?“ wollte er nicht wirklich wissen. Und der Sergeant antwortete in seinem abgehackten, kurzen Tonfall:
“Wir sind zusammen auf die Elite-Militärakademie auf Terra gegangen. Nicht auf irgendeine, sondern auf die beste Akademie. Wir haben dort die besten Abschlüsse seit ewigen Zeiten gemacht. Dann Sondereinsätze für die Föderation zu Ende gebracht. Geheim. Gefährlich. Ansonsten hat jeder von uns einen eigenen Trupp. Bei größeren Missionen arbeiten wir zusammen. Nennen uns ‚Team 16‘“.
Interessanterweise schaffte es der Sergeant, kein einziges Mal die Tonhöhe zu modulieren, so dass man den Eindruck haben konnte, ein Roboter würde sprechen.
„Ihr seid also insgesamt sechzehn Kameraden?“ warf Jarulin ein, dachte aber im gleichen Zug, dass die sechzehn wohl eher für den gemeinsamen Intelligenzquotienten der drei stehen sollte.
„Nein, wir sind nur zu dritt“, antwortete der Soldat, „die Zahl gibt unsere Härte auf der Mohs-Skala an.“
Die anderen Sergeanten, Möller und Kareninoff, nickten beifällig. Jarulin bemerkte zwei blaue Flecke auf den riesigen Oberarmen von Kareninoff und fragte ihn, wo er die denn herhabe. „Habe gestern meinen Bizeps

zu schnell angespannt. Ist nicht gut für das Gewebe.
Wollte einer Molekularassistentin imponieren."
„Hat es wenigstens geklappt? Haben Sie eine Verabredung mit ihr bekommen?"
„Ja, habe mich gestern noch extra mit meinen Fingernägeln rasiert und meinen guten Tarnanzug angezogen.
Sie wissen ja", fuhr er fort, als er Jarulins skeptischen
Blick bei der Passage mit den Fingernägeln bemerkte,
„Härte sechzehn, haha!"
Die folgenden Minuten fielen sie wieder in ihr eisiges
Schweigen. Sehr gesprächig sind die ja nicht, dachte
sich Jarulin und wandte sich angespannt dem Fenster
zu, da dieses einen weitaus höheren Unterhaltungswert
hatte. Und als er so den Horizont absuchte, entdeckte
er kurze Zeit später, nicht weit entfernt, das Schiff der
Diebe! Offenbar hatten die flüchtigen Blugunzianer
Probleme mit ihrem Raumschiff und mussten landen.
Diese frohe Kunde wollte er dazu nutzen, endlich etwas
zu sagen, was Sinn und Zweck hatte, als just in dem
Moment ein heftiger Ruck durch das Schiff lief und es
sich abrupt nach vorne neigte. Der Autopilot fing es ab,
übersteuerte aber, so dass es infolge dessen nach hinten
überkippte, ins Trudeln geriet und abschmierte. Irgendwas hatte das kleine Schiff getroffen!
Vielleicht hatten die Blugunzianer sie bemerkt und im
letzten Moment das Feuer eröffnet? Egal. Dem ersten
Offizier war die neue Situation jedenfalls lieber als das
Schweigen beziehungsweise die abgehackten Wortfetzen der Soldaten. Sie befanden sich in etwa dreißig Metern Höhe, was Jarulin einen ziemlichen Bammel einjagte, die Sergeanten aber völlig kalt ließ. „Springen
bei Flügen unter vierzig Metern immer ohne Schirm ab.
Spart das Zusammenlegen und man ist schneller am

Einsatzort." war der schnoddrige Kommentar von Möller.

Von denen kann ich nichts erwarten, dachte sich Jarulin und bemühte sich, das Shuttle manuell zu landen, was gar nicht so leicht war, da die automatische Unterstützung nicht mehr richtig funktionierte. „'olla die Waldfee", rief André, „da springt mir doch die Fedder aus die Getriebe! 'alten Sie doch die Châtel ruhig, Sie bringen ja alles durcheinander!". Zum Glück für den Bregander gab es um sie herum nur Wüste, Sand und ein paar flache Dünen, so dass er die Kiste ziemlich unsanft, aber immerhin doch landen konnte.

Geschafft. Bei der folgenden Inspektion zeigte sich der wahre Grund für die Panne. Es war eine beeindruckende Kreatur, die das Beiboot unabsichtlich vom Himmel gepflückt hatte. Sie wellte sich mittlerweile schon ein paar hundert Meter entfernt von ihnen elegant durch den Sand. Wohl dreihundert Meter lang, zwanzig Meter im Durchmesser, von brauner Farbe und mit weißen, kristallinen Pickeln auf der Haut - eine ausgewachsene Salzstange!

Sie war einfach so aus dem Boden aufgetaucht wie ein Wal, der aus dem Wasser springt, wellte sich kurz, um Parasiten, die sogenannten ‚Krümel‘, abzuschütteln, wie der Kellermeister erklärte, und verschwand kurz darauf wieder im sandigen Boden. Jarulin ließ die automatische Schadenserkennung laufen. Schon fünf Sekunden später bekam er eine umfangreiche Zusammenstellung über die entstandenen Schäden. Wenn man der Liste Glauben schenken durfte (was jeder tat, denn es war eine von einem Computer erstellte Liste, und die sind bekanntlich unfehlbar), konnten sie an einen Weiterflug nicht denken. Doch Halt, ein Gedanke kam ihm noch. Sie hatten ja eine künstliche Intelligenz dabei, vielleicht könnte das die Sache ändern?

„Hey André, schauen Sie mal über die Liste hier. Was meinen Sie, können Sie da was einrenken? Was brauchen wir, um …“ fragte er optimistisch den glänzenden Edeleinrichter.

„Mon dieu, isch kann Ihnen sagen, was wir brauchen. Erstens externe 'ilfe und zweitens eine kalten Prosecco aus die Bordbar. Dann warten wir, bis der Wartungstrupp da ist. Stößchen!“ sprach dieser bockig und schenkte sich ein Gläschen Sekt ein.

„André, wollen Sie nicht was zum Gelingen der Mission beitragen? Als künstliche Intelligenz könnten Sie …“

Weiter kam er nicht, denn André unterbrach ihn wie eine beleidigte Leberwurst. „Nur, weil isch bin eine künstliche Lebewesen? O là! Mon ami, Isch bin keiner von Ihre Allerweltsmaschinen, die sie 'erumkommandieren können, meine Spezialität ist es nicht, Dinge zu reparieren, sondern zu verschönern. Außerdem 'abe isch keinerlei Ahnung von Technique, Computern und Ihre Châtel 'ier, so wie Sie keine Ahnung von Biologie und Chirurgie 'aben. Oder könnten Sie eine verletzten Patient operieren, nur weil sie auch sind eine Lebewesen? Non! Und ich kann auch keine Châtel reparieren oder diagnostizieren, nur weil isch bin ein Android. Et maintenant, laissez-moi tranquille!“

Wenigstens waren sie noch in der Lage, per Funk Hilfe von der Genderpreis zu ordern. „Offizier Voof vom Kommandoteam an Genderpreis. Wir haben einen Unfall mit einer Salzstange gehabt. Erbitten Serviceteam! Die automatische Schadensdetektion meldet ein paar ausgefallene Module, die Liste schicke ich Euch hoch,

Voof Ende!" Er fügte den automatisch generierten Report bei, damit Sathington das Nötige veranlassen konnte. Dieser würde mit Kevin-Jeanette das Shuttle schon wieder fit bekommen, während sie die Diebe mitsamt der Geheimwaffe irgendwie unschädlich machen mussten.

Der Beitrag der Mechaniker dabei war natürlich eher vernachlässigbar, denn die Liste wurde sofort vollautomatisch in den Zentralrechner der Genderpreis gespeist. Dort wurden vollautomatisch die erforderlichen Ersatzteile bereitgestellt, vollautomatisch in einen praktischen Versandkorb gelegt, der bereits mit der erforderlichen Montageanleitung bestückt worden war – vollautomatisch natürlich. Dieser Korb wurde dann vollautomatisch von einem kleinen, süßen Hilfsroboterchen in den Beamraum gebracht, von wo aus die Mechaniker benachrichtigt wurden, endlich die Spielkonsole aus der Hand zu legen und ebenfalls zu erscheinen.

Jarulin gab Befehl, das Nötige mitzunehmen und loszumarschieren, was allerdings nicht von Pappe war, da, wie wir uns erinnern, sie mitten in einer Wüste waren (was jeder Punkt auf diesem Planeten war, denn es gab dort nur Wüste und nichts als Wüste, keine Ozeane oder Seen, kein gar nichts. Einige Wasseradern verliefen unterhalb des Bodens, doch die Oberfläche bestand nur aus wüst verwüsteter Wüste), und das zur Mittagszeit.

Wenigstens hatten sie noch Wasser und Schobbe mit, aber nach einer Weile tat jeder Schritt weh – Jarulin jedenfalls, der solche Strapazen nicht gewohnt war. Den Sergeanten war nichts anzumerken, obwohl sie noch die dreifache Last mitschleppten. Auch für Boscholeh, den Kellermeister, schien es mehr ein Ausflug zu sein.

Gegen Nachmittag endlich hatten sie Glück. Sgt. Möller, der vorausgegangen war, gab ein Zeichen. Sie schlichen sich an den Rand einer höheren Düne und sahen von dort aus die großen Insekten, wie sie an einem provisorischen Feuer aus hölzernen Werbetafeln saßen. Sie hatten offenbar vorgehabt, bei den Shoireben, einem kriegerischen Stamm in der näheren Umgebung, Schobbe nachzutanken, die leeren Reservekanister aber ließen darauf schließen, dass es wohl diplomatische Verwicklungen gegeben hatte und sie ihr Glück woanders suchen mussten. Nun saßen sie am Feuer und berieten sich. Besser gesagt, sie wollten sich beraten. Dafür aber waren sie der zerstörerischen Kraft der Geheimwaffe bereits zu lange ausgesetzt. Kein vernünftiges Wort kam mehr über die Lippen ihrer Sprechmünder (Blugunzianer haben zwei Münder, einen Sprech- und einen Essmund, daher können Blugunzianer-Ehefrauen auch während des Essens quasseln - der einzige Nachteil, den diese Spezies uns gegenüber hat).

„Wir müssen unbedingt noch mehr kaufen – nein ich meine, wir müssen dieses Produkt hier – aaaahhh"

„Heute schon deinem Nachbarn ‚Gracias' gesagt?" wollte sein Kollege wissen.

Die kampferprobten Soldaten näherten sich unbemerkt, indem sie durch den Sand robbten und hinter jeder kleinen Anhäufung Deckung suchten. Eine Übung, die recht überflüssig war, denn als die Blugunzianer sie entdeckten, präsentierten sie ihre Strahler so, als wollten sie diese verkaufen und nicht schießen. „Das neue Modell der MG4 Laserpistole, jetzt verbessert im Sinne der U3-Norm! Ich werde euch höchstpersönlich damit in Stücke schneiden, wenn ihr nicht die Probierwochen nutzt! Drei zum Preis von zweien! " sagte der Eine.

Sein Kollege meinte: "Heute noch niemanden getötet? Mit diesem völlig neuartigen Alphawellenstrahler können Sie so richtig aufräumen, auch da, wo die herkömmliche Strahlenkanone nicht hinkommt!"
Die Sergeanten packten sowohl die Gelegenheit als auch die Insekten beim Schopf und nahmen die armen Geschöpfe fest. Nach einer kurzen Beratung kamen sie zu dem Schluss, die Geheimwaffe nicht mit an Bord zu nehmen, um nicht das Schicksal der Blugunzianer zu erleiden. Sie versahen die Waffe, die, im krassen Gegensatz zu ihrer fatalen Wirkung, äußerlich nur ein unscheinbarer Kasten mit einer Kantenlänge von einem halben Meter war, mit drei ‚einzigartigen, ergonomisch geformten Destrukt-O-Splitt-Granaten für noch mehr Schub im unteren Sprengbereich, auch an kritischen Tagen', stellten die Zünder auf zwanzig Minuten ein und sahen zu, dass sie wieder in Richtung Shuttle liefen. Zwanzig Minuten und zwei Dünen weiter kündete ein lauter Knall von der Vernichtung der schrecklichen Waffe, die augenscheinlich noch nicht ausgereift war, denn durch Undichtigkeiten in der Außenhülle waren die speziell programmierten Viren offenbar nach außen gedrungen und hatten alles und jede Person in der Nähe infiltriert.

Nach weiteren drei Stunden kamen sie am Shuttle an. Der Reparaturtrupp hatte sich mitsamt den defekten Teilen runterbeamen lassen und war bereits mitten im Teiletausch. Mit knurrenden Mägen forderten Kevin-Jeanette und Sathington (die in Roderichs Verliererteam gewesen waren) aber erst etwas Essbares, bevor sie die letzten Module ersetzten. Da der Einsatztrupp um Jarulin mehr als genug Proviant mitgenommen hatte, stellte diese verständliche Forderung keine

Hürde dar. Nach der Mahlzeit setzten sie den Kellermeister wieder bei den Merlots ab, verabschiedeten
sich und nahmen Kurs auf die Genderpreis. Ja, und Sathington hatte sich zuvor eine kleine Schobbeprobe natürlich nicht nehmen lassen!
Früh morgens (Bordzeit) kam das Kommando zurück
an Bord. Ein voller Erfolg: Waffe zerstört, Gangster gefangen und keine Verluste eingefahren. Und ab heute
Abend sollte es auch für das Verliererteam wieder etwas Essbares geben.
Marionetta jedenfalls fing gleich nach der Ankunft des
Shuttles an, die Woche in kölschem Dialekt und mit
übertrieben starken Betonungen zu resümieren:
"Mannomann, war DAS eine Woche. Erst unser Spiel
mit dem siegreichen Team von Lt. Orlando, dann die
gelungene Mission auf dem Wüsten Planeten. Und - es
ist noch nicht vorbei, denn wie wir wissen, wurde
Schiffsarzt Mbemba-Mbemba von IHNEN DAHEIM
hinausgewählt. Seitdem ist die Genderpreis ohne
Bordarzt. Wie uns der Käptn informiert hat, werden die
beiden Gangster auf Knackus VIII den zuständigen Behörden der Föderation übergeben. Dort haben wir
EXTRA FÜR SIE ein paar Überraschungen eingebaut.
Bleiben Sie dabei, wenn Offizier Voof sagen wird ..."
und sie hielt der erstaunten Nummer zwei das Mikro
unter die Nase.
Dieser blickte sie nur überrascht an und sagte nur:
"Öörps?"
„Ja, richtig, es wird auch für die Besatzung der Genderpreis überraschend verlaufen, da bin ich mir sicher!"
Doch zuerst mussten die beiden Gefangenen verhört
werden. Leider konnten sie kein vernünftiges Wort herausbringen, da die Waffe ihre Gehirne irreparabel ge-
schädigt hatte. Auf alle Fragen antworteten sie nur ‚Ich

nehme den Publikumsjoker' oder ,Sie sollten zu ihrer Uniform die neue Kollektion von Geoffrey Mansfield tragen, für jeden Typ etwas!' Dann forderten sie bestimmte Reinigungsprodukte, um ihre Zelle auf Vordermann zu bringen. Alle waren froh, als sie fünf Tage später den Behörden auf Knackus übergeben werden konnten.

In den folgenden zwei Tagen wurden sämtliche Programme gelöscht und wieder neu aufgespielt, so dass die Geheimwaffe keine Wirkung mehr zeigen konnte. Gleich nach der Übergabe der beiden Gefangenen kam das Kamerateam mit den so verschiedenen Nervensägen. Bernd, herausgeputzt in einem Glitteranzug mit viel zu großem Kragen, hielt eine Ansprache:

„Liebes Genderpreis-Team. Letzte Woche wurde der allseits beliebte Bordarzt Mbemba-Mbemba von unserem Publikum rausgewählt. Da wir Sie nicht so lange ohne medizinische Versorgung fliegen lassen können, haben wir als Ersatz in Abstimmung mit der Föderation ein altes Gesicht reaktiviert. Es ist niemand anders als ...

... die Person, die nach der kurzen Werbeunterbrechung hier erscheint!" Es sind immer wieder die gleichen Sprüche, dachte sich Roderich. Die nächsten zehn Minuten bekamen sie ,hervorragend verarbeitete und ganz günstige' Komfort-Raumfalter angeboten, einen Extrarabatt für Vielflieger inklusive. Nach der Werbung wurde das Geheimnis gelüftet. Trommelwirbel, eine Tür ging auf, Goldflocken fielen langsam von der Decke und durch die Tür trat ... niemand anderes als Ludovic Vaillard!

Ja, sie hatten Ludo ausfindig gemacht, ihm per Spendenaufruf einen neuen Doktortitel gekauft, rasiert, gewaschen, in frische Klamotten gesteckt und hergebracht. Sogar auf einen Vergleich mit seinen Kunstfehlerpatienten hat man sich einigen können. Es geschehen doch immer Zeichen und Wunder, wenn ein mächtiger Medienkonzern sich der Sache annimmt.

Doch es sollte noch besser kommen. Person Roth-Grün bemängelte sogleich, dass die Genderpreis durch den Verlust von Mbemba-Mbemba und Prof. Dr. Dr. Glrbrdryk nicht mehr genügend Diversitätspunkte beisammen habe, um die Fahrt weiterführen zu können, doch Marionetta konnte sie beruhigen:

„Ja, Person Roth-Grün, der Verlust von Glrbrdryk, dem Zwengenbrink, hat uns diversitativ schwer getroffen. Um dieses schreckliche, aber deliziöse Ereignis auszugleichen, brauchen wir noch mindestens vier weibliche Crewmitglieder. Kein Problem, wir bringen sogar acht mit! Und hier sind sie: die Long-Legged-Dancing-Bunniiiiieeeeeees!!! Sie werden in den Pausen und in den öden Zwischenphasen heiße Tänze hinlegen, extra für SIE daheim!!!!"

Acht langbeinige, wunderschöne Tänzerinnen in Häschenhöschen, Häschenohren und Häschennäschen tanzten in den Saal. Person Roth-Grün war stinksauer, doch den Rest der Mannschaft haute es von den Socken.

Ja, es kommt doch immer besser als man denkt!

So ein paar Änderungen können einem neuen Auftrieb geben. Dancing Bunnies anstelle eines Voodoo-Zauberers! Und Ludovic wieder an Bord! Ja, endlich konnte sich Roderich wieder richtig heimisch fühlen. Seine erste Heimat war sein Zuhause auf Wega III, doch sein Arbeitsplatz war auch immer so eine Art Daheim gewesen. Und jetzt war die Ersatzfamilie, das alte Team, wieder beisammen!

Endlich konnte er wieder zum Bordarzt gehen! Diese Verdauungsstörungen, die ihn plagten, seitdem er von der Dönerwelle probiert hatte, waren nicht von schlechten Eltern.

Am Abend setzten sich die vier Freunde im kleinen Werkstatträumchen zusammen. Die kleine Kabine erschien, im Vergleich zum letzten Mal, freundlicher, wärmer und wesentlich gemütlicher. Kaum noch der nüchterne und schmuddelige Werkstattlook, sondern ein wohliges Ambiente drang dezent aus allen Ecken hervor. Sathington erklärte Ihnen, woran das lag: „Dieser androgyne Android hat mich letztens angesprochen, er wollte unbedingt für eine Sondersendung etwas Pep in den Bereich Werkstatt und Mechanik bringen. Pimp my workshop, das war das Motto. Ich war einverstanden - und ehrlich, es ist doch was geworden, oder?" Jarulin und Roderich, die wussten, wie der Kabuff vorher ausgesehen hatte, stimmten anerkennend zu.
„Also ich finde es auch passend. Aber hey, was habt ihr Raumpiraten denn so alles getrieben während meiner Abwesenheit?" fragte Ludovic. Jarulin, Roddi und Sathington erzählten, was bisher geschehen war. Vor allem von der Gendertante, André und den Moderatoren, denn das waren die herausragendsten Ereignisse noch vor irgendwelchen dunklen Adeligen, Blugunzianern und dergleichen. Und sie bereiteten Ludovic darauf vor, dass er sich auf einige Neuerungen würde einstellen müssen.
Mbemba-Mbemba war die ärztliche Schweigepflicht egal gewesen, er scherte sich nicht um die Kameras in seinem Sprechzimmer oder im OP-Saal. Es war ohnehin zu vermuten, dass er nicht einmal wusste, was das überhaupt für Dinger waren.

Doch Ludovic würde einen harten Kampf ringen müssen, um vom URS 4 die Genehmigung zu bekommen, zumindest die Kameras in diesen beiden Räumen ausschalten zu dürfen, denn er konnte es auf den Tod nicht ausstehen, wenn ihm jemand bei der Arbeit auf die Finger schaute. Und dann fing er an zu erzählen. Er hatte offenbar schwere Zeiten hinter sich.

„Ja, als sie mir meinen Doktortitel aberkannt hatten, stand ich vor dem Nichts. Meine Frau hat sich scheiden lassen und die Kinder mitgenommen, mir selbst blieb außer Unterhaltszahlungen kaum was zum Leben. Bin immer weiter abgedriftet, hab noch ein paar Medikamente verkauft und ein Buch geschrieben, um über die Runden zu kommen, aber schließlich bin ich auf der Straße gelandet. So ein Mist. Ich! Doktor Vaillard! Hunderte von Menschen habe ich gerettet!"

„und fünf verkrüppelt ..." warf Sathington pietätlos ein.

„Ach, das kann mal passieren. Es waren ja auch kritische Notoperationen.

Naja, dann ist da diese Bohnenstange wie aus dem Nichts aufgetaucht, hat mir einen Vertrag gegeben, einen frischen Doktortitel geschenkt und ab ging es nach Knackus. Hey, echt toll, dass wir wieder zusammen sind! Wie in alten Zeiten − bis auf diese Schreckschraube und die Plappersäcke."

„Ach, das kriegen wir auch noch gebacken.

Sachmal," wollte Roderich von Jarulin wissen, „was hast du eigentlich mit Roth-Grün vor der Mission getuschelt? Und warum gab es danach kein Problem mehr mit der Diversitätspunktzahl?"

„Ach, das. Ich habe ihr gesagt, Kareninoff und ich seien ein schwules Pärchen. Neinneinnein, sind wir nicht, aber was macht man nicht alles für das Gelingen einer Mission! Zudem ist sie jetzt viel netter zu mir!"

„Hier, probier mal den Scotch. vierzig Jahre alt, in einem Fass aus Karnutenholz von Zeboria I gereift. Der
schmeckt, als würde dir ein Engelchen auf die Zunge
pinkeln!" pries Sathington sein kleines Fässchen an,
das er gerade geholt hatte.

„Mal 'ne Frage, Roddi" fuhr er fort. „Als oberster Maschinist hier bin ich ja nicht nur für alles Technische
zuständig, sondern auch für das Be- und Entladen der
Genderpreis. Da wollte ich mich mal erkundigen, ob
ich nicht eine kleine Sonderzulage dafür bekommen
könnte? Immerhin muss ich das ganze viele Tonnen
schwere Zeugs bewegen und ..."

"Soweit ich weiß, läuft das Be- und Entladen vollautomatisch ab, Sath. Man muss nur einen Knopf drücken
und das wars."

„Ja, aber den muss ICH drücken!" stellte der Mechaniker energisch fest.

„Ich glaube nicht, dass ich das durchkriege, schon gar
nicht im momentanen Zustand der Föderation", meinte
der Käptn. „Wenn wir wie damals bei der ersten Mission auf Wigo III von einem Moldenenschiff getroffen
und gezwungen wären, die Ladung per Hand zu lö-
schen, dann ja. Wisst ihr noch? War 'ne ganz schön
knappe Kiste ..."

Und so verlebten sie den Abend.

Sie redeten von alten Zeiten und von denen, die noch
kommen würden.

Von alten Bekannten und von denen, die noch kommen
würden.

Von vergangenen Abenteuern und von denen, die noch
kommen würden.

Und ja, gleich am nächsten Tag würde ein neues seine
furchterregende Fratze zeigen. Doch greifen wir den
Ereignissen nicht vor.

Sie waren seit einigen Tagen an verschiedenen Stellen in Sektor 2 unterwegs, um dort Messungen über die Raumkrümmung, den Neutrinogehalt und andere eher langweilige Dinge vorzunehmen. Für die Offiziere war das eine ziemlich öde Angelegenheit, doch die mitgereisten Wissenschaftler waren aus dem Häuschen, gab es doch endlich wieder was zu tun. Ein Teil war mit verschiedenen Messungen beschäftigt, ein anderer damit, Proben von kleineren Meteoriten zu sammeln, während sich der Rest schon darauf freute, diese Mitbringsel zu analysieren und sensationelle Erkenntnisse zu gewinnen.

Ein weiteres Forscherteam hatten sie unlängst auf einem nicht näher bekannten Kleinplaneten ausgesetzt, um den Wandelstern genauer zu untersuchen. Zwei Tage darauf holten sie die Wissenschaftler wieder ab.

Diese waren enttäuscht, denn der unbekannte Planet war genauso, wie sie es erwartet hatten: völlig öde, trostlos, ohne Rohstoffvorkommen oder sonstige Überraschungseffekte.

Wir alle kennen Berichte über spannende Weltraumreisen und mitreißende Aufenthalte auf anderen Planeten aus unzähligen Science-Fiction-Büchern und -filmen, doch sind diese alle – im Vertrauen gesagt - um Meilen an der Realität vorbeigeschossen. Um einen realistischen Einblick in das Einerlei im All zu geben, veröffentlichen wir hier exklusiv ein paar Auszüge aus dem TageBuch-Buch (eine Art weiterentwickeltes Facebook/Instagram) von Frau Dr. Alexia Beck, einer Diplom-Geologin aus besagtem Forscherteam.

Hier der Eintrag:

- Sternzeit 5/4, die fünfte. Hallo an all meine Bekannten und Mitleser hier im TageBuch-Buch! Ja, bisher ist die Reise mit der Genderpreis ein wenig eintönig und öde gelaufen, doch jetzt geht es in die Vollen: Ich bin mit elf weiteren Forschern auf einem Zwergplaneten in Sektor 2 gelandet, um Bodenproben zu nehmen und nach aufregenden und ungewöhnlichen Dingen zu suchen!

Wir bilden vier Gruppen zu je drei Mitgliedern, ich bin mit Dr. Stein und Prof. Kröll in Richtung Norden losgezogen. In dem Tal, in dem wir gelandet sind, gibt es nur Geröll und Steine. Wir haben auch gleich ein paar Proben genommen. Mannomann, bin ich aufgeregt! Mein erster Forschungseinsatz auf einem fremden Planeten! Was werden wir Spannendes erleben? Welche Gefahren werden uns auflauern? Drückt mir die Daumen, dass ich heil und unversehrt wieder an Bord komme!

- Vier Stunden nach der Landung: eine kleine Abwechslung: Wir sehen jetzt das Landeshuttle nicht mehr, dafür umso mehr Geröll und Steine. Alle zwei Kilometer nehmen wir eine kleine Probe mit, suchen weiterhin nach besonderen und spektakulären Neuigkeiten. Ich bleibe am Ball!

- Sieben Stunden nach der Landung: ja, wen wunderts, wir sehen überall nur Geröll und Steine. Doch einen kleinen Lichtblick gibt es: Wir gehen gerade einen kleineren Bergkamm hoch, mal schaun, was uns dahinter erwartet. Wir werden auch dort Proben nehmen und dann etwas essen. Aus Platzgründen haben wir nur Astronautennahrung mitgenommen. Das erste Mal, dass ich diese Tubenpampe zu essen bekomme. Bin ich aufgeregt! Mal sehen, wie das schmeckt. Hach, das ist alles so spannend, so abenteuerlich ...

- Vierzehn Stunden nach der Landung: Die Astronautennahrung war ziemlich fade. Es sollte nach Nudeln in Tomatensoße schmecken, tatsächlich hätte ich auf eingeweichte Pappe mit einem Hauch von Speisefett getippt. Wenigstens konnte ich die Tube in einem Rutsch leernuckeln. Aber egal.

Wir sind gerade auf einem kleineren Bergkamm und sehen vor, hinter, rechts und links von uns nur Geröll und Steine, von denen wir ein paar Proben gesammelt haben. Aber man darf die Hoffnung nicht aufgeben. Wir werden unser Zelt aufschlagen und morgen weitergehen. Und erst mal Abendessen. Hühnchen mit Reis soll es geben – aus der Tube natürlich.

- Siebenundzwanzig Stunden nach der Landung: Egal ob Hühnchen mit Reis, Nudeln mit Tomatensoße, Schnitzel mit Pommes oder die Frühstücksbrötchen - alles schmeckt gleich. Nicht nur das, es hat auch keinerlei Biss und ist lauwarm. Ich vermisse die

116

Bordkantine. Und die sanitären Einrichtungen. Und überhaupt nennenswerte Vorkommnisse. Irgendwas. Denn außer Geröll und Steinen haben wir nichts gesehen. Wir gehen noch den nächsten Bergkamm hoch, um Proben zu nehmen und von dort aus nachzusehen, ob es nicht doch noch was Interessantes gibt.
- Vierunddreißig Stunden nach der Landung: Eine gute Nachricht: Ich sehe kein Geröll und keine Steine mehr! Und die schlechte: Dafür sehe ich Steine und Geröll, Dr. Stein und Prof. Kröll. Es reicht. Wir kehren jetzt um, nachdem wir noch ein paar Proben genommen haben.

Und das Expeditionsteam hat wenigstens noch was erleben dürfen im Gegensatz zu denen, die an Bord bleiben mussten.
Doch vor dem Nachmittagskaffee sollte ein wenig Action in die Bude kommen, wie es Marionetta formuliert hätte, denn der Funkspruch eines nahegelegenen Planeten platzte in die entspannte Ruhe hinein:
„Käptn Grubinger, hier Graf Para, Vorsitzender der Vereinigung der vier Länder von Jura IV. Ich danke dem Schicksal, dass es Ihr Schiff gerade jetzt in unseren Sektor gebracht hat! Sie sind unsere letzte Hoffnung! Wir haben hier seit geraumer Zeit ein Problem. Ein großes Problem. Mittlerweile steht bei uns die Zivilisation per se auf dem Spiel. Ich möchte Sie bitten, uns zu helfen. Käptn, ein ganzer Planet steht kurz vor der Auslöschung!"
„In Ordnung, Herr Para. Wir können in sechs Stunden bei Ihnen sein. Worum geht es denn?" wollte Roderich wissen.
Der Graf antwortete in einem bedeutenden Tonfall:

"Auf Jura IV erheben sich die Toten aus ihren Gräbern und rütteln an den Grundfesten unserer Zivilisation! Wirtschaft und öffentliches Leben sind weitgehend zusammengebrochen! Wir bitten daher die Genderpreis, sich einen Überblick über das Ausmaß der Katastrophe zu verschaffen und gegebenenfalls erste Schritte einzuleiten, um die Bevölkerung zu schützen. Schön wäre es auch, wenn Sie uns vielleicht helfen könnten, die Untoten direkt zu bekämpfen. Doch das ist nicht so leicht wie sich das anhört. Es ist – sehr speziell. Daher wäre ich Ihnen verbunden, wenn Sie hier im Präsidentenpalast reinschauen würden, dann könnten Sie die brisante Lage besser verstehen. Denn mit Gewalt alleine kommen wir nicht weiter."

„Eines der Ziele unserer Expedition ist es unter anderem, Hilfe zu geben, wenn assoziierte Planeten in Gefahr sind. Wir werden daher einen Eingreiftrupp zusammenstellen und mit dem Shuttle bei Ihnen landen. Bis später, Herr Para!" antwortete Roderich.

„Ja, danke, wir erwarten Sie!" verabschiedete sich der Graf. Ludovic, der gegen Ende des Gesprächs auf die Brücke gekommen war, meldete sich zu Wort: "Wollen wir diesen Spaßbremsen wirklich helfen? Das sind doch solche Muffel, die verklagen uns, auch wenn wir die ganzen Zombies wieder in ihre Gräber jagen. Können wir nicht einfach sagen, dass das eine Nummer zu groß für uns ist und dann abdrehen?"

„Nein, das geht nicht." erwiderte Roderich. „Auf Jura IV leben die mit Abstand besten und aggressivsten Juristen der gesamten Galaxis, im Falle einer verweigerten Hilfeleistung werden die uns alle bis an den Rest unseres Lebens verklagen, so dass wir keine ruhige Minute mehr haben. Bereiten wir uns lieber auf den Einsatz vor. Jarulin, was wissen wir über Jura IV, außer dass dort die größten Winkeladvokaten leben und der Tag exakt vierundzwanzig Stunden hat?“ fragte Roderich. Dieser Fakt war galaxisweit sprichwörtlich bekannt und hatte damals die Juristen mit einem Schlag zum unbeliebtesten Völkchen von Sektor 2 gemacht.

„Moment, ich schau mal nach, daheim habe ich ein Buch über seltsame Zivilisationen und wie man ihnen am besten aus dem Weg geht!“ Sein Zweitkörper, der gerade auf Bregander den wöchentlichen Hausputz erledigte, unterbrach seine Arbeit, ging ans Bücherregal, suchte den Eintrag und Jarulin Nummer 1 trug ihn vor:

„Jura IV ist ein Planet in der Nähe des Schlaraffen-Systems, hochzivilisiert und modern. Die Juristen, wie sie sich nennen, gehören allesamt der Spezies 'Homo Consumentikus' an. Sie stehen auf einer so hohen Zivilisationsstufe, dass die Dekadenz mit jedem Atemzug spürbar ist. Sie mutierten schon vor Jahren zu bloßen Verbrauchern und Konsumenten, die außer einem übersteigerten Faible für Fußball keinen Gemeinsinn mehr haben und sich nicht durch kulturelles Verhalten, sondern nur noch durch Markenkonsum und Lieblingsverein unterscheiden. Wenn man beispielsweise ein echt cooler Abenteurer sein will, muss keinen Sport mehr treiben oder Überlebenstraining machen, es genügt, sich per Mausklick ein Abenteureroutfit zuzulegen und bei seinen Kumpels mit einem riesigen Geländefahrzeug vorzufahren, das nur in der Stadt von Parkplatz zu Parkplatz kutschiert wird.

Die Bewohner zählen, mit einem Wort, zu den unsympathischsten Wesen. Die Juristen bitten nicht, sondern fordern per Dekret Dinge ein. Es ist sehr gewöhnungsbedürftig, seinen Frühstückskaffee oder andere alltägliche Kleinigkeiten einfordern zu müssen.

Alles muss exakt geregelt sein und streng nach Plan laufen. Die Geschichte, warum der Tag auf Jura IV exakt vierundzwanzig Stunden hat, ist bezeichnend für dieses Völkchen und sorgte damals flächendeckend für wütende Proteste unter planetarischen Ökologen und Umweltschützern. Das Vorgehen der Juristen war so übertrieben kleinkariert, dass es sich als Sprichwort in das kollektive Gedächtnis der gesamten Galaxis eingebrannt hat.

Der Planet drehte sich ursprünglich in achtzehn Stunden einmal um sich selbst. Das war den ersten Siedlern ein Dorn im Auge. Sie kamen von der Erde, alle Uhren, Vordrucke etc. waren auf einen Vierundzwanzig-Stundentag geeicht, eine Anpassung an den kürzeren Tag hätte viele Änderungen und Komplikationen nach sich gezogen. Daher beschlossen sie, die Rotation des Planeten unter Zuhilfenahme mehrerer gigantischer Blasterbomben zu verlangsamen. Ein paar dieser technischen Wunderwerke hatte man zufälligerweise gerade zur Hand und konnte gleich ans Werk gehen.

Durch die Detonation wurden zwar grob geschätzt achtzig Prozent der endemischen Tiere und Pflanzen ausgerottet und knapp fünfzehn Prozent der Planetenmasse wurde in den Weltraum gepustet, der Tag aber hat seitdem haargenau vierundzwanzig Stunden, was doch den Aufwand, ein paar tote Pflanzen, Tiere und ein wenig Dreck im Weltraum rechtfertigt - wenn man denn den Juristen Glauben schenkt.

Da sie zu den degeneriertesten Wesen unserer Galaxis gehören, haben sie einerseits zwar die Lust an Bewegung und sportlicher Betätigung verloren, andererseits aber sind ihre Urinstinkte noch aktiv. Irgendwo, in den dunkelsten Ecken ihrer verweichlichten Psyche, gibt es etwas, dass noch Kampf, Gefahr und letzten Endes

Triumpf empfinden will. Das ist der Grund, warum Fußball auf Jura IV einen so hohen Stellenwert hat. Man kann dort einerseits mit der eigenen Mannschaft, wie auf einem Schlachtfeld, mitfiebern, gleichzeitig aber auch seinem Hang nach Zahlen und Statistiken nachgehen, indem man alle möglichen Berechnungen anstellt, beispielsweise wer wann bei wie vielen Toren Differenz neuer Spitzenreiter wird. Doch das ist auf Jura IV eine ganz heikle Angelegenheit.

Fußball wird dort anders interpretiert. Die Elf Feldspieler sind so ziemlich das Unwichtigste dabei. Es sind lediglich Amateure, die nur eine kleine Aufwandsentschädigung für ihren Einsatz erhalten. Die mit Abstand wichtigsten Akteure sind vor allem Anwälte, die das eigentliche Spiel bestimmen. Sport hat nämlich traditionsgemäß nicht auf dem grünen Rasen, sondern am grünen Tisch stattzufinden.

Die Anwaltteams haben verschiedene Fangruppen und sogar Hooligans, die sie unterstützen. Sie müssen über die von den Spielern auf der Tribüne („Fans‘) vorgenommenen Manipulationsversuche sowie Fouls der Spieler auf dem Rasen versuchen, aus einer Niederlage auf dem Feld doch noch einen Sieg zu machen. Daher dauert eine Spielsaison auf Jura IV oft nicht nur ein Jahr, sondern kann sich bis zu vier Jahre lang hinziehen.

Die Meister der beiden letzten Spielzeiten werden noch aus fünf Mannschaften ermittelt und da der Staranwalt vom FC Flamgora, der vom Lokalrivalen für eine hohe Ablösesumme verpflichtet werden konnte, gerade wieder Berufung eingelegt hat, kann sich die Pokalübergabe noch bis in den Winter hineinziehen. Wenn Sie also kein Haarspalter und Neunmalkluger sind, raten wir von einem Besuch im Jura-System strikt ab.“

- „Na, das kann ja heiter werden. Aber wir müssen helfen, das verlangt die Föderation. Gehst du wieder mit runter, Jaru?“

„Nein danke, Zombies sind nicht unbedingt mein Fall. Der Außeneinsatz auf Vignoble hat mir erst mal gereicht. Aber beim Zusammenstellen der Truppe bin ich dir gerne behilflich.“

„Wegen mir, dann nehme ich das in die Hand. Das wird schon nicht so schlimm sein, wie es sich anhört. Bei der letzten Mission hatten wir doch so einen ähnlichen Fall, bloß mit Poltergeistern, weißt du noch? Erst viel Gewese und dann nur heiße Luft. Pööh!“

Ja, das war eine seltsame Geschichte mit den Poltergeistern vor knapp sechzehn Jahren im Verlauf ihrer zweiten Mission. Damals bekamen sie einen Notruf von einem weit entfernten Planeten, Hugard II, auf dem eine hochentwickelte, aber ziemlich rücksichtslose Zivilisation lebte. Es war nur eine kurze Meldung: ‚Hilfe, Poltergeister!‘, mehr nicht, danach brach der Funkkontakt ab. Da öffentlich-rechtliche Missionen, zu denen die damalige Expedition gehörte, in solchen Situationen zu Hilfe verpflichtet waren, landeten sie und gingen der Sache auf den Grund. Man erwartete, gegen eine Armee von Geistern kämpfen oder die Bevölkerung evakuieren zu müssen, doch es kam ganz anders. Geister kommen auf fast allen Planeten vor, jedoch sind sie meist harmlos und werden nicht mal bemerkt. Manche Gespenster aber kehren aus dem Jenseits zurück, um, einfach so aus Spaß, die noch Lebenden ein wenig zu ärgern. Auf Terra III nannte man diese Sorte Poltergeister, auf anderen Planeten hatten sie entsprechend andere Namen. Egal. Jedenfalls hatten sich diese Geister auf Hugard breitgemacht und die Bewohner

eines Dorfes terrorisiert, doch sie hatten die Rechnung
ohne die wackeren Hugarder gemacht. Diese hatten
sich schnell vom ersten Schrecken erholt und waren zu
einer Gegenoffensive übergegangen.

Im Handumdrehen hatten clevere Ingenieure in Zusammenarbeit mit Astrologen, Geisterbeschwörern und anderen halbseidenen Gestalten eine Geisterfalle entwickelt und ein paar tausend davon hergestellt. Mit dieser Konstruktion gelang es schnell, alle umherstreunenden Quälgeister einzufangen. Wo immer sich ein Stuhl ohne sichtbaren Antrieb bewegte, Dielen des Nächtens knarrten oder das Geschirr in den Schränken wackelte, wurde kurzerhand eine Falle aufgestellt und der übersinnliche Verursacher der Störung eingetütet.

Doch was macht man mit einer Vielzahl an Fallen, die mit Geistern gefüllt sind? Auch dafür fand sich schnell eine Lösung. Poltergeister brauchten zum Herumspuken weder Energie noch Essen, konnten aber dennoch Arbeit verrichten, zum Beispiel Leute durch Verrücken von Gegenständen mächtig ärgern. Das brachte einen cleveren Geschäftsmann auf eine Idee. Er kaufte sämtliche Fallen für drei Grertz und viereinhalb Strenkel (also für 'nen Appel und 'n Ei) und modifizierte diese ein wenig, so dass die Geister zwar Arbeit verrichten, aber nicht entkommen konnten.

So waren die armen Wesen gezwungen, sich den ganzen Tag lang abzustrampeln, um Energie für die unterschiedlichsten Zwecke zu liefern – und das völlig ohne Emissionen oder Nachladen! Sie wurden wie die Sklaven als Batterien gehalten und wären nur zu gerne wieder in ihre Zwischendimension abgedampft, doch die Fallen waren zu gut konstruiert.

Die Poltergeister würden heute noch als Akkus in tragbaren Elektrogeräten dienen, wenn nicht eine heruntergefallene Spielkonsole dazu geführt hätte, dass zwei dieser modernen Sklaven durch einen Riss in der Geisterbatterie entkommen konnten und Gelegenheit fanden, die Enterprise um Hilfe anzuflehen, die sich der Sache dann auch angenommen hatte. Sie funkten: ‚Hilfe, Poltergeister in Not!‘, doch nur die ersten beiden Worte konnten übertragen werden. Nach einer stundenlangen Diskussion mit den zuständigen Behörden gelang es Käptn Grubinger, die Hugarder weichzuklopfen und zur Freilassung der Poltergeister zu überreden, freilich nur unter der Bedingung, dass die Föderation die nächsten zwanzig Jahre den Bedarf an Batterien für den gesamten Planeten übernehmen würde. Aber das war die Befreiung der versklavten Geister wert.

Ersparen wir uns das Diversitätspunktgefeilsche, welches der Bildung des Landungsteams vorausging. Es hatte etwas von dem juristischen Geschachere, mit dem die Fußballmeisterschaften auf Jura IV entschieden wurden. Die eine Seite war Person Roth-Grün mit Rechner und Diversitätspunkttabellenbuch, die andere Seite bildete der Rest der Crew, die lediglich ein qualifiziertes Team entsenden wollte, ohne aber selber runterfliegen zu müssen. Nach vier Stunden war auch hier die größte Hürde bestanden, die Quote stimmte und man konnte sich an die Vorbereitungen begeben.
Diesmal ging Käptn Grubinger als Anführer mit auf den Planeten. Auch Ludovic kam zur Sicherheit mit. Eine gute medizinische Versorgung schien im Angesicht der Bedrohung sehr vonnöten. Die drei Sergeanten als Rammbock waren auch immer eine gute Wahl. Für die nötigen Diversitätspunkte sollten eigentlich auf Vorschlag Roderichs die Long-Legged-Dancing-

Bunnies mit, die sich aber kategorisch weigerten, eine zombieverseuchte Welt zu besuchen. Auch lehnte es der androgyne Android strikt ab, auf einem Planeten zu landen, auf dem so unsaubere Kreaturen wie Untote rumlaufen durften, die sich komplett gehen lassen, wie er es ausdrückte.

Daher mussten zwei weibliche Forscher und ein Behinderter noch mit runter. Sie würden an Bord des Shuttles bleiben und sich dort sicher verbarrikadieren, denn sie waren für das Gelingen der Mission völlig überflüssig – dachte man.

Die Sergeanten beluden das Beiboot mit den neuesten waffentechnischen Finessen: Handfeuerwaffen, Granaten, Flammenwerfer und so weiter wanderten in den Laderaum. Auf Giftgas verzichteten sie, da die Untoten vermutlich nicht atmeten und es daher wirkungslos gewesen wäre. Aber auch so schien das angehäufte Arsenal ausreichend für eine ganze Kompanie, die für einige Wochen in den Krieg zog. Überflüssig zu erwähnen, dass die Sergeanten so entspannt und glücklich wie nie zuvor wirkten. Direkt, nachdem alles verstaut worden war, ging es los, Roderich höchstpersönlich setzte sich ans Steuer des Shuttles und flog zielsicher in Richtung Hauptstadt.

Genauer gesagt bestätigte er nur, dass die Zielkoordinaten vom Schiffsrechner in das Beiboot geladen werden sollten und betätigte den Startknopf, aber man muss auch aus den kleineren Dingen des Lebens seine positiven Erlebnisse ziehen können.

Sie landeten in unmittelbarer Nähe des Präsidentenpalastes auf einem größeren Marktplatz. Die Landung verlief dank der vollautomatischen Landungssequenz recht sanft. Jetzt ging es ans Eingemachte: Mit einsilbigen Lauten verständigten sich die Soldaten darauf, gleich nach dem Öffnen der Tür mit einer eleganten Rolle rauszuhechten, um die Umgebung zu sichern. „Drei, zwei, eins – Hopp!" Und sie rollten sich, die entsicherten Handfeuerwaffen im Anschlag, hinaus in die feindliche Umgebung, martialische Posen einnehmend. Doch die einzigen Wesen, die sie verdutzt anblickten, waren keine hungrigen Zombies, sondern ganz normale Passanten, ein wenig heruntergekommen zwar, aber sonst durch und durch durchschnittliche Menschen. Peinlich.

„Hier Baxter, Umgebung gesichert." war die Meldung an den Rest der Mannschaft, der jetzt auch den Planeten betreten konnte. Als sie sich, geschützt von den Soldaten, auf den Weg zum Palast machten, fiel ihnen auf, dass weder Leichen, Kadaver oder ähnliches rumlagen, noch dass die Leute, denen sie begegneten, in Angst und Panik verfallen waren, was doch sehr seltsam war angesichts der Katastrophe, die sich hier angeblich abspielte.

„Du, Roddi, hier stimmt doch was nicht. Sind wir vielleicht im falschen Sektor gelandet?" fragte Ludovic.

„Keine Ahnung, wir fragen am besten mal den Grafen, was das zu bedeuten hat. Vielleicht ist die Hauptstadt noch sicher. Mir wäre es am liebsten, wenn die Genderpreis nur aus der Luft die Lage klärt, einen Bericht schreibt und dann wieder abfliegt."

„Vielleicht sind die ganzen Leichen bereits von den hungrigen Zombies vertilgt worden? Oder sie sind selber zu wandelnden Toten geworden? Wir sollten aufpassen, wer weiß, was hier vorgeht!"

Die drei Sergeanten blickten mit eisig-konzentriertem Blick um sich, doch kein Untoter präsentierte sich. So aggressiv, wie Sgt. Baxter mit den Zähnen knirschte, war es zu befürchten, dass sie, um den großen Kampf betrogen, nun auf die Zivilisten losgingen. Aber die Söldner hatten sich so weit unter Kontrolle und so konnten sie gemeinsam den kurzen Weg zum Regierungssitz in Angriff nehmen.

Im Palast angekommen, wurden sie sofort zum obersten Präsidenten des Zusammenschlusses der vier Länder, die es auf Jura IV gab, geleitet. Herr Graf Para begrüßte sie für seine Verhältnisse herzlichst. Er sagte nicht wie üblich, dass er sie aufgrund Paragraph hundertzehn, Absatz vier, nach Standard begrüßen müsse, sondern gab allen die Hand und wünschte einen angenehmen Aufenthalt. Dann wandte er sich an seine Sekretärin: "Frau Smarslik, ich fordere Sie ultimativ auf, uns ein Kaffeegedeck nach ISO-Norm siebenundzwanzig Absatz Vier sowie einen Plätzchenteller, Format Acht Strich Eins, innerhalb der nächsten fünf Minuten zukommen zu lassen, da ich mich ansonsten genötigt sehe, eine offizielle Beschwerde wegen Insubordination bei der unteren Sekretärsdienstaufsichtsstellenüberwachungsleitung einzureichen."

Dann wandte er sich wieder seinen Gästen zu und gab einen genauen historischen Abriss der Katastrophe, welche die Zivilisation der Juristen nicht nur bedrohte, sondern schon fast zum völligen Zusammenbruch geführt hatte. Mit einem dramatischen Zittern in der Stimme führte er aus:

„Es fing damit an, dass ein Nachtwächter während seines üblichen Rundgangs auf dem Zentralfriedhof ein Ächzen hörte. Er ging der Sache nach und wurde schließlich in einem düsteren Abschnitt fündig. Was er sah, ließ ihn das Blut in den Adern gefrieren, denn in nicht mal zwanzig Metern Entfernung erhob sich ein vor drei Wochen Verstorbener aus seinem Grab!

Es war natürlich ein Schock für den armen Kerl, einem verwesenden Leichnam nachts und alleine auf einem Friedhof zu begegnen. Der wackere Nachtwächter rief schnell die Polizei herbei und versteckte sich in der Leichenhalle, bis kurz darauf die Unterstützung kam.
Doch zum Unglück wollte der Zombie in denselben Raum, da das zentrale Tor abgeschlossen war und der einzige Weg nach draußen durch eben diese Halle führte. In seiner Angst nahm der Wachmann seine Pistole und schoss. Dreimal. Doch der Zombie fiel nicht um, er war ja schon tot, sondern kam immer näher auf den vor Angst schlotternden Wächter zu. Auch die Polizisten, die mittlerweile in der Leichenhalle angekommen waren, zogen bereits ihre Waffen. Und dann passierte es. Der – er ... er ...“
Graf Para geriet ins Stocken. Roderich fragte, was er denn dem armen Wachmann angetan habe. „Hat er ihn ausgeweidet? Aufgefressen? In einen Zombie verwandelt?“
„Nein, viel, viel schlimmer. Der Untote, er hat ihn ...... Er hat ihn .... verklagt.
Ja, Käptn Grubinger, Sie können ruhig aufhören, so gehässig zu lachen. Genau das ist passiert.
Er hat ihn wegen versuchten Totschlages verklagt – und in der Folge den Prozess gewonnen. Das ist der eine Teil der Katastrophe, gegen die wir uns nicht wehren können. Wissen Sie, was das bedeutet? Können Sie sich das vorstellen?“ endete er mit überschnappender Stimme. Und er erklärte es.
Und auch die Teilnehmer des Landungstrupps der Genderpreis bekamen Angst, denn die Konsequenzen legten im Endeffekt den ganzen Planeten lahm. Folgendes spielte sich ab:

„Der Untote war keinesfalls ein wildes, mordendes Monstrum. Nachdem er bei den Polizisten Anzeige erstattet hatte, wussten die erstmal nicht, was sie tun sollten, aber letzten Endes mussten sie ihm zu seinem Recht verhelfen. Was sollten sie auch sonst tun? Die Fakten waren eindeutig, also wurde der Friedhofswächter vorläufig festgenommen und der Untote ging seines Wegs. Er hatte ja nichts verbrochen. Er ging direkt zu seiner einstigen Familie. War das ein Schock für die Angehörigen!

Das Erbe war aufgeteilt, zur Hälfte bereits verjubelt und nun stand der Verblichene da und forderte sein Eigentum wieder zurück. Und das war die zweite Klage, die an den Grundfesten unserer Zivilisation rüttelte, die zweite Katastrophe. Denn er bekam vor Gericht wieder Recht – und sein volles Eigentum zurück!

Da nun immer mehr Untote aus ihren Gräbern stiegen, haben wir ein großes Problem. Zwar wagt niemand mehr, auf die Zombies zu schießen, es kam jedoch zu einer selbst auf Jura IV noch nie da gewesenen Klagewelle. Man versuchte zunächst, Recht und Gesetz nur auf Lebende bzw. Noch-Nicht-Gestorbene einzuschränken, doch die Untoten konnten mit Hilfe eines wiederauferstandenen Professors für Artenbiologie erreichen, dass die juristische Definition von Leben geändert wurde. Man benötigte erwiesenermaßen keinen Stoffwechsel zum Leben, nur einen freien Willen, selbständige Bewegung und soziale Kommunikation, um als Mensch anerkannt zu werden. Der vorübergehende Tod kann daran nichts ändern. Somit sind die Untoten juristisch gesehen vollwertige Mitglieder unserer Gemeinschaft.

Seitdem ist hier die Rechtssicherheit untergraben. Viele Firmen mussten wieder an ihre alten, verstorbenen Besitzer zurückgegeben werden. Ganze Produktionszweige kamen aufgrund juristischer Streitigkeiten zum Erliegen, zudem haben die einmal Verstorbenen kein großes Interesse an produktiven Firmen. Sie brauchen ja kaum Geld. Essen müssen sie nicht und als Kleidung wollen sie nur ihre verfaulten Gewänder tragen. Dennoch wollen sie aus purer Gehässigkeit die Firmen leiten – mit teils fatalen Ergebnissen. Pleiten, Lieferengpässe und so weiter sind die Folge.

Dann klagten die Lebensversicherungen auf Rückerstattung der Auszahlungen an die Hinterbliebenen – und bekamen natürlich Recht, was die Untoten aber nicht anficht, im Gegensatz zu ihren Hinterbliebenen, die ja das Geld bekommen und schon ausgegeben hatten. Des Erbes und den Summen aus der Lebensversicherung beraubt, gingen viele Familien in Privatinsolvenz. Niemand weiß mehr, wem noch was oder wie lange gehört und sieht es daher nicht ein, auch nur einen Handschlag zu arbeiten.

Und auch die wenigen Touristen bleiben aus, weil überall stinkende und hässliche Leichname rumlaufen. Viele Jugendliche wurden angesteckt – nicht medizinisch, sondern kulturell - und schminken sich seitdem wie Untote. Grufties nennen sie sich, ist hier die absolute Mode. Und das alles nur, weil es im Jenseits keinen Platz mehr gibt. Das haben uns die Untoten jedenfalls erklärt.

Aber beziehen Sie erst mal Quartier im Hotel ‚zum verdrehten Paragraphen‘, einem 8-Sterne-Luxushotel. Mein Sekretär, Herr Filonkel, wird Sie begleiten.“

Hm, was tun? Mit militärischer Macht kam man offenbar nicht weiter. Also ging die Crew erst mal zum

Shuttle, um die Diversitätspunktlieferanten abzuholen und dann ins Hotel, um sich zu beraten.

Gerade, als sie vom Shuttle zu ihrer vorläufigen Residenz gehen wollten, kam ihnen auf der Hauptstraße eine Gruppe von vier Zombies entgegen und versuchte offenbar, dieses Vorhaben zu vereiteln. Als sie die Raumfahrer erblickten, streckten sie ihre Arme nach vorne und öffneten ihre Münder, so dass Roddi & Co. auch auf zehn Metern Entfernung ein fauliger Modergeruch nach frisch geöffnetem Grab entgegenwehte. Dann grunzten sie kehlige Laute und kamen mit hungrigem, leerem Blick direkt auf sie zu!

Die Sergeanten wollten gerade durchladen, doch Herr Filonkel, der Sekretär, ging dazwischen: "Hören Sie bloß auf! Viele Untote provozieren gerne die Lebenden! Die wollen, dass Sie schießen, damit sie Sie dann vor Gericht ziehen und nach Herzenslust verklagen können. Die Waffen runter! Kusch! Macht euch fort, sonst verklage ich euch wegen versuchter Versuchung zur Körperverletzung!" die letzten Worte waren an die Untoten gerichtet, die sich enttäuschten Schrittes mit hängenden Schultern trollten.

Das Hotel war eine Sensation - Acht Sterne, davon drei Supernovae. Der einzige Nachteil war, dass aufgrund der juristisch unsicheren Lage kaum Personal vorhanden war. Das war aber nicht so schlimm, denn die Lebensmittel in der Küche waren noch brauchbar und auch die Bar war gut gefüllt. Sie mussten sich das Hotel lediglich mit ein paar Grave-Metal-Fans, die auf Zombies standen, sowie ein paar religiösen Eiferern, die unbedingt Informationen über das Jenseits von den Wiedergängern haben wollten, teilen.

„Fassen wir zusammen", meinte Roderich, nachdem sie sich in der verwaisten Küche ein fürstliches

Abendessen gekocht hatten. „Wir haben ein juristisches, ein finanzielles und ein metaphysisches Problem. Zunächst das Rätsel, warum die Toten wieder zurückkehren. Ich denke, dass wir genau da ansetzen müssen. Warum gibt es im Jenseits keinen Platz mehr?“

Dr. Dr. Frederik Euten, ein behindertes (und daher diversitätswertvolles) Mitglied des Teams, meldete sich zu Wort: "Die Seelen der Toten fahren normalerweise in die neunte Dimension ein, getrennt nach Herkunftssektor. Ein Kollege hat mir erzählt, dass die Sugorer, eine sehr hochentwickelte Spezies und extrem wissbegierig, gerade Experimente mit den Dimensionen machen, unter anderem mit der achten und zehnten (unser Universum hat elf Dimensionen, drei sichtbare, eine Zeit, der Rest ist für uns unerreichbar ‚in anderen Dimensionen‘, wie der Name schon sagt). Ich werde mal nachforschen, ob das vielleicht was damit zu tun haben könnte.“

„Gut“, meinte Roderich, das wäre Problem eins. Problem zwei: Wie können wir die Sache juristisch angehen? Irgendwelche Vorschläge?“

„Ausmerzen die ganze Bande!“ waren sich die drei wackeren Soldaten einig. Doch Ludovic widersprach ihnen.

„Lasst uns doch erst mal drüber schlafen. Am nächsten Tag sehen wir sicher klarer. Und vielleicht bringen uns ja die Recherchen des Herrn Euten weiter. Mit Gewalt können wir jedenfalls nichts erreichen, das wird angesichts der Qualität der hiesigen Anwälte zu kostspielig, hier ist Hirn gefragt.“ Darauf konnten sich alle einigen.

Es kommt öfters vor, dass man sich zu sehr auf einen Handlungsstrang konzentriert und dabei einen anderen

Faden übersieht. Wären die tapferen Genderpreisler noch ein paar Minuten länger im Restaurant sitzen geblieben und hätten dem Gespräch am Nebentisch gelauscht, wären sie Zeugen eines sehr interessanten Dialogs geworden, der so typisch für diese Epoche auf Jura IV war, so dass wir uns entschlossen haben, ihn hier wiederzugeben.

Die Protagonisten sind Binlatt al Rajaff, ein akabaranischer Religionswissenschaftler, und Steve O'Leary, Ex-Leiche und -Anwalt.

"Ich bedanke mich im Namen aller Gläubigen der einzig wahren Religion für Ihre Zeit. Wie war das also, als Sie gestorben sind? Haben Sie (ehrfurchtsvoll) IHN gesehen? Hat ER mit Ihnen gesprochen?"

„Wen meinen Sie jetzt mit (spöttisch mit Zeige- und Mittelfinger Anführungszeichen in die Luft malend) ‚IHN'? Ach so, Sie sind ja Akabaranier. Nein, ich habe ‚ihn', also Ala-Djaballah, nicht gesehen. Auch nicht den Kistengott oder irgendeinen anderen, der da oben rumschwirren soll."

„Aha. Gut, die anderen Götter haben Sie natürlich nicht gesehen, weil es die nicht gibt. Das ist auch genau das, was der Akabaranismus sagt! Damit ist wieder mal der Beweis erbracht, dass unsere Religion die einzig wahre ist (notiert diesen Punkt schnell in seinem Memorizer). Und – waren Sie im Himmel oder in der Hölle?"

„Naja, weder noch, denke ich. Ich habe dort einige alte Bekannte getroffen, gute, schlechte, religiöse, nichtreligiöse, alles querbeet, nicht wahr? Kein himmlisches Gericht, keine Strafe, nichts. Nicht mal eine Verwarnung oder einen Strafzettel habe ich bekommen." -

„Und – aber ..."

„Ich war dem Kalender nach vierzehn Monate tot, dem Grad meiner Verwesung nach stimmt das auch. Die

Zeit – wenn man diesen Begriff überhaupt nehmen kann – im Jenseits ist wie im Flug vergangen, wenn Sie mich danach fragen wollen. Es ist, als wäre ich keine Sekunde weggewesen, als wäre ich direkt nach meinem Tod wiederauferstanden. Offenbar funktioniert das Jenseits ganz anders. Ach ja, ein Verlangen nach euren paradiesischen Jungfrauen, Weingärten und so weiter habe ich auch nicht gehabt. Ich habe mich einfach rundum zufrieden gefühlt. Es war so, als wäre ich kurz weggewesen und wieder nach Hause gekommen, dahin, wo ich hingehöre. Ein schönes Gefühl!

Tut mir leid, aber Sie können genauso gut einen Blumentopf oder eine alte Socke anbeten oder es ganz sein lassen, es macht keinen Unterschied. Genießen Sie lieber das Leben in vollen Zügen, hinterlassen Sie das Weltall ein wenig besser, als sie es beim Betreten vorgefunden haben, anstatt die Zeit mit Beten, Fasten und Zeugs zu vergeuden. In diesem Sinne - war schön, mit Ihnen gesprochen zu haben.“

„Moment noch – wären Sie bereit, gegen einen ‚Unkostenbeitrag‘ zu sagen, dass Sie Ala-Djaballah im Himmel gesehen haben, mit Mr. Mojo, seinem sanften Propheten zur Seite, umgeben von blumigen Mädchen und Dienerschaften, die es ihnen gut gehen lassen? Und dass heilige Engel alle Ungläubigen auf ewig in die finstere Hölle werfen, wo sie unvorstellbare Qualen erleiden, wo man sie vierteilt, ihnen heißes Wasser zum Trank gibt, wo sie ...“ Binlatt al Rajaff redete sich in Ekstase und wurde von dem Untoten schroff unterbrochen.

„Warum sollte ich so einen Mist erzählen? Spätestens, wenn die Leute gestorben sind, erfahren sie die Wahrheit und machen Ihnen dann im Jenseits die Hölle heiß, wollen Sie das wirklich? Ihr Geld brauche ich auch nicht, es macht uns Untoten einfach nur Spaß, die Lebenden, denen so viele Einsichten fehlen, aufs Glatteis zu führen und sie ein bisserl auszunehmen. So weit wie ihr gehen wir dabei aber nicht.

Also trollen Sie sich, bevor ich es mir überlege und einer anderen Religion nach dem Mund rede. Der Pastafarismus beispielsweise ist mir da viel lieber und je mehr ich darüber nachdenke, meine ich, eine nudelige Kreatur im Himmel erblickt zu haben ...“

„Schon gut, schon gut, ich habe verstanden ...“ Enttäuscht trollte sich Binlatt zu seinen Glaubensbrüdern in die gegenüberliegende Bar, die am Tresen bereits auf ihn warteten. Er erzählte ihnen mit gedämpfter Stimme, so dass der Untote, der im Restaurant geblieben war, ihn nicht hören konnte. Er sprach davon, dass der Wiederkehrer als wahrhaft guter Gläubiger im Himmel gewesen sei, Ala-Djaballah getroffen habe und die Ungläubigen schlimmste Höllenqualen zu erleiden hätten. Und dass ihre Religion die einzig wahre sei und sie diese im ganzen All zu verbreiten hätten.

Nicht umsonst werden auf einigen Planeten Angehörige der Akabaraniersekte als geisteskrank in Quarantäne gesetzt.

Der Doppeldoktor arbeitete die halbe Nacht hindurch und beriet sich mit seinen Kollegen per Raumnetz, während der Rest der Mannschaft auf Erleuchtung im Schlaf wartete – freilich nachdem man noch ein paar Schlummertrunks an der bis auf ein paar verirrte Akabaranier menschen- und zombieleeren Hotelbar zu sich genommen hatte.

Und tatsächlich, überschlafen funktioniert fast immer. Die Erlebnisse des Tages werden mit bereits vorhandenem Wissen abgeglichen, verarbeitet und abgespeichert. An anderer Stelle werden Lösungen und Informationen eingeschleust, auf welche die Besitzer des Gehirns nur gewartet haben. Bei Ludovics Kopfinhalt hatte sich offenbar was getan, denn am Frühstückstisch verkündete er: „Mir kam heute Morgen ein Gedanke. Ich habe ja in meiner Laufbahn als Arzt einige Amputationen vorgenommen ...“

„Ja“, fiel Roderich ihm ins Wort, „aber du hast die Strafe abgesessen und einen schönen, neuen Doktortitel geschenkt bekommen.“

„Das meine ich nicht, Roddi. Ich denke, dass die Untoten nur klagen können, weil sie Staatsbürger von den vier Ländern auf Jura IV sind. Wären sie es nicht, könnte man sie nach geltendem Recht ausweisen. Nun, wenn sich jetzt die Provinzen der vier Länder Stück für Stück abspalten, bis nur noch die einsamen Inseln, die wir beim Überfliegen des Planeten gesehen haben, übriggeblieben sind, wären die Untoten juristisch gesehen nur noch Bürger von eben diesen Inseln, die dann den Rest des vier Länder-Zusammenschlusses darstellen. Man muss dann nur noch den wirklich Lebenden die Staatsangehörigkeit der abgespaltenen Provinzen geben und ist die Untoten los, denn diese bekommen keine Einreisegenehmigung und keinen Pass für die neu entstandenen Länder. So könnte man sich mit Gebietsamputation aus der Misere retten!“

Das war soweit schlüssig, aber es gab noch ein weiteres Problem: Das Vermögen der Untoten, die über große Summen, Liegenschaften und Fabriken verfügten.

Branka Slobocic, Zoologin und aus Gendergründen Mitglied des Jura-Kommandos, hatte da einen Vorschlag:

„Auf Terra III gab es vor knapp zwölfhundert Jahren eine Währungskatastrophe, ausgelöst durch den

Zusammenschluss mehrerer Länder mit unterschiedlichen Volkswirtschaften unter einer Einheitswährung, dem sogenannten Euro. Die Wirtschaften auf Jura IV sind ebenfalls ziemlich verschieden. Wenn man also eine gemeinsame Währung für den ganzen Planeten einführt, würde das nach kurzer Zeit Chaos und Verwerfungen mit sich bringen. So könnte man die Untoten vielleicht durch Geld- und Kursverluste ruinieren und indirekt enteignen!"
Roderich war ein wenig ärgerlich und beschämt aufgrund der Tatsache, dass jemand, der ursprünglich nur als Diversitätspunktlieferant mitgekommen war, auf einmal so eine gute Lösung fand. Er musste doch als Käptn unbedingt auch noch seine Duftmarke hinterlassen! Rückblickend betrachtet hatte er auf der Mission noch gar nichts geleistet – bis auf den Zwist mit Lord Schwarzencape, aber das war privat und zählte nicht. Und auch jetzt gelang es ihm nicht, Akzente zu setzen, denn Alexia Beck, Diplom-Geologin, kam ihm zuvor: "Steuern! Man könnte die lebenden Toten wieder ins Reich der Toten zurückbesteuern! Sie haben die ganze Zeit, die sie tot in ihrem Grab lagen, keine Abgaben bezahlt und entsprechende Rückstände angehäuft. Man könnte auch den Übergang vom Tod ins Leben mit Abgaben belegen. Man muss doch nur ein wenig kreativ sein und sich ein paar neue Gesetze einfallen lassen!"
Und wieder war es eine Quotenfrau, die hier Brauchbares lieferte. So ein Ärger!
Da sonst niemand mehr einen gescheiten Einfall hatte, beendeten sie das Brainstorming und gingen zu Graf Para, um ihm die Vorschläge zu präsentieren. Wenigstens hier konnte sich Roddi in seiner Rolle als Käptn in den Vordergrund drängen.

„Wir haben verschiedene Vorschläge ausgearbeitet“ informierte er den Grafen und erklärte, was für Ideen die Besatzung am Morgen entwickelt hatte. Der Graf nickte zustimmend und informierte seinen Berater- und Planerstab, damit sie die nötigen Vorbereitungen treffen konnten. Die wichtigsten Waffen gegen die Zombieplage mussten vorbereitet werden: Neue Dokumente, Ausweise, Landkarten, Unabhängigkeitserklärungen und Gesetze warteten darauf, aus der Taufe gehoben zu werden.

Und Prof. Dr. Dr. Euten hatte auch etwas zu vermelden: „Ich habe mich die Nacht über gründlich informiert. Die Sugorer haben tatsächlich ihre Forschungen in der achten und zehnten Dimension intensiviert mit dem Ergebnis, dass sie diese Räume unverhältnismäßig aufgebläht haben. Dies wiederum hat die neunte Dimension, den Sitz der toten Seelen, stark verkleinert. Durch den Platzmangel haben die anderen Toten die – ähemm – nicht gerade beliebten Juristen aus dem Jenseits gejagt, die darauf in ihre alten Körper zurückgegangen sind – das Ergebnis kennen wir.

Wir müssen also Kontakt mit den Sugorern aufnehmen und dafür sorgen, dass sie ihre Spielereien in den höheren Dimensionen sein lassen, und der Nachschub an Untoten wird abgeschnitten.“ Drei zu eins für die Diversitätspunktlieferanten.

“Na, das sind doch erfreuliche Nachrichten!“ wusste Ludovic hinzuzufügen. „Leiten wir die notwendigen Schritte ein.“

Und das taten sie. Roderich schilderte Admiral Krothenfels, seinem direkten Vorgesetzten, die Situation. Dieser ‚bat‘ nun die Sugorer (unter Androhung, dass IHRE Toten als nächste zurückkehren würden), ihre Forschungen einzustellen, die Dimensionen wieder auf normale Größe zu bringen und so den Nachschub an Untoten zu unterbinden.

Die Juristen selbst beschlagnahmten mehrere Druckereien, die sich in Händen von Wiedergängern befanden, druckten ihre Unabhängigkeitserklärungen etc., erließen diverse Gesetze, änderten das Steuerrecht und hoben eine gemeinsame Währung aus der Taufe.

Damit war die Arbeit für das Team der Genderpreis auf dem Planeten vorläufig beendet. Graf Para verabschiedete sie mit dem größten Kompliment, dass man auf Jura IV überhaupt aussprechen konnte: Er sagte, dass er von einer Klage absehen werde.

Wie sie Monate später erfuhren, hatte der Plan durchschlagenden Erfolg. Da die Sugorer die Dimensionen zurückbauten, kamen keine neuen Untoten mehr an.

Alle Unterprovinzen der Länder machten sich selbständig, so dass vom ursprünglichen Gebiet der vier Länder nur noch die kleine Inselgruppe übrigblieb.

Die noch in den Provinzen ‚lebenden' Zombies wurden zu illegalen Einwanderern erklärt und auf die einsamen Inseln, dem kläglichen Rest und juristischen Nachfolger der ursprünglichen Länder, rausgeklagt.

Die gemeinsame Währung sorgte für einen enormen Verlust an Vermögen sowie für eine weitere Pleitewelle – diesmal aber vorrangig bei den Unternehmen, die durch das schlechte Wirtschaften der Untoten ohnehin geschwächt waren. Bald schon brachten sich die Wiedergänger aufgrund der Langeweile auf der Inselgruppe gegenseitig um und kehrten wieder in die neunte Dimension zurück, wo sie den anderen entgeisterten Geistern, die darüber wenig begeistert waren, mit ihren Geistlosigkeiten auf den Geist gingen.

Doch davon wussten die vier Freunde natürlich noch nichts, als sie am Abend darauf wieder in der kleinen Ecke in der Werkstatt saßen und klönten. Sathington hatte eine Schüssel Algol'sche Limettenbazooka angesetzt. Für alle, die diese Spezialität noch nicht kennen, hier das Rezept:

Die Algol'sche Limettenbazooka wird aus einem Drittel tovlanischen Edelbrand, der zuvor mit Methangas angereichert wurde (der Wirkung wegen), zwei Händen voll ätherischer Kräuter Marke Geisterbanner (dem Geschmack wegen), einem Drittel Brautreber einer rigel'schen Bierbrauerei (zum Strecken und der öligen Viskosität wegen), einem Drittel grünen Knallgaswasser (der Farbe wegen) sowie einer Limette (dem Namen und der Vitamine wegen) zubereitet. Nach dem Mischen dieser Komponenten (was sehr vorsichtig erfolgen muss, da das Gemisch sehr leicht explodiert, auf heftiges Anstoßen oder Schluckauf sollte unbedingt verzichtet werden) wird noch ein wenig Sprengpulver auf die leichte Schaumkrone, die sich bei einem guten Mixvorgang gebildet haben sollte, gestreut.

Das Mixen darf nur ein zugelassener Barmixer mit gültiger Lizenz vornehmen, da dieses Getränk streng unter die Explosionsvorschriften fällt. Es ist so detonativ, dass es während der Revolten des zweiten Sonnenbrillenembargos von Riga IIc als Festungsbrecher Furore gemacht hatte, daher auch der Beiname Bazooka. Die Vier hatten somit striktes Rauchverbot.

„Bis jetzt ist ja alles mehr oder weniger gutgegangen. Die Chancen stehen also nicht schlecht, dass wir die Mission pünktlich abschließen können. Was mich nur ein wenig stört, ist die Tatsache, dass ich meine Familie erst wiedersehe, wenn sie vier Jahre älter ist. Wer weiß, was dann aus ihnen geworden ist? Die Kinder sind wieder größer geworden und spucken mir vielleicht sogar schon auf den Kopf!" sinnierte Sathington und ließ sich einen Schluck der Algol'schen Bazooka durch den Hals laufen. Jarulin hatte damit keine Probleme, sein Zweitkörper war abends immer daheim und hatte alles unter Kontrolle.

„Was macht eigentlich deine Familie, Roddi?" wollte Ludovic wissen. Ja, seine Bagage daheim ... Roderich musste an die Zeit vor fünfundzwanzig Jahren denken. Damals wollte er sein Leben lang solo bleiben, sich selbst finden und Großes vollbringen. Der Beste sein, egal in was. ‚Lass doch alle anderen ihr kleines, beschränktes Leben führen, lass sie ihre Kinderchen großziehen, damit halte ich mich nicht auf, ich bin was Besseres!' sagte er sich immer, wenn er zusammen mit Ludo, Jaru und Sath wieder mal eine heikle Situation bewältigt hatte.

Doch es war nicht immer leicht gewesen. Zuerst wurde er, was zum Glück kaum noch jemand wusste, von allen ‚Spot-Rod' genannt – wegen den vielen Pickeln, die ihn als Teenager so plagten. Dann kam die Zeit der ersten Ausflüge mit ihren gebrauchten Kleinraumern, die sie günstig gekauft und notdürftig zusammengeflickt hatten, gerade so, dass sie sich noch in der Luft halten konnten. In dieser Phase wurde er ‚Schrott-Rod' genannt – seine Ansprüche an sein Können konnten mit seinen tatsächlich vorhandenen Flugkünsten nicht Schritt halten. Und dann, als er sich ein wenig bremsen konnte, erlangte er Bekanntheit unter dem Spitznamen ‚Hot-Rod'. Das war die Zeit der ersten Abenteuer, die er mit seinen Kumpels erlebte und genoss.

Doch dann irgendwann lernte er seine Frau kennen, stolperte mehr oder weniger in die Ehe und Schwupps, waren die ersten Kinder da. Und er begann unmerklich zu reifen. Das stellte er freilich erst Jahre später auf der zweiten Weltraummission fest, als er über die Jungspunde, die sich unbedingt ihre Sporen verdienen wollten, innerlich lächeln musste. Ja, er war jetzt einer von denen geworden, die ein kleines, beschränktes Leben führten, die Verantwortung übernahmen und nicht mehr in den Tag hineinlebten, doch das war in Ordnung, er wollte es nicht mehr anders haben. Man musste mit dem Leben, mit den Aufgaben wachsen.

Sich-Selbst-Finden – was war das denn? Man war doch sowieso immer da. Es ging doch vielmehr darum, seinen Platz zu finden, die Beziehungen zu seiner Umwelt abzustecken, anstatt ziel- und planlos in der Weltgeschichte herumzureisen. So hatte noch niemand seinen Platz, sein eigenes Ich gefunden, im Gegenteil. Die Leute, die er kannte und die auf dem Weg waren, sich selbst zu finden, entfernten sich immer weiter von sich, das war jedenfalls sein Eindruck. Er hingegen hatte seinen Platz gefunden. Und von dort aus konnte er die Dinge ein wenig ändern, die ihn störten. Zwar nicht im großen Stil, doch in seinem Umfeld hatte er durchaus Möglichkeiten, Impulse zu setzen.

Dennoch: Manchmal beneidete er immer noch die Jüngeren, wie sie frei und ungebunden im All herumzogen und tun und lassen konnten, was sie wollten. Aber wenn er nach langer Fahrt oder nach einer Dienstreise wieder nach Hause kam, war das vorbei.

Denn dann sah er am Ende der Straße, in der er wohnte, einen alten Bekannten aus seiner Jugendzeit, mit dem er sich immer wieder gemessen hatte und der ihn das ein oder andere Mal mit seinem Kleinraumer böse zersemmelt hatte (die Schrott-Rod-Ära). Er sah, wie er abends alleine nach Hause kam, in ein leeres, kleines Haus ohne Kinder, ohne die täglichen, kleinen

Nervereien, die ein Haus erst lebendig machen. Und dann sah er sich selber zwanzig Jahre später, mit einer Schar von Enkelkindern zu Besuch und seinen Bekannten, wie er einsam aus seinem Häuschen rüber blickte. Heuchelte, dass er es doch besser habe, weil er jeden Tag seine Ruhe genießen und tun und lassen konnte, was er wollte, doch in Wahrheit war sein Inneres zerrissen von der Einsamkeit und Stille daheim. Roderich brachte all dies zum Ausdruck, indem er „Mmmh, gut!" auf Ludovics Frage antwortete und sich noch ganz vorsichtig einen Kleinen einschenkte.

Teil 2

Die in etwa 36 Kammern des Lanolin

Planet der Kuscheltiere

Wahl mit Folgen

Acht Tage waren sie jetzt wieder unterwegs. Acht Tage, in denen sie eine Aufgabe für Big-Brother-in-Space lösen mussten. Diesmal ging es darum, dass jeweils zwei Schützen von den insgesamt drei zusammengewürfelten Teams unterwegs so viele Meteoriten wie möglich abschießen sollten. Das Verliererteam würde fünf Tage lang von jeglicher medizinischen Versorgung ausgeschlossen werden.
Als Käptn stand es Roderich wieder zu, Team A zu wählen. Und diesmal hatten sie die Nase vorne, obwohl einer seiner Schützen, Sergeant Möller, einen Meteoriten verfehlte und auf dem bewohnten Planeten direkt dahinter, Reguron III, eine größere Flutwelle auslöste. Surf Ahoi, die Reguronen konnte er noch nie leiden ...
Schade auch, dass im Verliererteam ein chronisch kranker Patient war, der jeden Tag seine Medikamente benötigte. Durch diesen Todesfall verloren sie wichtige

Diversitätspunkte für seine Behinderung sowie einen herausragenden Virologen. Somit waren sie knapp unterhalb der vorgeschriebenen Mindestdiversitätsquote und es konnte nur noch Stunden dauern, bis Roth-Grün dies bemerkte.

All dies schrieb der Käptn in sein TageBuch-Buch, damit seine Familie und seine Fans (von denen er hoffte, noch ein paar zu haben) immer genauestens über die aktuellen Ereignisse der Mission informiert waren. Leider vergaß er diesmal, sich auszuloggen, so dass eine Person, deren Identität der Spannung halber noch nicht genannt wird, Gelegenheit hatte, sich einige Daten, die nur für den engsten Kreis bestimmt waren, herunterzuladen.

Das Spektakel mit den Untoten war vorbei, Alltag und Ödnis kehrten wieder ein in die Weiten des Weltalls. Nichts verblasst so schnell wie der Ruhm vergangener Tage. Doch das konnte der Sender freilich nicht hinnehmen, schließlich musste rund um die Uhr Action in der Bude sein! Die Einschaltquoten würden in den Keller rauschen, wenn man nur das triste Schwarz der unendlichen Weiten einfangen würde. Und das war das Einzige, was man die letzten Tage berichten konnte, wenn man von den recht krampfhaft durchgeführten Spielchen zwischendurch absah, da die Genderpreis auf dem Weg zu ihrem nächsten Sprungpunkt war, der sie in Sektor 14 bringen sollte, um dort ein paar Gravitationsmessungen zu überprüfen und andere Kleinigkeiten zu verifizieren. Daher hatten Bernd und Marionetta während einer virtuellen, nervös abgehaltenen Konferenz neue Anweisungen von ihrem Sender bekommen und machten sich dran, diese zu präsentieren.

Die Tür zur Brücke öffnete sich, herein kam der Kameramann vom URS-Team und stellte sich für die nächste Szene in Positur. Ein paar Sekunden später erschienen Bernd und Marionetta. Sie gingen direkt auf den Kameramenschen zu, der gerade eine dramatische Totale von der Brücke einfing, grinsten breit und kündigten eine Balletteinlage der Bunnies an.

Hanni, Nanni, Fanni, Bunnie, Annie, Sunny, Danni und Manni (Hoppla, aber das erklärte auch, dass sie weiterhin genügend Diversitätspunkte beisammenhatten), so deren Namen, waren bereits in ihre Klamotten geschlüpft und kamen auf einen Wink von Marionetta hereingehopst.

Nach der Showeinlage wandte sich Marionetta an die geschätzten vierundsiebzig Milliarden Zuschauer, die nichts Besseres zu tun hatten, als sich rund um die Uhr von ‚Big-Brother-in-Space‘ berieseln zu lassen. Ihr feierliches Gesicht sowie ihre Abendrobe verrieten, dass jetzt eine ganz besondere Ankündigung folgen würde.

„Verehrte Zuschauende daheim. Wir haben bislang einige Abenteuer erlebt, die nur exklusiv bei uns zu sehen waren. Das war nervenaufreibend, aber …

Wir setzen noch einen obendrauf: Die Besatzung der Genderpreis wird eine Aufgabe lösen, die wir heute Morgen von unserem Sender, dem beliebten Unterhaltungskanal URS 4, bekommen haben. Eine Aufgabe, an der allerdings schon viele Kandidaten verschiedenster Quiz- und Dokusoaps gescheitert sind: Es gilt, das Geheimnis der in etwa 36 Kammern des Lanolin zu lüften und den Code – nicht irgendeinen, sondern DEN Code - zu erhalten! Zu diesem Zweck werden wir nach Smith-Kentucky-Bourbon reisen, wo dieses Todeslabyrinth aufgebaut ist!

Ein speziell ausgewähltes Kommandoteam der Genderpreis wird dort landen, die Gefahren überwinden, zu Lanolin vordringen und von ihm den Code erhalten. Und SIE sind live mit dabei!!"

Sathington geriet in Verzückung, als er von dem Reiseziel hörte, wurde aber enttäuscht, denn es stellte sich heraus, dass der Planet Smith-Kentucky-Bourbon bis auf einen kleineren Gürtel mit Pflanzenbewuchs staubtrocken und Alkohol unter den wenigen Siedlern mehr oder weniger verpönt war. Wieso das?

Unterbrechen wir kurz den Haupthandlungsstrang und machen eine kleine Rückblende in die große Zeit der Werbeagenturen.

Es fing alles ganz klein und unscheinbar an, doch gipfelte der Wettlauf der Agenturen beinahe im völligen Kollaps der bis dato bekannten Zivilisationen. Der Startschuss fiel im zwanzigsten Jahrhundert auf einem unbedeutenden Planeten. Es trug sich wie folgt zu:

Georg Roy war der Manager des Vereins FC Kickers Mannstadt, damals Tabellenletzter der zweiten Fußballliga. Er wollte den Verein, in dem er schon als Kind gekickt hatte, unbedingt retten. Und das gelang ihm auch – wenn auch nur für kurze Zeit. Denn eines Morgens kam er auf den Gedanken, dem Club mit Werbung einen Nebenverdienst zu ermöglichen, um neue Spieler zu verpflichten. So weit, so gut. Mit dieser Idee war die Trikotwerbung geboren, man hatte sich kurz darauf an die bunten Aufnäher und Logos gewöhnt.

Doch das konnte den maroden Verein auf Dauer nicht über Wasser halten, da die anderen Clubs gleichzogen und der FC Kickers Mannstadt wieder die rote Laterne überreicht bekam. Das spornte Georg zu einem weiteren Coup an: Er verkaufte den Namen des traditionsreichen Stadions für einen Haufen Zaster an die Erste Allgemeine Versicherung gegen Arbeitsunfähigkeit GmbH. Die Umbenennung in ‚Arbeitsunfähigkeitsstadion' und das daraus resultierende Geld ermöglichte es den Kickers, die Meisterschaft des folgenden Jahres zu erringen.

Das war das Startsignal für die anderen Vereine, wieder nachzuziehen. Innerhalb kürzester Zeit wurden sämtliche Stadien umbenannt, Gleichstand war wiederhergestellt. Doch damit gab sich Georg Roy nicht zufrieden. Jetzt hatte er Blut geleckt. Gut, sagte er sich, ich kann auch anders. Gehen wir in die Vollen: Heute das Stadion, morgen die Kickers.

So kam es, dass der erste Verein nach einem Sponsor benannt wurde. Der FC Arbeitsunfähigkeit Mannstadt konnte sich dank des warmen Geldregens wieder kurzzeitig an die Spitze der Tabelle setzen. Und alle anderen Vereine zogen wieder nach, womit unterm Strich wieder nichts gewonnen war.

Georg hatte aber mit seinen Ideen eine wichtige Person inspiriert. Der Bürgermeister des klammen Nachbarstädtchens Rosenbach, der ein großer FC Kickers-Fan (beziehungsweise jetzt FC Arbeitsunfähigkeit-Fan) gewesen war, nahm sich ein Beispiel. Er wollte seine hochverschuldete Gemeinde mit Hilfe eines ansässigen Unternehmens sanieren. Diese Firma, die Meka-Chemieklo AG, ein Unternehmen für mobile Toiletten, war dem Vorschlag nicht abgeneigt und übernahm flugs die Schulden des Kleinstädtchens.

Gut, der Ortsname ‚Mekaklobach' hat jetzt nicht unbedingt den schönen Klang von Rosenbach, dafür aber war die Gemeinde mit einem Schlag saniert, so dass sich der Bürgermeister wieder voll der Aufgabe widmen konnte, neue Schulden zu machen und das Geld *wieder mit vollen Händen auszugeben. Andere Kommunen und Städte folgten diesem Beispiel. Sogar vor staatlichen Institutionen machte das Sponsoring nicht Halt. Wer kann sich noch an das ‚Etzel-Nudel-Leib-und-Landesgericht‘ erinnern? Sicher nicht nur die bedauernswerten Mitbürger, die dort verurteilt wurden!*

Die gute alte Erde setze aber all dem noch die Krone auf. Eines Tages rollte eine Pleitewelle durch den alten Kontinent Europa. In diesem Zug gingen ganze Staaten Bankrott, Volkswirtschaften kollabierten, Millionen von Menschen standen vor dem Nichts. Doch dann übernahm ein findiger Staatsmann die Idee des Sponsorings. Ja genau, daher hat Disneyland seinen Namen!

Die Bewohner nannten sich zwar immer noch ‚Griechen‘, mussten damals aber formell ihre Pässe erneuern. Alleine diese Aktion brachte dem bis dahin als ‚Griechenland‘ bekannten Land Millionen ein.

Einen Haken hatte das Geschäft allerdings: Die Bewohner von ‚Disneyland‘ wurden verpflichtet, für die nächsten fünfhundert Jahre als ‚traditionellen Kopfschmuck‘ eine lächerliche Kappe mit zwei großen, schwarzen Kreisen zu tragen, die überdimensionale Mäuseohren darstellen sollten. Aber was tut man nicht alles, um aus den Schulden zu kommen ...

So ist es auch nicht verwunderlich, dass im Zuge der Kolonisierung des Weltalls Sonnen, Planeten und Kometen nach Schnaps, Automarken, süßen Imbissen und dergleichen benannt wurden. Und Smith-Kentucky-Bourbon war eben so ein Planet, der schlechtes Wirtschaften mit seinem guten Namen bezahlen musste.

Drei Tage dauerte der Transfer zu den in etwa 36 Kammern. Sie mussten dazu die Hauptader durch die

Galaxismitte nehmen, dabei elegant um das schwarze
Loch, das sich im Zentrum unseres Spiralnebels befindet, herumkurven und konnten dann in die östlichen
Sektoren vordringen. Dazu musste nicht gesprungen
werden, denn diese Route war sehr gut ausgebaut – auf
technisch-physikalische Hintergründe gehen wir hier
nicht ein, das wäre viel zu kompliziert zu erklären.
„Naja, klingt immerhin spannender, als ein paar Gravi-
tationswerte zu überprüfen. Die in etwa 36 Kammern
... wieso in etwa? Und wer oder was ist dieser ‚Lanolin‘?" fragte Sathington, als sie zu viert wieder in dem
kleinen Kabuff hinter der Werkstatt saßen.
"Von diesem Lanolin habe ich schon mal was gehört.
Ist lange her, mindestens fünfundzwanzig Jahre. Ange-
fangen hat er bei URS als Moderator für wissenschaft-
liche Sendungen. Und zwar solche, die wirklich gut gemacht waren, ohne spektakuläre Effekte oder so, dafür
mit viel Hintergrundinformationen. Habe ich damals
gerne gesehen.
Die ersten Folgen sind zur Primetime gelaufen, doch
dann ist die Reihe mangels Einschaltquoten und spannender Momente immer weiter ins Nachtprogramm gerutscht - war wohl zu brillant für die breite Masse, die
Sensation statt Information will." erklärte Jarulin ver-
ächtlich.
„Und als die Folgen dann auf Donnerstag morgens um
drei Uhr angesetzt worden sind, war der Spaß für Lanolin, der eigentlich Friedrich Kampen heißt, aber aufgrund seiner verfilzten, weißen Haare den Spitznamen
Lanolin verpasst bekam, vorbei. Man sagt, er wäre kurz
darauf ins Büro des obersten Chefs der URS-Kette gerufen worden, um sich entweder einen Rüffel oder sogar seine Kündigung abzuholen. Als er das Büro betrat,
war Jo Filakow, der Präsident der URS, noch nicht am

Platz. Sein Rechner war noch eingeschaltet, jedoch aus einer Nachlässigkeit heraus nicht gesichert. Lanolin bemerkte dies und realisierte auch, dass er hier und jetzt die einmalige Gelegenheit hatte, das Passwort am höchsten Computer des Unternehmens zu verändern, so dass nur noch er den Rechner benutzen konnte.

Und diese Gelegenheit nutzte er. Er hatte schon seit Längerem beschlossen, einen Feldzug gegen den Kommerz im Fernsehen zu starten. Und da Jo all seine wichtigen Dateien und Ideen für neue Formate nur auf seinem Rechner und sonst nirgends abgespeichert hatte, war das ein empfindlicher Einschnitt für den Sender. Bis heute konnte das Passwort nicht geknackt werden, bis heute sind die für den Sender wertvollen Daten unzugänglich. Bei seinem Rechner hat man insgesamt nur zwanzig Anläufe, das Passwort verkehrt einzugeben, danach wird die Festplatte gnadenlos gelöscht. Neunzehn Mal hat man es bereits versucht – ohne Erfolg. Es gibt also nur noch einen Versuch und daher benötigt man unbedingt das echte, korrekte Passwort. Und wenn wir jetzt den geheimen Code in Erfahrung bringen, kommt das Universum endlich in den Genuss der neuesten und abgedrehtesten Unterhaltungsshows. Toll, nicht?“ die letzten Worte sprach er unüberhörbar mit verachtender Ironie aus.

„Und was hat es mit den in etwa 36 Kammern auf sich?“ hakte Roderich nach.

„Ja, bei den in etwa 36 Kammern handelt es sich um ein großes, nicht mehr genutztes Filmstudio auf dem abgelegenen Planeten, der Werbung für Whisky macht und der unser Ziel ist. Dieses Studio hatte Lanolin für einen Appel und ein Ei erstanden. Nachdem er seinen Feldzug gegen den Kommerz begonnen hatte, waren einige Fernsehbosse echt angepisst und haben ihre

sendereigenen Söldnertruppen losgeschickt, um gegen ihn vorzugehen und den Code zu erfahren. Doch Lanolin hatte das kommen sehen und sein Refugium mit raffinierten Fallen ausgestattet. Das sagte jedenfalls der einzige Überlebende einer gescheiterten Mission. Er erzählte etwas von Geistern, Monstern und dergleichen, die sie Stück für Stück aufgerieben hätten.
Daraufhin machte der Sender das, was Konzerne gerne in solchen Fällen machen: Er lagerte das Problem aus, indem er eine sehr hohe Belohnung auf den Code aussetzte, damit Abenteurer, Glücksritter und andere illustre Gestalten die Arbeit erledigen, ohne dass man sich selber die Hände dabei schmutzig macht.
Und wahrhaftig, wie man sich sagt, sind viele gierige Raumfahrer bei dem Versuch umgekommen, die hohe Belohnung für das Passwort einzustreichen. Die letzten Jahre ist aber anscheinend niemand mehr hingeflogen. Und Lanolin lebt angeblich immer noch in der Mitte dieses Studios, geschützt von seinen Fallen. Er alleine kennt den Code, eine Kombination aus sechsundzwanzig Ziffern, Buchstaben und Sonderzeichen, die sich nicht mit einem Codeknackerprogramm dechiffrieren lässt."
„Und warum ,in etwa 36 Kammern‘ und nicht genau 36?"
„Weil niemand die Kammern gezählt hat – auch Lanolin nicht. Dieser hat lediglich die Fallen installieren lassen. So ein Filmstudio ist sehr flexibel, die Zwischenwände kann man allesamt verschieben oder abreißen, es ist möglich, dass es nur vierunddreißig oder achtunddreißig oder sonst was sind", so die Erklärung des Nerds von Bregander III, der seinen Käptn mit einem vernichtenden, geringschätzenden und gleichzeitig genervten Blick strafte. Der Angeblickte wollte auch

gleich ob seiner Unwissenheit am liebsten im Boden versinken, doch da schaltete sich glücklicherweise der Bordarzt ein, bevor die Mechaniker ein größeres Loch im Schiffsboden stopfen mussten.

„Jedenfalls ist es eine Unverschämtheit, dass wir hier wie die Idioten die Befehle eines Moderatorenteams ausführen müssen. Ich meine, wir sind doch auf einer Forschungsmission! Wir sind Raumfahrer und keine Entertainer oder Glücksritter! Wie lange soll das denn noch weitergehen, Roddi?"

„Ich weiß es nicht. Wir haben nun mal diese Spinner und auch Person Roth-Grün von der Föderation vorgesetzt bekommen. Machen wir das Beste daraus! Bald läuft der Vertrag aus, vielleicht hat die Föderation dann wieder genug Geld beisammen, dass wir wieder unseren eigentlichen Aufgaben nachkommen können. Und wenn sie diesen Code haben – wer weiß? Vielleicht lassen sie dann locker und verkrümeln sich, um ein paar ganz neue und noch nie da gewesene Sendungen zu moderieren?"

„Jaja, ich frag ja nur. Soll ja keine Kritik sein. Immerhin haben sie mir wieder auf die Beine geholfen - aber dennoch, es ist ziemlich aufreibend. Würd' mich nicht wundern, wenn ich bald noch Werbung für bestimmte Medikamente machen soll. Rückenschmerzen? Ich empfehle Dosolin!" brummelte der Bordarzt und genehmigte sich noch einen Schluck aus Sathingtons Spezialfässchen.

„Wie macht sich eigentlich der Praktikant, dieser Kevin-Jeanette?" wollte Jarulin vom Eigentümer des Fasses wissen.

„Ooch, soweit echt gut. Hat zwar kaum Bildung und Vorkenntnisse, bemüht sich aber und lernt recht schnell. Ich denke, den kann man übernehmen. Wenn die Mission vorbei ist, habe ich einen guten Mechaniker aus ihm gemacht! Und mit Kleinraumern kennt der sich schon jetzt besser aus als wir alle zusammen." berichtete Sathington.

Nach drei Tagen Flug erreichten sie Smith-Kentucky-Bourbon und konnten vom Orbit aus einen ersten Blick auf die in etwa 36 Kammern werfen, die am Rande eines Wäldchens lagen.
Diesmal bestand das Einsatzteam aus folgenden Leuten:
- Roderich Grubinger (großer Anführer)
- Bernd Brotkast (Moderation)
- seinem und André's Kameramann (selbsterklärend)
- Sgt. Baxter (als Brecheisen, für alle Fälle)
- Sgt. Möller (für das Grobe und Gröbste)
- Prof. Dr. Dr. Frederik Euten (der Nautiker brachte Diversitätspunkte wegen seiner Behinderung)
- André (Diversitätspunktelieferant, außerdem wollte er live aus den Kammern senden)
- Ludovic Vaillard (medizinische Versorgung)

Da sie eine größere Gruppe waren und einiges an Gerätschaft mitnehmen wollten, bot sich das Shuttle für den Transfer an. Diesmal durfte Ludovic fliegen – er musste wieder etwas Praxis sammeln. Gut, wie wir wissen, flog er nicht wirklich, sondern bestätigte die Zielkoordinaten, die er vom Zentralrechner erhalten hatte und betätigte den Knopf, der die automatische Start- und Landesequenz auslöste. Aber das hat er sehr gut hinbekommen!
Der Planet wirkte nicht sehr einladend, wie sie beim Überflug feststellen konnten. Das Gebiet, in dem sie landen sollten, war noch eines der wirtlichsten. Es gab Wiesen, etwas Steppe und Wälder. Dort lagen auch die meisten Siedlungen.
Ludovic setzte das kleine Schiff auf den zentralen Parkplatz etwa zweihundert Meter vor dem großen, verfallenen Gebäude ab, das mehr an eine riesige Lagerhalle

erinnerte, die aus heiterem Himmel an den Rand einer kleineren Siedlung gefallen war, als an ein Filmstudio, in dem sich die Großen der Unterhaltungsbranche vor einigen Jahrzehnten die Klinke in die Hand gegeben hatten.

Ja, auch von außen waren die in etwa 36 Kammern des Lanolin ziemlich abschreckend. Nicht direkt furchteinflößend, aber der Zustand des Gebäudes ließ die begründete Sorge zu, dass es mitten in der schönsten Auseinandersetzung mit den legendären Gefahren aus Altersschwäche in sich zusammenstürzen und das Team unter sich begraben könnte. Nachdem sie den Parkschein für das Shuttle gezogen hatten (die Parkuhren und Überwachungssysteme waren noch in einwandfreiem Zustand), konnte es losgehen.

Über dem großen Eingangstor war ein Schild mit der Aufschrift angebracht: ‚Lasset, die ihr eintretet, alle Hoffnung fahren‘. So sollte es ursprünglich frei nach Dante heißen, nur hatte irgendein Witzbold unter Zuhilfenahme einer Sprühdose ‚Lasset, die ihr eintretet, einen fahren‘ daraus gemacht.

"Abschreckend, nicht wahr? Aber so muss das sein. Langeweile ist für andere Sender, wir sind immer da, wo die Action ist, die Gefahr, die Spannung! Käptn Grubinger wird nun eintreten, einen fahren lassen – hahaha – und das Geheimnis lüften! Oder zumindest hoffentlich ein Fenster!" scherzte Bernd.

Und genau das tat der Käptn – er trat ein und nahm zur Kenntnis, dass der gestrige serbische Bohneneintopf von Emilio Scampinelli noch arbeitete. Der Rest des Teams folgte auf dem Fuße, die beiden Sergeanten bildeten den Schluss mit ihren Unmengen an Bewaffnung und Ausrüstung.

158

Direkt, nachdem die Gruppe in die Vorhalle eingetreten war, ertönte eine Stimme aus einem versteckt angebrachten Lautsprecher:

"Die, die ihr weitergehen wollet, leget eure Waffen darnieder, sonst ward euch keine der Thyren geöffnet!" Und in der Tat, die einzige Tür, die außer dem Eingang zu sehen war, sah sehr stabil aus und war fest verschlossen. Sie berieten sich. „Ohne unsere Waffen? Wir können vielleicht ein Messer oder eine Laserpistole hierlassen, aber ganz ohne – nein!" protestierten die Sergeanten.

„Meine Herren, ich sehe keine andere Chance. Lanolin hat die Regeln aufgestellt, wenn wir das Geheimnis lüften wollen, müssen wir erst mal sein Spiel mitspielen. Und so, wie ich ihn einschätze, werden uns die Waffen ohnehin nicht sehr von Nutzen sein. Also: Bringen Sie die Wummen wieder an Bord des Shuttles. Nur Ludovic nimmt seinen Koffer mit, ich vermute mal, dass wir den noch dringend benötigen werden!" befahl Roderich.

Zähneknirschend folgten die beiden Sergeanten dem Befehl, brachten die Waffen weg und traten von neuem in die Vorhalle. Und, siehe da, die erste Tür öffnete sich. „Na also, geht doch!" ertönte die Stimme aus dem Lautsprecher. Oberhalb der Pforte tauchte nun auf einem Monitor ein Schriftzug auf. Dieser lautete:

,Der Horror-Korridor'.

Die Expedition trat ein und gelangte in einen breiten – natürlich, einen Korridor.

In einen gefährlichen Korridor, wie sie kurze Zeit später bemerken sollten, denn die erste Falle ließ nicht lange auf sich warten. Sergeant Möller, der vorausging, war zum Glück auf der Hut, denn als er seinen Fuß auf

einen alten Läufer setzte, gab dieser nach und den Blick in ein geschätzt hundert Meter tiefes Loch frei. Durch eine gewagte Rolle rückwärts konnte sich der wackere Soldat in Sicherheit bringen. Wenn das so weitergehen sollte, würden sie nicht sehr weit kommen! „Ha, spaßig, dieser Lanolin!" stellte Möller trocken fest.
Nach dieser Schrecksekunde gingen sie vorsichtig weiter und gelangten an das Ende des Korridors, der in eine Tür mündete mit der Überschrift

‚Das Wimmer-Zimmer'.
Ein leises Gewimmer aus einem oberhalb der Türe angebrachten Lautsprecher sollte wohl auf die darin befindlichen Gefahren und Qualen einstimmen.
Sergeant Möller ging wieder voran und öffnete die Tür. Als alle eingetreten waren, schloss sich diese automatisch – natürlich.
Das Zimmer war bis auf einen großen Kleiderschrank leer und nicht gut beleuchtet. Alte Tapeten hingen in Fetzen von den Wänden herab und gaben den Blick auf eine halbverschimmelte Wand dahinter preis. André wollte gerade anfangen, den schlechten Zustand und die seiner Ansicht nach unmögliche Farbauswahl zu kommentieren, da fiel sein Blick auf einen Haufen stinkender Überreste biologischen Ursprungs, der in einer Ecke des Zimmers lag. Offenbar hatte jemand vergessen, seine Knochen, Fleischfetzen und Eingeweide wieder mitzunehmen oder war von der Gefahr im Wimmer-Zimmer dergestalt zugerichtet worden, dass er dazu nicht mehr in der Lage gewesen war.
André rümpfte seine metallene Nase – jedenfalls bemühte er sich, diesen Eindruck zu erwecken, legte aus einem Flacon, das er flugs aus seinem Handtäschchen geholt hatte, eine sehr breite Duftwolke Maschinenöl-

160

Rosenholz auf und sagte „Mon Dieu, das ist eine Odeur, sowas 'abe ich noch nie ertragen müssen! Das zieht einen ja noch mehr runter als der Interieur 'ier!"
Roderich fragte sich dagegen, von wem denn die sterblichen Überreste wohl stammten und, viel wichtiger, wer denn den ehemaligen Besitzer so zugerichtet hatte. Die wichtigste Erkenntnis war, dass es wieder gefährlich werden sollte. Und wirklich: Der Schrank klappte auf und ein Monster, dem frankenstein'schen nicht unähnlich, zusammengenäht aus Leichenteilen und mit bläulichem Teint, stakste bedrohlich auf sie zu. Ein Koloss mit einer Größe von zwei Meter achtzig, mit ausgestreckten Armen, die sogar noch dicker waren als die der Sergeanten.
Sie verteilten sich im Zimmer. Nun war guter Rat teuer, denn die Tür, die hinausführte, war wie die Eingangstür verriegelt. Die beiden Soldaten stürzten sich auf das riesengroße Monstrum, wurden aber wie Fliegen abgeschüttelt. Das Ding marschierte weiter – direkt auf André zu, der in panischer Angst schrie!
Doch er war konzentriert genug, um zu bemerken, dass von dem Monster ein loser Faden herabhing: Nein, so ging das nicht! Das weckte den Innenarchitekten in ihm. Ein natürlicher Reflex veranlasste ihn, auch jetzt alles peinlichst genau in Ordnung zu bringen, was in dieser heiklen Situation bedeutete, den Faden zu nehmen, um ihn abzureißen, auch wenn das nicht unbedingt zielführend sein sollte. Zwar war dieser stabil, aber André gab nicht auf. Wenn er schon sterben sollte, dann bitte nicht durch ein so unelegantes Vieh, von dem die Fransen nur so herabhingen. Was sollten da seine Zuschauer denken?

Der Faden war aber sehr stabil und hielt, also ribbelte und ribbelte er immer weiter, worauf plötzlich der rechte Arm der Kreatur herunterfiel.

„Weitermachen!" rief Ludovic ihm zu. Und André ribbelte und ribbelte und rannte dabei um sein Leben. Auf den nächsten vierzig Metern Schnur fielen der linke Arm, das linke Bein sowie der Kopf des Monsters ab. Mit dem Abtrennen des Hauptes war die Gefahr gebannt, denn ihr Gegner sackte daraufhin bewegungslos in sich zusammen. Offenbar war er ziemlich liederlich zusammengeschustert worden. „Das 'ast du nun davon, du Schüft!" meinte André noch im Hinausgehen. So konnten sie ungehindert weiterziehen, denn die Tür mit der Überschrift

,Die Jammer-Kammer'
entriegelte sich automatisch. Natürlich durfte schreckliches Gejammer vom Band nicht fehlen.

Die ersten beiden Hürden hatten sie genommen, zwar mit etwas Glück, aber das gehört halt dazu. Nach kräftigem Durchatmen öffnete Sgt. Möller die entriegelte Tür und sie traten ein.

Wenn man stark angespannt ist, weil man plötzlich mit einer neuen, unbekannten Situation konfrontiert wird, sind die Sinne geschärft und die Aufmerksamkeit ist angeregt, damit man die neuen Eindrücke gut wahrnehmen kann. Und um diese auch angemessen an die Leserschaft weiterzugeben, beschreiben wir erst mal das, was die Sinne der armen Abenteurer mitmachen mussten.

Den Hörsinn haben wir schon mit dem Lautsprecher abgehakt, machen wir der Ordnung halber mit dem, was der Sehsinn vorgesetzt bekam, weiter. Die Jammer-Kammer war alles andere als eine Kammer.

Diesen Namen trug sie wohl nur des Reimes wegen. Tatsächlich erstreckte sich die ‚Kammer' bei einer Breite von knapp dreißig Metern auf über fünfzig Meter Länge. An der rechten Seite befand sich auf halber Höhe ein massives Geländer, etwa einen Meter hoch. Viel mehr gab es nicht zu sehen – vorerst.

Machen wir mit dem Geruchssinn weiter. Dieser vermeldete den Abenteurern einen widerlichen Gestank. Diesen kannte Roderich irgendwoher. Ja, genau, vor ein paar Jahren war er mit seiner Familie im galaktischen Zoo auf Wega gewesen, da hatte er genau diesen Duft in der Nase gehabt. Wie hießen diese Tierchen noch, die so stanken? Brason – nein, Braba – nein. Hergottsakra! Eines wusste er aber noch, er empfand diese Kreaturen als widerlich und bemitleidenswert. Und Fleischfresser. Ja, es waren Fleischfresser. Doch genug von den Sinneseindrücken, widmen wir uns den Besitzern des schlechten Odeurs.

Hier, in der Jammer-Kammer, traten sie als Team auf. Zwei ausgewachsene Brisenjags, die durch eine Tür, die sich gegenüber dem Geländer mit lauten Geknarze geöffnet hatte, hereingerobbt kamen (mit dem Geknarze haben wir auch nochmals den Hörsinn abgehakt). Durch eine zweite Tür am Ende der Kammer gesellten sich zwei Lurke dazu, die relativ schnell auf ihren sechs Beinen unterwegs sein konnten, wenn sie hungrig waren, und das waren diese Exemplare offensichtlich. Hungrig, mit Reißzähnen und groben Klauen versehen und daher potentiell gefährlich.

Brisenjags hingegen waren sehr langsam und träge, weshalb sie zu den rätselhaftesten Wesen der bekannten Galaxis gehörten.

Brisenjags waren vierbeinige Kreaturen mit einer Länge von einem Meter achtzig und einem Gewicht von bis zu vierhundert Kilo. Es waren fette, hässliche, langsame, träge, stinkende, eklige, mitleiderweckende und abstoßende Wesen, die sich ausschließlich von Fleisch ernährten und aufgrund ihres Fettes nur langsam über den Boden robben konnten, da ihre Beinchen unterentwickelt, kurz und einfach nur lächerlich waren. Alles in allem erinnerten sie fatal an Seeelefanten an Land.

Aufgrund dieser Ähnlichkeit hatte man anfangs angenommen, sie seien vielleicht Amphibien und zeigten erst im Wasser ihr volles Potential. Eine Forschergruppe hatte, um diese Hypothese zu stützen, ein paar Brisenjags mit einem Kran in einen See verfrachtet und gehofft, mit diesem Experiment die wahre Natur der Viecher zu ergründen. Doch das Ergebnis war katastrophal – jedenfalls für die Tiere. Sie sind trotz ihres Fettes allesamt jämmerlich untergegangen und ertrunken.

Das Rätsel um ihre Rätselhaftigkeit ergab sich aus der Langsamkeit an Land, ihrer Unfähigkeit zu schwimmen und pflanzliche Nahrung aufzunehmen. Auf ihrem Heimatplaneten gab es keine Beutetiere, die sie erwischen konnten, wenn man von ein wenig Aas und anderen Brisenjags absah. Alle anderen Viecher waren viel zu schnell und wurden zudem durch den penetranten Geruch rechtzeitig gewarnt. Es war auch kein einziger Fall bekannt, in dem eines dieser Tiere ein Exemplar einer artfremden Gattung erbeutet hätte.

Dokumentiert werden konnte nur, dass sie sich ausgiebig kannibalisch ernährten. Natürlich konnte man jetzt sagen, dass es für ein Individuum ausreicht, sich nur von der eigenen Gattung zu ernähren, doch wieso gab es sie dann noch? Sie hätten längst ausgestorben sein müssen, sich selbst aus der Evolution gefressen haben. Wie konnten sie ihren Bestand seit nachweislich vier Jahrhunderten nahezu konstant halten, wenn sie sich nur untereinander fraßen? Die Wissenschaft hatte noch keine Antwort auf diese Frage gefunden, was aber auch daran liegen mochte, dass sich kaum ein Forscher näher mit diesen stinkenden, fetten, ekligen etc. Kreaturen auseinandersetzen wollte.

Wie dem auch sei, die Besatzung war jetzt mit zweien dieser Lebewesen sowie den weitaus gefährlicheren, da schnelleren Lurken eingesperrt, die jetzt drohend auf sie zu geschlichen kamen.
„Holla die Waldfee, vier gegen neun. Na gut, zwei gegen uns neun, die Speckrollen zählen nicht. Ich würde sagen ...“ gerade wollte Ludovic einen Vorschlag unterbreiten, wurde aber durch Sergeant Baxter unterbrochen: „Los, ihr Zivilisten, ab hinter das Geländer! Wir erledigen das!“ blökte dieser los.
Nur zu gerne gehorchten sie dem Befehl des Elitesoldaten. Ludovic schob geschwind Prof. Dr. Dr. Euten in seinem Rollstuhl in Deckung, die anderen nahmen mit einem spektakulären Sprung und anschließender Hechtrolle hinter der Balustrade Platz, während Baxter und Möller die Lurke herbeilockten, nach dem sie sich in die Nähe der Brisenjags geschlichen hatten: „Hierher, Miezmiez!“
Das war also der Plan: Sie lockten die gefährlichen Beutegreifer direkt zu den Brisenjags! Und tatsächlich: Da diese armen Kreaturen so langsam waren, hatten die Lurke leichtes Spiel und eine gute Mahlzeit. Während sie mit dem Zerlegen ihrer Opfer beschäftigt waren, konnte das Team ungefährdet an die Ausgangstür

gelangen, diese entriegeln und sich der nächsten Gefahr
stellen, die sich hinter der Tür befand, über der

‚Die Speise-Kammer'
geschrieben stand. Diesmal gab es keine Geräusche
vom Band, sondern nur ein leises Klicken, als sie die
Tür öffneten. Sie traten ein und erblickten – leckere
Nahrungsmittel, Würstchen, die zum Trocknen an Ha-
ken hingen, Käse, nach Reifegrad sortiert, bis zum
Bersten gefüllte Kühlaggregate, etliche Konserven und
ein paar Kästen Bier. Ja, eine kleine Pause kam jetzt
gerade recht. Sie stärkten sich mit Wurst, Brezeln und
Bier und verließen die Speise-Kammer in Richtung
Ausgangstür, die unter Zuhilfenahme grässlicher
Schreie vom Band darauf hinwies, dass sie

‚Die Trauma-Aula'
betreten sollten.
Vorsicht war geboten. Die Beleuchtung war so schlecht
wie in den vorangegangenen Kammern und Hallen, die
Inneneinrichtung sparsam und bröckelig. Recht dunkel,
trist und seit Jahren nicht mehr gereinigt lag die Aula
still vor ihnen. Sie schlichen langsam voran und lösten
trotz größter Aufmerksamkeit ein paar versteckte Fallen aus.
Als Erstes schloss sich die Eingangstür - wieder mal.
Sie waren gefangen. Vier mechanische Geräusche an
vier verschiedenen Stellen waren zu hören – Klick,
Klack, Zack, Knarz. Offenbar öffneten sich geheime
Türen und Fallen. Aufgrund der schlechten Beleuchtung konnten sie aber nicht erkennen, um was es sich
genau handelte. Ein lautes, hysterisches Gelächter er-
klang aus einem nicht sichtbaren Lautsprecher und sie
machten sich aufs Schlimmste gefasst.

War das das Ende?
Doch nichts passierte. Sgt. Möller schaltete seine Taschenlampe ein und suchte im Lichtkegel nach offenen Geheimtüren. Und er wurde schnell fündig! Keine fünf Meter vor ihnen befand sich ein Loch in der Decke, in welches der Soldat leuchtete, jederzeit bereit, sich beim kleinsten Anzeichen von Gefahr schnell wieder zurückzuziehen. Doch das war nicht nötig, denn anstelle einer fürchterlichen Bedrohung hing dort nur ein Schild mit der Aufschrift ‚Außer Betrieb‘. Sgt. Baxter, Roderich und Ludovic hatten die anderen Fallen entdeckt und gingen ebenso vorsichtig vor wie Möller. Doch auch hier waren nur Hinweisschilder angebracht. ‚Außer Betrieb. Bei Beschwerden rufen Sie bitte den Kundendienst unter 000380-00456-1277434 an, vielen Dank!‘ beziehungsweise ‚wegen technischer Störung geschlossen‘ ließ sie ein Aufkleber wissen.
Das ging doch leichter als gedacht! Die Kammern verloren allmählich ihre Schrecken. So blickten sie frohgemut auf die nächste Tür, welche

‚Die Familie Oschatz‘
ankündigte. Diesmal ohne Geschrei oder andere abstoßende Geräusche, lediglich eine billige Klingel erschallte, worauf sich die Tür automatisch öffnete.
Sie traten ein.
Und begegneten ihr.
Der Familie Oschatz.
Sie saß, wie vermutlich mindestens zehn Stunden pro Tag, auf der Familiencouch und sah fern, sehr zum Schrecken von Bernd, denn es war ein Konkurrenzsender, der das Niveau von URS 4 das ein ums andere Mal sogar noch unterbieten konnte. Frau Oschatz, ein dickes, ungepflegtes Weib, drehte sich zu ihnen um und

begrüßte sie mit einem schrillen, langgezogenen: "Häääähhh?"

„Guten Tag, wir sind das Genderpreis-Expeditionsteam und auf der Suche nach dem Geheimnis des Lanolin!" entgegnete Roderich, der nicht auf Eskalation, sondern auf Verständigung setzte.

„Mir wurscht, habt ihr die Haxen geputzt? Mein Gott, immer diese Touristen!"

Die Abenteurer waren verdutzt. Was sollte das? Wo war die Gefahr versteckt? Sollte man mit der Axt ins Haus fallen oder weiter auf Dialog setzen?

Ludovic ergriff die Initiative. Er fragte, ob sie das Team denn an der Suche hindern wollten und was sie überhaupt hier verloren hätten, denn offenbar handelte es sich um eine völlig normale, lediglich deplatzierte Unterschichtenfamilie. Es stellte sich im Laufe des Gesprächs heraus, dass die Oschatzens bereits seit über vierzehn Jahren in den etwa 36 Kammern wohnten. Die Miete war günstig und der Eigentümer musste sich wohl ein Zubrot verdienen, was man durchaus verstehen konnte, denn der Betrieb eines Todeslabyrinths ist nicht unbedingt sehr ertragreich, wenn man von den Parkplatzgebühren absieht. Nach kurzer Diskussion beschlossen sie, sich vorsichtig aus dem Zimmer zu entfernen.

„Und machen Sie die Tür zu, sonst kracht's!" ließ noch Herr Oschatz, ein ungehobelter, unrasierter Kerl in einem ehemals weißen Unterhemd, wissen, der sich gerade noch ein Bier geholt hatte. Frau Oschatz gab ihnen noch den Müll mit, den sie auch anständig mit vor die Tür nahmen. Es wurde immer seltsamer ...

Nach den Oschatzens sollte es wieder gefährlicher werden. Denn die nächste Pforte kündigte den

‚Qual-Saal'
an. Sie machten sich wieder aufs Schlimmste gefasst. Und wirklich, als sie eingetreten waren, schloss sich obligatorischerweise die Eingangstür, während sich eine andere öffnete und vier Karatekämpfer ausspuckte. Ihr Benehmen und ihre martialischen Kampfposen ließen keinen Zweifel daran aufkommen, dass sie vorhatten, die Expeditionsteilnehmer in Stücke zu hauen. Nichts Neues also. Wieder blökte Sgt. Baxter die Zivilisten an, dass sie sich abseits des Kampfes halten sollten, und ging mit seinem Kollegen an die Arbeit. Wie gut, dass die beiden Kämpen fürs Grobe und Gröbste mit dabei waren! Und wie schön, zwei Menschen bei dem zuzusehen, was sie am liebsten machen und perfekt beherrschen!
Innerhalb recht kurzer Zeit konnten sie die vier Gegner unschädlich machen, jedoch verletzte sich Sgt. Baxter am Handgelenk – nichts Ernstes, doch gerade die beiden Soldaten mussten in Topform sein, bevor die nächste Tür geöffnet werden sollte.
Ludovic nahm seinen Examinator – das ist dieses moderne und hochkomplizierte Diagnosegerät im Taschenformat, das er immer bei sich hatte, ließ diesen im Abstand von ca. fünfzehn Zentimetern über die verletzte Stelle hinweggleiten und stellte sofort die Diagnose: "Das Handgelenk ist verstaucht. Ich gebe Ihnen eine Salbe zum Einmassieren. Dauert nicht lange, dann kann's weitergehen!" Er öffnete seinen Arztkoffer, holte eine kleine Tube heraus und begann, den Inhalt auf das Handgelenk zu schmieren. Roderich faszinierte es immer wieder, wie schnell Ludo nicht nur Diagnosen stellen, sondern auch die richtigen Schritte einleiten konnte. Darum nahm er, als dieser mit seinem Patienten beschäftigt war, den Examinator mal unter die Lupe.

‚Bitte Gerät an Zielperson führen!‘ stand auf der farbigen Anzeige. Neugierig führte er den Examinator an seine Hand, worauf ‚Patient gesund und zahlungskräftig‘ erschien. Der Examinator empfahl, ein paar rote Pillchen namens ‚Placebo Domingo‘ zu verschreiben und teilte per Laufschrift mit, dass es sich hierbei um ein recht teures Placebomittel handelte.
Das war der Moment, in dem sich Ludovic umdrehte, um die Salbe wieder zu verstauen. Er war außer sich.
„Wie kannst du es wagen, Roddi? Das ist ein hochempfindliches, wissenschaftliches Gerät! Die Ergebnisse müssen von einem Fachmann ausgearbeitet werden, sonst kann es zu größten Komplikationen kommen! Der Sensor darf nicht verstellt werden, also die Flossen weg! Wenn der Examinator einmal falsch bedient wird, kann das irreparable Schäden nach sich ziehen!“ Doch Roderich wollte es jetzt wissen. „Ludo, Hand aufs Herz, das Ding funktioniert doch vollautomatisch. Du musst nur den Text ablesen und dich an die Anweisungen halten, hab‘ ich Recht?“
Der Bordarzt sackte merklich in sich zusammen.
„Naja“, gab er gequält zu, „es ist ein hochmodernes medizinisches Gerät. Einfach einschalten und grob in Richtung Patient halten, Diagnose und Tipps zur Heilung beziehungsweise Medikamentierung werden dann vollautomatisch angezeigt. Mein Gott, das ist nun mal Fortschritt, in anderen Bereichen funktioniert es doch genauso. Schau dir mal den Maschinenraum von Sathington an, der muss auch nur ablesen und ein Knöpfchen drücken, wenn der Laden mal nicht läuft. Halt bitte dicht, ja? Muss ja niemand wissen, dass sogar der dümmste Ladehelfer dieses Gerät ohne Anleitung bedienen könnte. Ich verrate dann Marionetta auch nicht, dass die Genderpreis zum größten Teil einen

vollautomatischen Kurs verfolgt und auch ohne Käptn gut zurechtkommen würde.“

Gut, unter diesen Voraussetzungen sollten alte Kumpels ihre kleinlichen Streitigkeiten beilegen. „Ääh, in Ordnung, kein Problem. Nur eine Frage noch: Diese Knöpfchen hier, K und P, wofür sind die denn gut?“

„Das ist die Auswahl ‚Kasse oder Privat‘ und das Beste an dem Gerät: Durch Eingabe der Option ‚Privat‘ steigen die angezeigten Arzneipreise um Faktor zwei, außerdem werden viel mehr Pillchen und Salben verschrieben!“

Nun denn, der Qual-Saal war abgehakt. Als nächstes sollte eine Tür folgen, über der in großen, neonroten Lettern

‚Der Albtraum-Raum‘

angekündigt wurde. Die üblichen Geräusche per Lautsprecher, in diesem Fall ein spitzer Schrei, auf den ein Röcheln folgte, durften selbstverständlich nicht fehlen.

Sie waren auf der Hut und gingen vorsichtig hinein.

Und wirklich, ein Albtraum wartete auf die tapfere Crew!

Zur Abwechslung bestand die Gefahr diesmal aus einem Geist. Schrecklich anzusehen, durchsichtig, mit großen Fangzähnen und Klauen und bereit, sich auf alles zu stürzen, was nicht bei drei in panischer Angst aus dem Raum gerannt war, was seltsamerweise auch möglich war, denn die Eingangstür stand immer noch sperrangelweit offen. Sie konnten also wegrennen und taten das auch, nur die beiden Soldaten blieben stehen. Seltsamerweise war aber die Tür zum Qual-Saal versperrt, dafür hatte sich eine andere in dem schmalen Flur, in dem sie jetzt standen und der die beiden Zimmer

verband, geöffnet, was nicht minder merkwürdig war. Diese stellte im Moment den einzigen Ausweg dar.
Der Albtraumgeist ließ einen markerschütternden Kampfschrei hören. Bernd und André hatten jetzt so viel Angst, dass sie zur Tür drängten, die sich geöffnet hatte, doch Roderich ahnte Böses. „Halt, das ist doch genau das, was der Geist von uns will. In Panik wegrennen und in das Zimmer hinein, wo eine noch größere Gefahr lauert. Nein, wir bleiben besser hier im Korridor!" Die beiden TV-Stars blickten angsterfüllt zum Käptn und dann zu den Soldaten, die immer noch in der Kammer dem Geist furchtlos gegenüberstanden.
Dieser ließ jetzt ein grausames Lachen hören und brüllte: "Hahaha, nun sterbt ihr einen langsamen und grausamen Tod! Und ihr könnt mir gar nichts anhaben, denn ich bin ein Geist und unverwundbar!" Die beiden Sergeanten nahmen ihre Kampfposition ein und rückten langsam auf ihren Gegner zu, was diesen aber nicht beeindruckte, denn er öffnete seinen mit Reißzähnen gespickten Mund, schwebte vorwärts und …
flog durch die beiden Soldaten hindurch. „Aargh, jedes Mal dasselbe!", kommentierte das Gespenst und griff nochmals an. Doch wieder passierte dasselbe wie vorher, nur, dass die Sergeanten jetzt ein höhnisches Lächeln aufsetzten. „Gentlemen, dann gehen wir doch einfach weiter!" meinte Sgt. Möller und stieß mit dem Vorschlag auf keinerlei Gegenstimmen. Ludo, Roddi und der Rest durchquerten den Albtraum-Raum und ließen den erbosten Geist fluchend zurück. Durch diesen neuerlichen Erfolg waren sie hochmotiviert, sich den weiteren Gefahren der in etwa 36 Kammern zu stellen.

Was sich aber als recht schwierig erwies, denn die folgenden Räume standen entweder leer (Terror-Labor, Wahnbahn und Feuerscheuer), wurden als Speicher von verschiedenen Firmen genutzt (Tücken-Brücken, Schreck-Versteck und die gefahrenvollen Stollen) oder waren, wie bei den Oschatzens, untervermietet. Irgendwie schien es, als wären Lanolin zum Schluss die Ideen beziehungsweise das Geld ausgegangen. Aus Langeweile funkte Roderich unterwegs mit Sathington.
„Hallo Sath, hier alles klar ....“
„Wie bitte? Bier und Klaren?“
„Nein, Sath ...“
„Was, Wein soll es jetzt sein?“
„Nein, die Verbindung ist schlecht. Drum geben ...“
„Rum geht ihr auch noch heben? Was ist denn bei euch da unten los? Ihr sollt nicht feiern, sondern Rätsel lösen ...“ und die Verbindung brach ab.
Schade, aber was soll‘s. Kurz darauf gelangten sie endlich wieder an eine spannendere Kammer, die sich

‚Die Fallen-Hallen‘
nannten. Diesmal keine abstoßenden Geräusche, sondern abstoßende, laute Rockmusik. Und nicht vom einem Band, sondern von einer Band. Ja, wirklich, es gab eine Bühne, auf der eine Combo gerade ein Stück probte – oder einfach nur die Instrumente misshandelte. Es war nicht möglich, einen Unterschied zu hören, da sich die Gruppe an einer Mischung aus Hardmetal-Skabilly und Rythmpunk versuchte – erfolglos, wie alle Expeditionsteilnehmer unisono feststellten. Wenn man dem mit viel künstlichen Blut (jedenfalls hofften sie, dass es sich um künstliches handelte) auf einen Totenschädel geschmierten Schriftzug Glauben schenken konnte, nannten sich die Musikanten „Lautes Licht“.

Vor der Bühne waren geschätzt fünfhundert Sitzplätze installiert. Die Sessel waren allesamt abgewetzt und leer, die Größe der Gesamtanlage aber war schon imposant.

„Na gut, die Musiker sind beschäftigt und eine Gefahr kann ich nicht sehen. Schleichen wir uns einfach vorbei. Die Ausgangstür steht sogar offen! Das ist ja richtig leicht hier." meinte Roderich. Doch er sollte sich täuschen.

Es ging los, als der Sänger sie bemerkte. Anstatt weiterzusingen (oder sollte man besser sagen ‚krächzende Laute von sich zu geben?') gab er den anderen Musikern ein Zeichen, auf welches diese mit ‚musizieren' aufhörten und wortwörtlich andere Saiten aufzogen. Durch Betätigen eines Hebels verwandelte sich die Bassgitarre in einen Raketenwerfer, aus der E-Gitarre wurde in Sekundenbruchteilen eine Maschinenpistole. Der Schlagzeuger öffnete die Basstrommel und holte einen Umhängegurt hervor, an dem ein Dutzend Handgranaten hingen, der Sänger entnahm dem Mikrofonständer einen langen, dünnen Säbel und ging damit wild fuchtelnd auf die Genderpreis-Besatzung zu.

Roddi und Co. konnten sich gerade noch rechtzeitig hinter den Sitzbänken des Konzertsaals verstecken. Nun war guter Rat teuer. Was konnte man gegen eine wildgewordene Rockband ausrichten, die obendrein sehr gut bewaffnet war? Sie mussten ja ihre Wummen wieder an Bord des Shuttles bringen und hatten nur ihre bloßen Hände und ihre Intelligenz als Waffe, was doch angesichts der Bedrohung ziemlich armselig war, meinte Roderich.

Gleich darauf schämte er sich dessen, da es doch eine ziemliche Beleidigung seiner Intelligenz war, worauf er sich wieder freute, weil er doch noch genügend Grips

aufbrachte, den eingebauten Selbstvorwurf zu entdecken. Schön, aber das half auch nicht weiter. Also überlegen.
Ja, so könnte es gehen! Er erhob das Wort: "Hey, peace, Freunde! Sind Musiker denn nicht für Frieden, Verständigung und Liebe?" fragte er die herannahenden Rocker.
„Baby, wir sind eine Metal-Band, wir kommen ohne Frieden, Verständigung, Liebe und so'n Zeugs aus!"
„Aber ihr steht doch bestimmt bei einer Plattenfirma unter Vertrag und müsst daher politisch korrekt und kommerziell bleiben. Nun, wir haben einen Behinderten dabei und erfüllen auch sonst die Diversitätsquoten, zum Beispiel mit unserem wunderbaren Stilberater André oder dem frisch-fröhlichen Moderator Bernd Brotkast, das sind quasi Kollegen von euch, die wollt ihr doch nicht plattmachen, oder?"
„Hm, lass mal überlegen. Nein, keine Chance! Mainstream Stars, das war's! Hey, das ist auch eine tolle Idee für einen neuen Song! Los, Leute, vorrücken!" Die Lage schien aussichtslos. Die vier Bandmitglieder rückten gemeinsam heran, um die Abenteurer abzuschlachten wie die Hasen. Doch plötzlich ...
erschien direkt über den Musikern ein dicklicher Körper, gekleidet in eine rot-schwarze Uniform, die normalerweise nur von Föderations-Mechanikern getragen wurde. Ja, es war Sathington! Er plumpste aus drei Metern Höhe direkt auf den Anführer und den Bassisten. Die beiden kampferprobten Soldaten nutzten die kurze Verwirrung und erledigten den Rest der Metalband.
„Mensch, Sath, du hast uns gerade den Kragen gerettet! Was machst du denn hier?" wollte Ludovic wissen.

„Ach, Leute, die Gender- und Gleichstellungsbeauftragte hat meine speziellen ‚Werkzeugkästen‘, die ich überall verteilt habe, entdeckt und entsorgt. Da bin ich neidisch auf euch geworden, weil ihr hier Wein, Bier und Rum habt (vorwurfsvoller Blick auf Käptn Grubinger) und habe mich von Kevin-Jeanette runterbeamen lassen. Naja, das mit dem Beamen hat er noch nicht so raus, daher bin ich etwas oberhalb der eigentlichen Koordinaten gelandet.“
Normalerweise hätte das ein Disziplinarverfahren nach sich gezogen, so aber hatte Sathington den Tag gerettet, also Schwamm drüber.
Gemeinsam ging es durch den Ausgang und zu der vorletzten Gefahrenkammer, wie ein Hinweisschild kundtat, bevor sie dem großen Lanolin entgegentreten sollten. Diese Kammer trug keinen anderen Namen als

‚Das Schrecken-Becken‘
und ließ auf eine feuchte Überraschung schließen. Ein wenig flott dargebotene Piratenmusik vom Band lieferte die passende akustische Untermalung. Unwillkürlich mussten sie an Roy Bähr, Gott habe ihn selig, denken.
In der Tat: Als sie die Tür öffneten, betraten sie eine riesige, schwimmbadartige Konstruktion, größer noch als die vorangegangenen Fallen-Hallen. Sie befanden sich auf einem schmalen, gekachelten Uferstreifen, dahinter befand sich ein großes, bis zum Rand mit Wasser gefülltes Bassin, auf dessen Oberfläche ein Ruderboot sachte hin und her schaukelte. Auf der grünlich-trüben Flüssigkeit trieben die Kadaver einiger großer und zu Lebzeiten gefährlicher Kreaturen: Haie, Tintenfische und dergleichen dümpelten mit dem Bauch nach oben

regungslos vor sich hin. Im Wesentlichen sind die Wesen am Verwesen gewesen.

Offenbar hatte Lanolin vergessen, die Kreaturen zu füttern oder den Wasserfilter zu reinigen, dem Team jedenfalls sollte es Recht sein. Sie bestiegen also das Ruderboot und ließen sich von den beiden Soldaten ans andere Ufer rudern. Unterwegs stimmte Sathington ein paar Seemannslieder an, was die Schlagzahl der Ruderer beträchtlich erhöhte.

Am anderen Ufer führte eine Treppe ein Stockwerk weiter nach oben. Nachdem sie die zwanzig Stufen erklommen hatten, gelangten sie vor eine Tür, deren Überschrift lautete:

‚Die Rate-Kemenate‘,
wobei man hier auf die bedrohlichen Geräusche vom Band verzichtet hatte. Stattdessen ertönte seichte Orchestermusik, die sich wie das Eröffnungsjingle einer Quizsendung anhörte. Noch mal durchatmen und öffnen.

Eintreten.

Nichts.

Gut.

Als alle Expeditionsteilnehmer eingetreten waren, schloss sich – selbstredend – die Tür und sie machten Bekanntschaft mit der letzten gefährlichen Kreatur, die noch zwischen ihnen und Lanolin stand, genauer gesagt zwischen ihnen und einer Stahlpanzertür mit einer fünfstelligen Codeeingabe, hinter der sich der ehemalige Moderator vermutlich befand. Dieses Wesen wurde vor vielen Jahren vom Sender URS 4 für eine neuartige Quizsendung in Auftrag gegeben, nach ein paar Folgen aber wieder aussortiert.

Es handelte sich um eine vollautomatische Sphinx, die den Kandidaten Fragen stellte und diesen, sollten die Antworten nicht korrekt sein, mit einem Laserstrahl aus ihren Augen die unwissenden Köpfe abschnitt und auf diese Weise ins Jenseits beförderte. Zwar war diese Quizshow mit Namen ‚Hut oder Kopf ab‘ zunächst ziemlich erfolgreich gewesen, doch die Anwälte der Hinterbliebenen, die eine hervorragende Ausbildung auf Jura IV genossen hatten, stellten so hohe Schadensersatzforderungen, dass dem Sender nichts anderes übrig blieb, als die Sendung einzustellen. Die Sphinx selbst wurde in eine Lagerhalle geschafft, aus der Lanolin sie dann bei seiner Flucht entwendete und nach Smith-Kentucky-Bourbon brachte.

Zwei Meter fünfzig groß, dem ägyptischen Vorbild ziemlich gut nachempfunden (sogar die Nase sah so aus, als habe sie jemand abgebrochen), baute sie sich vor der Gruppe auf, die sie für Kandidaten hielt und daher auch gleich abscannte.

Programm eins: Gesichtserkennung, Abgleich mit den aktuellen Datenbanken. Eine Sekunde später wusste sie bis auf die Dezimalstelle genau, wer vor ihr stand. Erledigt. Programm zwei: Begrüßung und einprogrammierten Text mit leicht übertrieben optimistischer Stimme abspulen.

„Gratulation! Ihr seid die Ersten, die es bis hierher geschafft haben. Nun müsst ihr meine Rätsel lösen, dann gebe ich euch den Gewinncode, der die Tür zum großen Lanolin öffnet. Wenn ihr aber versagt, dann – seid ihr dem Untergang geweiht!“ die letzten Worte sprach das Robotertier langsam, mit bedrohlich gesenkter Stimme. Dramatische Paukenschläge ertönten dabei aus den seitlich an den Flanken des Wesens angebrachten Lautsprechern.

Nun gut. Da die Kreatur den Gewinncode kannte, der die letzte Tür öffnen würde, mussten sie auf das Spiel eingehen. An Überwältigen war angesichts der tödlichen Laseraugen und der eigenen Waffenlosigkeit nicht zu denken.

Die Sphinx gab noch ein paar letzte Hinweise: "Ihr habt zwei Joker: Einmal dürft ihr euch beraten und einmal über Funk oder Telefon einen Bekannten fragen!". Dann, etwas leiser und extrem schnell gesprochen: "Achtung. Spielteilnahme erst ab achtzehn Jahren. Glücksspiel kann süchtig machen. Gewinnchance Eins zu Einhunderttausend. Teilnahme auf eigenes Risiko. Der Rechtsweg ist ausgeschlossen." Und dann, wieder mit normaler Geschwindigkeit und Lautstärke: „Beginnen wir mit der ersten Frage: Er oder ich?"

Ui, das roch nach einer Trickfrage. Alle starrten sich ziemlich baff an, nur Roderich setzte seinen wissenden Blick auf. Das war leicht, fast schon zu leicht für ihn, aber egal. „Ja?" war seine Gegenfrage an das automatische Tier. Dieses brummte nur: „Gut geantwortet, R oder ich Grubinger. Doch wirst du auch die zweite Frage so leicht beantworten können?"

„Ja! War das die richtige Antwort?"

„Ja, aber nicht die zweite Frage, die kommt jetzt!" meinte die Sphinx.

„Na, dann schieß einfach los!" antwortete ein optimistischer Käptn.

„Nun gut, Frage zwei: Wo ist das Kalb?" wollte der Frage- und Killerautomat wissen.

Gute Frage. Wo ist das Kalb? Und welches Kalb denn überhaupt? Das Goldene etwa? Sie blickten sich um. Kein Kalb zu sehen. Der Raum war so ziemlich leer, ein Mülleimer stand in der Ecke, in dem aber kein Kalb zu finden war, lediglich ein paar ältere Platinen,

Schrauben und etwas Kehricht. Die beiden Sergeanten inspizierten die Wände, ob sich denn ein Hohlraum dahinter befände oder ein verborgener Mechanismus, der eine Tür öffnete, die ein Kalb zum Vorschein brachte. Nichts. Nicht mal etwas Kalbähnliches.

So ein Mist. Kein Kalb. Komisches Wort: Kalb. Kalbkalbkalb. Warum ausgerechnet Kalb? Kalb? Mit dieser Endung ‚lb‘? Konzentration, jetzt nicht abgleiten!

Sie hatten doch nicht den gefährlichen Weg gemacht, nur um von einer vollautomatischen Sphinx zersäbelt zu werden. Ein unangenehmes Gefühl stieg in Roderich auf, wie damals in der Schule, als er an seinem Tisch saß, vor sich ein Zettel mit Fragen und ein leeres, weißes Papier daneben, während seine Klassenkameraden eifrig schrieben und ihm nichts einfiel. Zum Haare raufen. Gerade in Sprachen hatte er diese Situation öfters erleben dürfen. Englisch, Französisch und Rigelanisch waren die ersten Fremdsprachen, die gelehrt wurden. Und wieder glitt er ab – glücklicherweise. Er ließ sein Großhirn arbeiten, und dieses entdeckte in einem hinteren Winkel ein lange verschollen geglaubtes Ereignis. Angestaubt zwar und mit unangenehmen Erinnerungen verbunden, aber das sollte es sein.

„Ha, ich hab's!" meldete er sich auf einmal. Ja, so einfach kann es gehen. „Ja!" sagte Roderich mit dem Brustton der Überzeugung, diesmal mit Ausrufezeichen. „Ja ist die Antwort, ja, veau ist das Kalb – auf Deutsch!" Bis auf André schauten ihn alle ängstlich und vorwurfsvoll an, so, als habe er gerade ihr Todesurteil unterschrieben. Diese Blicke nahmen ihm seine gute Laune und sein Selbstbewusstsein. Wenn's jetzt doch nicht stimmt?

„Das ist korrekt, veau ist das Kalb." bestätigte die Sphinx. Gott sei Dank.

Als Drittes wollte die Sphinx wissen, was zwei Köpfe hat, aber dennoch nicht denken kann. Sie grübelten und grübelten, bis überraschenderweise von Sergeant Baxter die Antwort kam: "Die Doppelspitze der Grünpartei!"

„Gut, das war die dritte Frage. Wir steigern den Schwierigkeitsgrad mit der nächsten: Was ist das überflüssigste im ganzen Universum?"

„Das ist leicht", gab Doppeldoktor Euten zu bedenken, "eine Friedhofsmauer. Diejenigen, die draußen sind, wollen nicht rein und diejenigen, die drinnen sind, können nicht raus!" Wieder korrekt. Die Stimmung der Sphinx sank, die der Crew stieg.

„Jetzt nur nicht übermütig werden. Wir haben noch beide Joker, das ist eine gute Ausgangsbasis. Wer die Antwort kennt, meldet sich." gab Ludovic von sich.

Die letzte, finale Frage, die noch dem Gelingen der Mission im Weg stand, sollte nun gestellt werden:

„Wohin verschwindet Information, wenn sie gelöscht wird?"

Auch dies war kein größeres Problem. Da sich niemand meldete, rief Roderich Jarulin über Funk an (den Joker hatten sie ja noch). Normalerweise durften bregander'sche Zwillinge wegen ihrer Zweikörprigkeit nicht direkt an Quizsendungen teilnehmen. Denn während ein Körper in der Sendung saß und keine Ahnung von allem hatte, konnte Körper Nummer zwei unbemerkt die entsprechenden Antworten zu Hause in einem Lexikon nachschlagen. Und da beide Körper vom selben Geist gesteuert wurden, hatte Körper Nummer eins sofort die Frage richtig beantwortet.

Die Sphinx konnte Jarulin aber nicht abscannen und disqualifizieren, da dieser ja an Bord geblieben war. Er meldete sich innerhalb der vorgeschriebenen Zeit und teilte ihnen mit, dass die Überreste gelöschter Information in die sechste Dimension verschwinden. Die Begründung, weil sonst ein Problem mit der Entropie auftreten würde, interessierte niemanden.

Goldflitterflocken fielen auf ihre Häupter, donnernder Applaus vom Band erschallte. Die Sphinx setzte ihr sybillinisches Gesicht ab und gratulierte herzlich zum Erfolg. Ja, die Meisterfrage ist richtig beantwortet worden, jetzt durften sie zu Lanolin vordringen!

„Gratulation! Ihr habt es geschafft! Ich werde euch jetzt fünf Ziffern nennen, für jede richtige Frage eine, die ihr anschließend quälend langsam in dieses Tastenfeld hier eingeben müsst, um die Spannung aufrecht zu halten. Wenn die Zahlen korrekt sind, dann öffnet sich die Tür. Wenn nicht, dann seid ihr verloren (Stimme bedrohlich abgesenkt, dramatische Paukenschläge aus den Boxen)! Die erste Ziffer des Codes ist – Acht" ...

Und so weiter. Roderich gab die genannten Ziffern ein. Nach jeder Eingabe folgten eine Pause sowie die Aufforderung, die Eingabe zu bestätigen, um die Spannung vor einem imaginären Publikum zum Sieden zu bringen. „Der von Ihnen eingegebene Code ist – korrekt!" ließ der Rechner vernehmen. Nach fünf eingegebenen Ziffern und quälenden dreißig Minuten schließlich öffnete sich die Tür langsam und bedeutungsvoll. Und so traten die Abenteurer ein in die Kammer des Lanolin.

Nehmen wir hier erst mal ein wenig Fahrt aus der Geschichte und atmen durch. Die Kammer, besser gesagt sein Wohnzimmer, war durchaus geschmackvoll eingerichtet. Es strahlte ein leicht mediterranes Ambiente aus, was durch die mais-kupferfarben gehaltenen Wände noch verstärkt wurde. Zwei kleine Pinien standen in gegenüberliegenden Ecken des Zimmers. In einem Bücherschrank (ja, mit echten Büchern aus Papier!) stand ein Fernsehschirm, in etwa vier Metern Abstand eine etwas ältere Couchgarnitur mit einem Kristalltisch davor. Lanolin war ein großer Freund der Sendung von André, dem Androiden, und setzte viele seiner Einrichtungstipps um. An diesem eben erwähnten Kristalltisch saß eben erwähnter Lanolin auf der ebenfalls eben erwähnten Couch und telefonierte mit einem bislang noch nicht erwähnten Telefon.

Er war bereits jenseits der sechzig, wirkte dennoch relativ sportlich und drahtig. Sein wallendes, wirres Haar schien schon seit Jahren von keinem Frisör mehr gestört worden zu sein. Die Ähnlichkeit mit einem Schafsfell war wirklich verblüffend: Weiß, lockig, dicht und verfilzt, da wäre jeder Schafscherer in Verzückung geraten.

"Ja, ich meine auch, dass sich Peter da ein wenig zu weit aus dem Fenster geleh – Moment, da hat es wirklich jemand durch die Trotteltür geschafft, ich rufe dich später zurück. Bis dann!

Ja Hallo, ihr habt wirklich den Weg durch meine in etwa 36 Kammern des Schreckens geschafft?

Wie unvorhersehbar!

Wie geschickt!

Wie mutig!

Wie dämlich!

Wärt ihr einfach um das Gebäude herumgegangen, hättet ihr den Lieferanteneingang nehmen können und wärt direkt hier rausgekommen. Typisch. Immer rennen sie durch das Tor, das groß und bedeutungsvoll wirkt. Niemand schaut sich erst mal um und sammelt Informationen. Nein, immer durch die Wand mit der Brechstange. Egal. Ihr wollt also den Code für den Rechner des URS-Bosses haben, nicht wahr? Nun, ich habe ihn nicht bei mir. Ich bin mittlerweile zu vergesslich, um mir so ein Dingens zu behalten und aufschreiben ist auch nicht, so was Wichtiges sollte man sich nicht notieren. Kann zu leicht an die Falschen geraten. Ihr sollt aber nicht mit leeren Händen gehen, denn ich sage euch, wo der Code ist. Ich habe ihn vor Jahren bei einem Ausflug auf Helix IV, dem Planeten des Genmülls beziehungsweise dem Planeten der Kuscheltiere, dem großen Propheten der Tierwesen zur Verwahrung gegeben. Wenn ihr ihm sagt, dass ihr von mir kommt, wird er euch den Code geben."

"Warum so kompliziert?" fragte Ludovic enttäuscht. „Wäre es nicht viel einfacher gewesen, sich ..." doch Lanolin fiel ihm ins Wort.

„Die armen Wesen auf Helix IV werden ausgegrenzt und verkannt. Ich dachte mir, dass ich diese armen Kreaturen aufwerten kann, wenn das Universum erfährt, dass sie etwas Wertvolles haben, was niemand sonst hat. Wisst ihr, sie sind von ihren Schöpfern wie Abfall behandelt worden und haben es verdient, dass man sie mehr beachtet. Vielleicht kann ich so etwas für sie tun. Aber mal ehrlich: Ist es das wert? Sind ein paar neue Sendeformate die Strapazen wert?"

„Na sicher" brach Bernd sein langes Schweigen. Tatsächlich hatte er während der ganzen Abenteuer in den etwa 36 Kammern kein Wort von sich gegeben. Hier aber, in Sicherheit, war er wieder in seinem Element.

„Nicht nur, dass wir EXTRA FÜR UNSERE ZUSCHAUER (Blick, falsches Lächeln und Augenzwinkern in die Kamera) daheim die Geheimnisse der in etwa 36 Kammern gelüftet haben, wir werden exklusiv zur Primetime die Reise nach Helix IV und die Rettungsmission des verlorengegangenen Codes dokumentieren. Tja, Lanolin, du hast gedacht, dass du wieder mehr nützliche, aber langweilige Informationen, Gehalt und Niveau ins Programm bringen kannst, indem du verhinderst, dass wir unsere Sendungen ständig verbessern?

Du siehst, gegen das Big Bizz kommst du nicht an. Wir machen sogar aus einer Niederlage einen Kassenschlager! In diesem Sinne (er wandte sich wieder zum Kameramann): Schalten Sie auch das nächste Mal ein, wenn die Besatzung der Genderpreis exklusiv für Sie die dunkelsten Geheimnisse des Universums lüftet und die wackeren Sergeanten die Kuscheltiere auf Helix IV auseinandernehmen!"

Bernd nebst Kameramann waren zufrieden, der Rest jedoch geknickt und schlecht gelaunt. Man hatte nur einen Teilerfolg erringen können und musste die Aufgabe jetzt auf Helix IV zu Ende bringen. Das war einerseits spannender als die nächsten Forschungsaufgaben, die sie zu erfüllen hatten, andererseits aber ließ die Motivation sehr zu wünschen übrig, für schlechte Unterhaltung ihre gute Zeit zu vertendeln. Sein Leben für eine gute Show zu riskieren war nicht unbedingt das, wofür die Genderpreis-Mission ins Leben gerufen worden war.

Schweigend flogen sie im Shuttle wieder zum Mutterschiff, wo sie die Besatzung über den Ausgang des Abenteuers sowie dessen Weiterführung informierten.

Planet der Kuscheltiere

Wer kann sich nicht an die Baukästen für Kinder erinnern, mit denen kleine Forscher die große Welt der Wissenschaft entdecken konnten: ‚mein erster Chemiebaukasten‘, ‚mein erster Physikbaukasten‘, ‚mein erster Toxin-Produktionsbaukasten‘ und dergleichen?

In Sektor 14 der Milchstraße war der ‚mein erster Gen-Manipulationsbaukasten‘ ein Verkaufsschlager. Die Kinder konnten damit die Gene ihrer Haustiere verändern und deren Nachkommen mit völlig neuen Eigenschaften ausstatten. Es war zu dieser Zeit völlig normal, dass Katzen mit drei Schwänzen, rosafarbene Hündchen mit Sternenmuster und andere Chimären durch die Kinderzimmer wuselten.

Durch die Verkaufszahlen motiviert, entwickelte die Herstellerfirma für das kommende Weihnachtsfest einen Nachfolger: ‚Mein zweiter Gen-Manipulationsbaukasten‘ lautete der phantasievolle Name dieses Produkts. Mit diesem Bausatz konnten die Kinder nicht

186

nur vorhandenes Genmaterial verändern, sondern durch vorgefertigte Gensequenzen völlig neue Kreaturen erschaffen.

Zudem waren eine Bauanleitung zu einer Schnellwachskammer sowie zwei Kilo mit Plutonium angereichertes Kraftfutter beigefügt, damit die neu erschaffenen Wesen schnell erwachsen wurden. Dieser Kasten wurde der Renner des Weihnachtsfests. Fast jeder Haushalt, jedes Kind konnte stolz einen ‚zweiten Gen-Manipulationsbaukasten‘ sein Eigen nennen. Doch schon vor Ostern kristallisierten sich einige kleinere Nachteile heraus, die teils der zu schnellen Entwicklung, teils dem natürlichen Missbrauch respektive Spieltrieb der beschenkten Kinder und Familien geschuldet waren.

Die Väter der Kinder erschufen sich Tiere zum Schlachten, deren Fleisch zu neunzig Prozent beste Grillsteaks ergab – schlecht fürs Cholesterin, aber lecker.

Die pubertierenden Brüder der beschenkten Kinder erschufen sich Spielkameradinnen von nie da gewesenem Liebreiz, so dass die (echten) Mädchen gleichen Alters am Wochenende gelangweilt herumsaßen und eine fast kinderlose Generation folgte. Schlecht für die Rente, aber verkraftbar.

Das alles wäre nicht so schlimm gewesen, wenn nicht die beschenkten Kinder selbst mit ihren kreativ kreierten Kreaturen dafür gesorgt hätten, dass die Lage außer Kontrolle geriet.

Hatte beispielsweise ein Kind Probleme mit einem Mitschüler, erschuf es innerhalb eines Monats ein großes, pelziges Wesen mit Fangzähnen und Klauen, nannte dieses Fiffi, nahm es als ‚Projektarbeit‘ mit in die Schule und ließ Fiffi den unliebsamen Mitschüler verschlingen. Die Monster, die erschaffen wurden, begannen Stück für Stück, die öffentliche Sicherheit zu gefährden und als ein Dutzend Polizisten von einer Horde riesiger Hoppelhäschen totgetrampelt wurde, die eigentlich nur kuscheln wollten, war die Geduld der Regierung am Ende.

Da die Zivilisation im Sektor 14 aber ziemlich weicheirig war, konnte man die entstandenen Wesen nicht einfach töten. Das Problem musste ohne Blutvergießen gelöst werden und so wurden die Kreaturen auf dem benachbarten Planeten, der zwar eine gut entwickelte Flora, aber nur eine rudimentäre Tierwelt hervorgebracht hatte, ausgesetzt. Dieser Planet war Helix IV. Die Umsiedlungskosten musste die Herstellerfirma der Baukästen bezahlen, was aber angesichts des gigantischen Gewinns durch die Produktreihe verkraftbar war.

Diese Übersiedlung lief vor knapp dreißig Jahren über die Bühne. Unter den Menschen, welche die Tiere nach Helix IV brachten, war ein gewisser Jay Hofer, der mit dem Genbaukasten sein liebstes Haustier erschaffen hatte. Dieses Tier befand sich ebenfalls an Bord der Arche, welche die Tiere auf den Nachbarplaneten bringen sollte. Jay und diese Kreatur, ein Delfinwesen auf zwei Beinen, das auf den Namen Abramm hörte, waren ein Herz und eine Seele. Eine Trennung von seinem Kameraden, der ziemlich intelligent war, durfte einfach nicht sein. Und wenn das Wesen schon nicht bei ihm bleiben konnte, so wollte er wenigstens per Funk Kontakt zu seinem geliebten Haustier halten. Zu diesem Zweck gab er dem Geschöpf ein Funkgerät mit. So konnten sie immer miteinander kommunizieren.

Der Delfin versteckte das Gerät in einer abgelegenen Höhle und sprach einmal pro Woche mit seinem

Schöpfer. Eines Tages aber, im Verlauf eines Streits mit einem großen, sprechenden Elefanten, erzählte er von seinem ungewöhnlichen heißen Draht in den Himmel. Die anderen Wesen staunten. Sie konnten sich zwar noch dunkel an ihr Dasein auf Helix III erinnern, wurden aber vor der Reise betäubt und hatten an die Übersiedlung keine Erinnerung mehr. Sie dachten, dass der Zorn irgendwelcher übermächtigen Wesen alle anderen vom Antlitz des Planeten gefegt und auch die Städte zerstört hatte.

Und dann war da auf einmal dieser Delfin Abramm, der sagte, er habe Kontakt mit seinem Schöpfer! Nur dieses übermächtige Wesen höchstpersönlich konnte doch alle anderen Kreaturen inklusive der Gebäude einfach so verschwinden lassen! Dieser Delfin hatte angeblich etwas ganz Besonderes: Eine Heilige Höhle, in der er mit eben diesem Wesen sprechen konnte, und das sogar auf Augenhöhe! Doch die Tiere waren erst mal skeptisch und forderten einen Beweis für den heißen Draht zu Gott. Also führte er sie an dem Tag, an dem er üblicherweise mit Jay Hofer sprach, in die Höhle und wartete, bis sich dieser von der anderen Seite meldete. Die Tierwesen waren ganz weg, als sie die beiden locker plauschen hörten. Eine Höhle mit einer körperlosen Stimme darin!

Das konnte nur Gottes Stimme sein!

Und Abramm hatte die Wahrheit gesagt, er war der große Prophet, der Erste Diener Gottes!

Dieser Erste Diener ärgerte sich ein wenig, nicht schon früher auf den Trichter mit dem Prophetentum gekommen zu sein und beschloss, seine Stellung auszubauen, die anderen für sich arbeiten zu lassen und gründete eine Religion. Die erste der Tierreligionen. Wäre es nur dabei geblieben …

Das Ziel, der Planet Helix IV, lag unmittelbar neben dem Planeten Helix III (was jeder, der die recht simple Nomenklatur der Planeten durchschaut hat, leicht nachvollziehen kann), der Welt also, auf der die Chimären herangezogen worden waren. Sie beschlossen, erst mal auf III zu landen, Informationen einzuholen und die Vorräte aufzufrischen.

Diese Zwischenlandung sollte auch für zwei Personen auf der Genderpreis ein Wendepunkt ihrer Karriere werden, zumindest wenn es nach diesen ging. Es handelte sich bei der einen um Elektra Orlando.

Sie hatte dem elektronischen TageBuch-Buch des Käptens einen Besuch abgestattet – wir erinnern uns. Einige der Dossiers, die dort in der Geheimkammer lagen, waren recht brisant, was die gute Elektra freilich nicht wissen konnte. Zeigten diese Dokumente doch, was Roderich von den ganzen Gleichstellungs- und Diversitätsvorschriften und dem Weicheierkram hielt, der sich im All wie eine Seuche ausbreitete. Das alleine konnte ihn ohne weiteres sein Kommando kosten, denn Leute wie er galten als testosteron- und meinungskrank! Zudem existierten ein paar Hinweise auf vergangene Unregelmäßigkeiten beim Führen der Frachtbücher, die in jene Zeit fielen, als der Käptn ein größeres Ferienhaus auf Mallorca II im System Balearus in bar erstanden hatte.

Elektra wollte eigentlich nur an ein paar belanglose Informationen und Fotos gelangen, weil Marionetta durchblicken ließ, dass derjenige, der ganz private Einblicke in die Führungsebene der Genderpreis besorgen könnte, sehr wahrscheinlich eine größere Rolle in einem der Filme oder Serien des Senders URS 4 bekommen würde. Da ist es kein Wunder, wenn man weich wird, besonders, wenn die Alimente für den kleinen Shaqueville nur unregelmäßig eintrudeln.

Und auch Kevin-Jeanette hatte etwas Besonderes auf Helix III vor. Er wollte einige Bekannte besuchen. Es ging wohl um getunte Kurzstrecken-Raumfahrzeuge und deren Reparatur beziehungsweise weiteres Aufmotzen mit überdimensionierten Zubehörraketen, Ionisatoren und so weiter, die man legal oder illegal auf Helix günstig erwerben konnte. Und er hatte eine besondere Überraschung zurechtgebastelt, die er aber spätestens am Morgen wieder zurückstellen musste, sonst würde der Doc ziemlich sauer werden. Aber das war das Risiko wert, es galt, sich einen Ruf als Spitzentuner und Evaluierer zu erarbeiten!

Jetzt wurde es Ernst, denn es ging daran, den Landungstrupp für den Besuch auf Helix IV zusammenzustellen. Eigentlich wurden solche Angelegenheiten zwischen Käptn und Erstem Offizier ausgekungelt, doch neuerdings mussten Person Roth-Grün, Bernd und Marionetta mit von der Partie sein, da sowohl Gleichschaltungsverein (wie Roderich es insgeheim nannte) als auch der Fernsehsender eine gewisse Weisungsbefugnis an Bord hatten und den ganzen Laden mehr oder weniger finanzierten.

„Nun, normalerweise gehen in solchen Fällen die drei Sergeanten, ein hochrangiger Offizier, ich in diesem Fall, und eventuell ein Mediziner mit runter. Da wir aber an Bord momentan leider andere Umstände haben, warte ich darauf, dass Sie uns ein paar weitere Teilnehmer nennen, die aus einschalt- oder gleichstellungsquotären Gründen mitkommen müssen." meinte Roderich nicht ohne eine Portion Sarkasmus in die Runde, die sich in dem kleinen Besprechungszimmer an Bord der Genderpreis eingefunden hatte.

„In der Tat," führte Bernd Brotkast aus, „diese einmalige Gelegenheit lassen wir uns nicht nehmen. Ich werde Sie höchstpersönlich mit meinem Kameramann begleiten." Für diesen Vorschlag oder besser, für diese Entscheidung, erntete er einen eisigen Seitenblick von Marionetta Emisson. Immerhin war Bernd schon in den Kammern des Lanolin gewesen und musste sich auch hier wieder in den Vordergrund drängen. Aber sie hatte ja noch etwas in der Hinterhand ...

Bernd fuhr fort: "Werte Person Roth-Grün, ich habe mit eigenen Augen gesehen, dass es schwierig sein kann, Leute nur aufgrund ihrer Diversität auf gefährliche Einsätze mitzunehmen. Könnten wir nicht, wie bei den Weltraumpiraten, einfach sagen, dass hier die Einschaltquote Vorrang vor der Diversitätsquote hat?"

Roth-Grün überraschte mit ihrer Replik: „Nun, da die Bewohnenden von Helix IV nur einfach gestrickte Tierwesen sind, können wir in diesem Fall von einer genauen Quotenregelung absehen. Ich werde für eine gewisse Grunddiversität zwei, drei Besatzungsmitglieder als Unterstützung an Bord aufführen, damit wären dann die Formalitäten erledigt."

Roderich freute dieses quotentechnische Zugeständnis, würde es doch den Ablauf der Mission ungemein erleichtern. Er hatte sich schon dabei gesehen, wie er Prof. Dr. Dr. Euten mitsamt seinem Rollstuhl einen Hügel hoch- und runtertragen musste, natürlich nicht, ohne sich zur gleichen Zeit gegen wilde Kampfmonster erwehren zu müssen.

Anschließend gingen sie die Liste mit den Gütern durch, die aufgefrischt werden mussten und ließen eine Aufstellung von Sathington erstellen, was am Schiff alles gewartet werden sollte. Dieser drückte auf ein Symbol im Menu ‚Wartung‘, das aussah wie ein verbogener Schraubenschlüssel, und die Liste wurde vollautomatisch an die entsprechende Stelle im Wartungshangar geschickt.

Da der Transfer nach Helix IV auch mit dem Shuttle leicht zu bewerkstelligen war (beide Planeten hatten sich fast ihrem Minimalabstand genähert), wurde beschlossen, der Genderpreis ein Rundum-Wohlfühl-Sonder-Luxus-Spa-Paket zu genehmigen, das gerade im Angebot war und die Föderation für sie vorreserviert hatte. Seltsam angesichts der klammen Kassenlage, aber man musste sich über die kleinen Dinge des Lebens freuen können.

Abends ging es noch mal nach Heliopolis, der Stadt, bei der sie gelandet waren, um sich etwas zu entspannen und Kraft zu tanken. Jetzt noch eine kleine Runde feiern und morgen ab zu den Kuscheltierchen.

Was Roderich besonders hoffte, aber nicht auszusprechen wagte: Er war schon als kleiner Junge ein großer Fan von Winnie, dem Puuhbären und wollte sich die Chance nicht entgehen lassen, einen solchen, der bestimmt von dem ein oder anderen Kind geklont worden war, auf Helix IV zu treffen und ihm zu sagen, was für ein großer Fan er doch gewesen ist. Und wenn noch Ferkelchen, Tigger und die anderen auftauchen würden ... hach, wenn Träume wahr werden ...

Am nächsten Morgen fuhren sie zum Beiboot, das neben der Genderpreis auf dem Raumhafen stand. Der Kameramann fing noch eine abenteuerliche Totale von Bernd ein, wie er mit schwermütigem Gesicht (das er die halbe Nacht lang eingeübt hatte) und windzerzausten Haaren an Bord ging und dabei bedeutungsvoll in die Kamera grüßte. Person Roth-Grün schärfte den

Sergeanten ein, auf Gewalt zu verzichten und keine bedrohten Tierarten zu liquidieren, was diese mit höhnischer Nichtbeachtung quittierten, und dann konnte es losgehen.

Nach einem Flug von fünf Stunden landeten sie in sicherer Entfernung von der Stelle, an der sich nach Informationen von Helix III das Zentrum der Tierwelt befinden sollte. Beim Überfliegen des Planeten hatten sie ein paar weitere Siedlungen bemerkt, die sich in einigem Abstand um dieses Zentrum herum ausbreiteten. Ihr vorgesehener Landeplatz befand sich genau zwischen zwei Siedlungen. Sie fanden dort einen kleineren, tempelartigen Bau vor, der bei einem Hügel errichtet worden war. Eine recht einfache Konstruktion, aber solide gebaut. Damit wurde eine der wenigen Informationen bestätigt, die sie von den Bewohnern von Helix III bekommen hatten, nämlich dass die Tiere eine ziemliche Intelligenz an den Tag gelegt und einige Dörfer und Städte gegründet hatten. Viel mehr wussten die Schöpfer der Kreaturen aber nicht, sie interessierten sich nur wenig für ihre ehemaligen Haustierchen.

Sie packten die Sachen zusammen, die sie eventuell benötigen könnten. Beim Aussteigen orientierte sich Möller nach seinem Kompass und gab die Richtung an, die sie zur Hauptstadt der Tiere führen sollte.

Unterwegs begegneten ihnen einige der sonderbaren Kreaturen, die man hier gegen ihren Willen ausgewildert hatte: Kleine, elfenartige Wesen, mehr oder weniger flugfähig und hübsch anzusehen. Mit Libellenflügelchen und rosa Kleidchen ausgestattet schienen sie direkt einem Märchenbuch entsprungen zu sein. In der Ferne tummelte sich eine Herde Dinosaurier, nur ein Viertel so groß wie die Originale, aber dennoch waren die Abenteurer froh, dass einige Kilometer zwischen ihnen und den lebenden Fossilien lagen. In einem Bach, der links neben ihnen plätscherte, sahen sie eigenartige Fische, die von einer kleinen Meerjungfrau mit knallroten Haaren gejagt wurden. Die Fische, die sie erwischte, verschlang sie in einem Satz mit Schuppen, Kopf und Schwanz.

Nach einer Stunde Fußmarsch gelangten sie an eine Kuppe, über die sie vorsichtig hinüberspähten. Gott sei Dank vorsichtig, denn auf der anderen Seite nahm ein Trupp Tiersoldaten den Weg zum Tempel. Offenbar hatten sie das Schiff gesehen und waren bereits auf der Suche nach der Besatzung.

Es handelte sich bei den Soldaten höchstwahrscheinlich um von kleinen Jungs geschaffene Kreaturen. Allesamt waren sie mattschwarz, mit Klauen, Scheren, Zangen, Reißzähnen und anderen gefährlichen Attributen ausgestattet (die Tiere selber würden natürlich nicht von ‚gefährlich‘, sondern von ‚praktisch‘ sprechen, wenn sie denn hätten reden können oder wollen). Vier riesige Spinnen in ebenfalls düsteren Farben flankierten die Reihen. Nur der Anführer der Horde unterschied sich von den rauen und ruppig wirkenden Bestien. Es handelte sich um ein luchsartiges Wesen auf zwei Beinen mit einer Größe von knapp ein Meter dreißig, mit scharfen Krallen und einem Knüppel in eben diesen. Die Puschelohren, die sich unablässig bewegten, waren einfach herzallerliebst.

Doch Vorsicht: Er mochte wohl nicht unbedingt groß und stark wirken, doch Intelligenz und Schnelligkeit sind eher gefragte Attribute für einen Führer und ein Blick in seine wachen Augen verriet, dass das Wesen über eben diese Eigenschaften zu verfügen schien.

Das Genderpreis-Team versteckte sich ein paar Meter weiter im Gebüsch und wollte den martialisch marschierenden Monstern einen Hinterhalt stellen. Kein Problem, sie waren gut getarnt und konnten die Tiere auflaufen lassen, festnehmen, nach der Person, die den Code kennt, fragen, diesen von der Person in Erfahrung bringen und wieder verduften, um noch einen Hauch der Wellness-Spa-Sonderkur, die der Rest der Besatzung erleben durfte, mitzunehmen. Das war jedenfalls der Plan. Nicht sehr raffiniert, aber effektiv.

Leider hatten sie nicht mit der Dummheit des Moderators gerechnet. Kurz bevor sie losschlagen konnten, sprang Bernd auf den Trampelpfad, fragte seinen Kameramann, ob das Licht zur spannenden Szene passe und sprach in die laufende Kamera: "Jetzt steigt die Spannung. Die süßen Tierchen hier werden gleich in den Hinterhalt der Genderpreis-Ledernacken laufen. Teil eins der Mission ist erledigt. Wir werden von hier aus (er deutete auf eine kleine Anhöhe) live berichten und – hey, was soll das? Ich bin Reporter! Wollt ihr wohl ... Aua!!!" die letzten Worte waren den Kampfmonstern geschuldet, welche die beiden ziemlich rabiat festsetzten.

Und den Rest auch, denn der Hinterhalt war durch den unvorsichtigen Moderator aufgeflogen. Bevor sie reagieren konnten, wurden sie von den spinnenartigen Monstern in ein Netz gewoben und abtransportiert.

Wie kommen Kinder nur auf so abgefahrene Wesen? Welcher trottelige Kinderbuchautor auf Helix III hat denn solche Kreaturen in Kinderbüchern verewigt? Welche Eltern lassen ihre Kinder mit Monsterbüchern und einem Gen-Manipulationsbaukasten alleine im Zimmer? Mit Klassikern wie Winnie Puuh wäre das nicht passiert, da war sich Roderich sicher. Winnie der

Puuhbär hätte ihnen höchstens einen Honigtopf an den Kopf geworfen!

Als Gefangene zogen sie nun in die Stadt der Chimären ein. Man konnte prinzipiell zwei Arten von genmanipulierten Wesen unterscheiden: Einmal diejenigen, die von den kleinen Jungs erschaffen worden waren, größtenteils Kampfmonster oder saurierartige Kreaturen. Und dann waren da noch die offenbar von den Mädchen gestalteten Tiere, die herzallerliebst zu ihnen blickten, als sie durch die Stadt getragen wurden. Es handelte sich um große Häschen, Einhörner und katzenartige Wesen, die mit weichem Kuschelfell in Pastelltönen und großen, mitleiderregenden Kulleraugen ausgestattet waren und die man am liebsten den ganzen Tag lang hätte durchknuddeln können - wenn sie sich nicht benommen hätten wie mittelalterliche Dorfbewohner, durch deren Reihen gefangene, feindliche Soldaten getrieben werden. Vereinzelt flogen Steine, altes Obst und Schlammklumpen. Eine Gruppe von flauschigen, glitzernden Alpakas bespuckte die wehrlosen Besucher ausgiebig. So hatten sie sich das Abenteuer nicht vorgestellt!

Sie wurden zu einem größeren Platz getragen und dort in Käfige geworfen. Ludovic, Kareninoff und Möller in einen, Roderich, Bernd, Kameramann und Baxter in den anderen. Waffen und Ausrüstungsgegenstände, soweit sichtbar, wurden konfisziert, nur Roderichs kleines Funkgerät, mit dem er Kontakt zu Lt. Orlando, der Funk- und Fernseh-Offizierin, auf der Brücke halten konnte, entdeckten sie nicht. Für das Protokoll ist es nicht von Belang, wo Roderich dieses verstecken konnte. Auch hatte Ludovic seinen Examinator bei sich behalten können.

Der Anführer der Horde, die sie festgesetzt hatte, wandte sich dem größten Gebäude am Platz zu und brüllte dreimal laut das Wort: „Babba!". Wie sie richtig vermuteten, war das der Name des Tierkönigs – oder besser des Propheten, denn der Angerufene, der daraufhin erschien, führte sich eher wie ein solcher auf.

Es handelte sich um einen rosafarbenen Gorilla. Nichts Besonderes halt, hat man einen gesehen, hat man alle gesehen. Zwei Meter groß, ein Brustkorb wie ein Zweihundert-Liter-Fass, Arme dick wie Beine und Beine dick wie – lassen wir das.

Gekleidet war er in einen wallenden, groben Leinenumhang und eine Art Kopfwickel. Auch durfte ein magischer Stab, mit dem er ständig mystische Zeichen in der Luft beschrieb, nicht fehlen.

„Eindringlinge von einer anderen Welt! Was wollt ihr von uns?" schmetterte ihnen der Menschenaffe entgegen.

Roderich ergriff als Käptn das Wort: „Oh großer Anführer! Wir sind nur hier, um den Code des Lanolin zu erfahren, der sehr wichtig für uns ist. Wir kommen in Frieden und werden auch in Frieden wieder wegfahren. Wir könnten euch auch was im Tausch anbieten! Braucht ihr was? Wollt ihr etwas? Ihr müsst es nur sagen!"

„Hmmm – den heiligen Code wollt ihr? Die alten, falschen Propheten haben davon erzählt. Ich kenne ihn auch, doch ich kann nicht entscheiden, ob ihr ihn bekommen sollt. Dieser Lanolin war zu Gast bei einem falschen Propheten. Ich werde mit Haller darüber sprechen. Ich weiß nicht, ob ihr aus dem Himmel oder aus der Hölle gekommen seid, Haller aber weiß das. Haller weiß alles. Der große Haller hat alles erschaffen, nur

ich kann mit ihm reden, denn er hat mich zum Propheten auserwählt. Ihr wartet hier, bis ich zurückkomme!"
Also warteten sie. Wo sollten sie auch sonst hin?
Nach zwei Stunden Wartezeit kam die Wachablösung. Der Trupp von Lirio, so lautete der Name des Luchswesens von vorhin, machte Feierabend. „Halt die Augen offen, Winnie!" sagte er zum Chef der dreiköpfigen Mannschaft, die jetzt um die Ecke geschlichen kam. Natürlich, das musste ja so kommen. Die klassische Kinderbuchliteratur ...
Der mit Winnie Angesprochene hatte frappierende Ähnlichkeit mit einem hellbraunen Honigbären in einem roten Hemd, nur dass dieser hier das erste Übungsstück eines kleinen Kindes gewesen sein musste, da doch einige Dinge ziemlich durcheinandergeraten waren.
Dieses Kind war übereifrig gewesen und hatte zum Schluss wohl keine Lust mehr, weiter an der Kreatur rumzudoktern. Denn Winnie hatte vier Arme, Hände mit je sieben Fingern an diesen und drei Augen anstelle von zweien in seinem dicklichen Kopf. Soweit eigentlich kein Problem, eine ähnliche Figur war Roderich im Schlaf nach der letzten Whiskyprobe mit Sathington erschienen, dieser Puuhbär jedoch hatte so ein diabolisch-psychopathisches Grinsen in seinen Zügen, das sich noch vertiefte, als er seine Untergebenen schikanierte:
"Und dass ihr mir nicht wieder einschlaft, sonst gibt's morgen Spanferkel mit Hasenbraten!" Die beiden angesprochenen Wachen, die Roddi so entsetzlich bekannt vorkamen, zuckten vor Angst zusammen. Diese Furcht schien berechtigt, denn Winnie holte im selben Moment aus seiner Brotdose den Rest einer

Fleischkeule, die verdächtig nach Känguruarm aussah und begann, genüsslich daran rumzuknabbern.

So verbrachten sie die Nacht. In Käfigen gefangen, mit einem psychopathischen Bärenmonster, einem Angstferkel und einem Angsthasen als Wache.

Am nächsten Morgen erschien Babba und verkündete Hallers Worte: "Der große Allerbarmer Haller hat sein Urteil gefällt. Ihr seid Eindringlinge aus der Hölle und müsst sterben! Sobald Haller die Sonne hat verschwinden lassen an dem Tage, an dem wir alle drei Stunden lang zu ihm beten müssen, werdet ihr gerichtet werden!"

Und an die umstehenden Chimären gewandt: "Haller hat ein weiteres Kapitel seines himmlischen Buchs geöffnet! Für die wahren Gläubigen gilt von nun an: Kein Schweinefleisch mehr essen! Kein Bier mehr trinken! Sonst fahren eure Seelen in die hintersten Ecken der finstersten Höllen und leiden dort die unvorstellbarsten Qualen!"

Ein erleichterter Ausdruck erschien auf dem kleinen, rosafarbenen Gesicht der Kreatur, die wie Ferkel das Ferkel aussah. Puuh, sichtlich von den neuen Geboten enttäuscht, fragte den Propheten mit einem fiesen Unterton in der Stimme: "Kann ich dann wenigstens den Blonden hier haben?" und deutete dabei auf Roderich.

Das Wetter auf der anderen Seite der schmierigen Seitenscheibe des klapprigen Busses entsprach genau seiner Stimmung: grau und regnerisch. Erschwerend kam hinzu, dass es erst Montag war. Ein Montag im Februar. Schrecklich. Nicht, dass der Montag ein besonderer Tag für ihn gewesen wäre, im Gegenteil. Er hatte schon seit Langem das Gefühl, dass sein ganzes Leben ein einziger Montag war, der nie enden wollte.

Hier saß er nun, im klammen Bus mit den beschlagenen Scheiben, der ihn wieder nach Hause brachte, weg von der trostlosen Arbeit, hin zu seiner trostlosen, kleinen Wohnung in den trostlosen, kleinen Feierabend seines trostlosen, kleinen Lebens. Er war als Hilfshausmeister am Institut für Bildung und Lehrtechniken für internationales Schulwesen (kurz I.B.L.I.S.) auf Helix III tätig und hatte schon nach einem Arbeitstag wieder mal genug von der Woche, die da kommen sollte.

Sein Vorgesetzter, der Oberhausmeister, hatte ihn wieder bei einer Zigarettenpause in den Professorentoiletten erwischt, die er eigentlich hätte reinigen sollen.

Die süße Maus, die internationales Lehramt am I.B.L.I.S. studierte und in die er heimlich verschossen war, hatte ihn heute vor ihren Freundinnen dermaßen abblitzen lassen, dass der Weiberhaufen noch geschlagene fünf Minuten lang immer wieder in Gegacker ausbrach, wenn sein Name erwähnt wurde, was in dieser kurzen Zeit recht häufig passierte.

Und dann war da noch die Clique um Tramaner Nerdenbruck, Student für nationale und internationale Lehr- und Bildungsmethoden. Seit einiger Zeit hatten sie ihn auf dem Kieker. Sie waren alle sportlich durchtrainiert, sonnengebräunt und gestylt, er hingegen konnte sein weißes Fett kaum unter dem billigen,

grauen Arbeitskittel verbergen. Sie hänselten ihn, weil er als Gleichaltriger nur ein Hausmeistergehilfe war und es auch nie zu mehr bringen würde, während sie nach dem Studium alle Möglichkeiten offen hatten. Den Wassereimer haben sie ihm umgetreten, so dass er den ganzen Korridor trockenwischen durfte und sich zwei Professoren über ihn beschwerten. Wieder mal.
Und dann gab es in der Kantine nicht mal das versprochene Schweineschnitzel, sondern nur vegetarisches Zeugs – Montag halt.
Ach ja, dann war da noch die Ankunft eines Raumschiffes, der ‚Genderpreis‘ oder so. Alle waren aus dem Häuschen. Man könnte so viel Neues erfahren und sich vielleicht bei den Angehörigen der Föderation hervortun, einer späteren Karriere würde das sicher nicht schaden. Doch Arnold Chantal Haller musste arbeiten und konnte nicht mal einen kurzen Blick auf das Schiff werfen. So ein Mist.
Kein Wunder also, dass seine Stimmung so perfekt zu einem verregneten Montagnachmittag passte.
Irgendwer wird dafür büßen, sagte er sich. Und er wusste auch schon wer, wenn auch – noch – nicht wie.
Nicht, dass er im realen Leben gerne mal seine Aggressivität ausgelebt hätte, im Gegenteil, aber dafür war er zu klein, schwach und feige. Das hatte er in der Grundschulzeit zweimal versucht und war dabei zweimal jämmerlich gescheitert.
Er würde sich abends ein gutes Schnitzel warm machen, dazu ein kühles Bier trinken und SIE leiden lassen. Ja, das war eine gute Idee.
Er stieg an seiner Haltestelle aus (nein, Mist, durch das ganze Grübeln hatte er sie verpasst) und wurde von dem nachfolgenden Auto, das viel zu schnell fuhr, nassgespritzt. Durchnässt, mit knurrendem Magen,

ohne Regenschirm (den hatte er heute Morgen vergessen) gelangte er schließlich zu der öden Mietskaserne, in der er zu wohnen pflegte. Jetzt nur noch mit dem Fahrstuhl in den siebzehnten Stock (nein, zu Fuß, der Fahrstuhl ist wieder mal ausgefallen). Also per pedes die 204 Stufen hoch (wenn man die fünf vom Hausflur außer Acht lässt), außer Atem die Tasche abgelegt (nein, die hatte er im Bus liegen lassen, verdammt!!!) und ab in die Küche, wo er sich etwas zu Essen aufwärmte und eine Dose Bier aus dem Kühlschrank nahm. Dann ging er schnurstracks in seine Ecke, die er mit Decken provisorisch abgeteilt hatte, so dass ein separater, kleiner Raum in dem schäbigen Wohnzimmer entstanden war.

In dieser knapp vier Quadratmeter großen Ecke befand sich nur ein kleiner Tisch, auf dem ein Funkgerät stand, ein Aschenbecher, mit Kippen gefüllt und ein alter, abgewetzter Drehstuhl, den er vom Sperrmüll erbeutet hatte. Weiter nichts. Dennoch war es sein Reich, sein Liebstes, sein Heiligtum, der Mittelpunkt seiner Welt und der Himmel einer anderen. Hier konnte er den Frust abreagieren, der sich tagsüber ansammelte. Hier war er König. Nein, nicht nur König, mehr als das. Viel mehr.

Die Mietskaserne gehörte zu einem Komplex, in dem die Mitarbeiter verschiedener Organisationen wohnten – gut, eher das Fußvolk, denn ein Professor oder nur ein kleiner Handwerker würde sich weigern, in eine der zugigen, nüchternen Wohnungen zu ziehen.

Doch er würde um keinen Preis seine Bude räumen, denn sie hatte etwas, was mittlerweile einmalig in seiner Welt war: das, billige, olle Funkgerät auf dem Tisch in seiner Ecke. Dieses funktionierte wie ein Walkie-Talkie, es konnte also nur mit einem einzigen anderen

Gerät kommunizieren, dafür aber über interplanetarische Distanzen, da es mit der Hausantenne auf dem Dach geschickt verbunden war.

Nun, das war an sich nichts Ungewöhnliches, außer dass schon lange niemand mehr solche antiquierten Apparate benutzte. Nur die Tatsache, dass das andere Gerät auf Helix IV in einer versteckten Höhle stand, machte es so außergewöhnlich. Denn so konnte er über sich hinauswachsen. Der erste seiner Vormieter, ein gewisser Jay Hofer, brachte das Gerät mit in die Wohnung, klemmte es an die Antenne an, trat in Kontakt mit seinem ehemaligen Haustier, das auch nach Helix IV deportiert worden war und gründete mit diesem via Funk den Jay-Hoferkult. Sein Tierpartner auf der anderen Seite, der Delfin auf zwei Beinen, wurde sein Prophet. Jay Hofer hatte den Tierwesen einige Anleitungen zum Häuserbauen, Getreideanbau, Brotbacken und auch zum Bierbrauen übermittelt, denn er liebte seinen Delfin heiß und innig und wollte auch, dass es den Tieren gut ging.

Nach ein paar Jahren aber musste er aber aufgrund größerer Unregelmäßigkeiten im Lagerbestand der Firma, in der er als Gabelstaplerfahrer tätig gewesen war, so schnell den Planeten verlassen, dass er keine Zeit mehr hatte, die Möbel respektive das Funkgerät mitzunehmen.

Es war an einem gewissen Karl Gott, dem Nachmieter der möblierten Wohnung, das Funkgerät nach zwei Jahren wieder zu aktivieren. Da der Delfin kurz nach der ersten Kontaktaufnahme durch den zweiten Gott gestorben war, ernannte Karl den Nächstbesten, der zufällig die Höhle auf Helix IV betrat, zum Propheten und änderte bei dieser Gelegenheit ein paar Vorschriften. So nannte er sich nicht mehr Jay Hofer, sondern verwendete seinen eigenen Nachnamen. Ansonsten ließ er die Tiere gut leben, gab ihnen ein paar Tipps, wie sie ihre Situation verbessern konnten und beschwichtigte verschiedene verfeindete Parteien.

Das ging eine Weile lang gut, bis er an Verfettung starb und die Wohnung erneut inklusive Möbel an einen guten Freund und Arbeitskollegen des Verblichenen weitervermietet wurde. Diesem Bekannten, Haller, hatte Gott im Laufe einer Feier von seiner Göttlichkeit erzählt und dieser nutzte nun die Gunst der Stunde, um sich des Funkgeräts zu bemächtigen. So kam Arnold Chantal Haller an die Verbindung zum Planeten der Kuscheltiere – und nutzte diese so aus, wie sich seine Vorgänger das nicht hätten erträumen können – oder wollen.

Kurz vor Karls Ableben war der zweite Prophet der Tiere gestorben und Babba, der rosafarbene Gorilla, wurde zu seinem Nachfolger gekürt. Als oberster Prophet hatte er alleinigen Zutritt zu der Geweihten Höhle, dem größten Heiligtum, in welcher das Funkgerät versteckt war. Und zu eben diesem Babba sagte Haller, dass die Vorgängerpropheten seine Worte nicht richtig übermittelt hätten und die Angehörigen dieser beiden entstandenen Kulte, die mehr oder weniger friedlich miteinander lebten, zu der Religion, die er jetzt verkünden würde, bekehrt werden müssten. Der Erkennungsruf der einzig wahren Gläubigen sollte ‚Haller ist groß‘ sein. Denn er wollte seinen Namen in das kollektive Gedächtnis der Bewohner von Helix IV auf ewig eingraviert wissen – was ihm auch gelang.

Er war jetzt Gott, Erschaffer des Universums, Lebensspender, oberstes Zauberwesen und so weiter und so fort. Und er fühlte sich unheimlich gut dabei! Nun begann er, seinen täglichen Frust abzubauen, indem er den Tierwesen immer wieder neue Einschränkungen und Gebote aufzwang. Als absolut Böses wurde der Name der Firma, für die er arbeitete, installiert. Und der Hass und die Enttäuschungen, die er mit nach Hause brachte, manifestierten sich in dem leicht wirren und zusammenhanglosen Zeugs, das er Babba über Funk diktierte. Er erwähnte vor allem die schlimmen Strafen, die denjenigen drohten, die nicht an ihn glaubten. Da Haller ein Fan von Horrorfilmen war, fielen ihm viele Grobheiten ein, die man seinen Mitmenschen und -wesen antun konnte.

Er schilderte sehr lebhaft, welche Wände er mit den Innereien der von seinem Glauben Abgefallenen streichen würde, welche Körperteile auf dem Heiligen Grill landen würden und worum es in den Büchern ging, die er mit der Haut seiner Gegner einzubinden pflegte.

Dazu ließ er im Hintergrund als Geräuschkulisse ein paar Horrorfilme laufen. Das Geschrei von Tätern und Opfern schüchterte den guten Babba zusätzlich ein, der meinte, dem Klang der Hölle zu lauschen.

Da Angst eine sehr gute Motivation ist, dauerte es nicht lange, bis sich der neue Glaube auf Helix IV durchgesetzt hatte. Und dass Haller zur Ausbreitung seines Kults auch Gewalt, Intrigen und Lügerei legitimierte, stand der Sache keinesfalls im Weg.

Jetzt gab inbrünstiges Wimmern wieder zu verstehen, dass Babba die Heilige Höhle betreten hatte und mit dem Gebet begann. Er hörte die magischen Beschwörungsformeln, die sein Prophet winselte, schaltete das Mikro ein und sprach: "Ich bin wieder da! Ich, der große Haller!"

„Oh großer Haller, es gibt nur einen Gott und das bist du! Ich bin nur ein getreuer Diener, nur Staub unter deinen Füßen!" ließ der Gorilla verlauten.

Beim Stichwort ‚Staub' musste Haller unwillkürlich auf seinen kleinen Tisch blicken, auf dem das eben zubereitete Schnitzelbrötchen und die Büchse kalten Bieres standen. Er dachte an die heutigen Demütigungen, die er erdulden musste, das schlechte Wetter und an die daraus resultierende Frustration, die sich nur bessern würde, wenn er andere dafür leiden lassen konnte. Und plötzlich hatte er eine Idee. Er nahm einen großen Zug von dem billigen Dosenbier, biss herzhaft in das Brötchen und nuschelte mit vollem Mund:

„Ich habe zwei neue Gebote für euch, zwei heilige Gebote, an die ihr euch unbedingt halten müsst, sonst fahrt ihr zur Hölle!" Den letzten Teil sprach er lauter, mit dramatischem Unterton, so dass ein paar Brötchenbröckchen nicht in seinem Mund, sondern auf dem Tisch landeten. Diese integrierten sich perfekt in das andere Gebrösel, welches das wackelige Konstrukt schon seit vielen Monaten bedeckte. Ein paar andere Brötchenbröckchen, die mittlerweile zu Leben erwacht waren, fielen über ihre Artgenossen her, wurden ihrerseits aber von einem kleinen, wurmartigen Wesen vertilgt. Von diesen Dramen bekam Haller freilich nichts mit.

„Sprich, mein Gott, was hast du uns zu verkünden? Was sollen wir tun?"

„Zwei Dinge seien von nun an für euch verboten: Schweinefleisch und Bier. Hinterfrage meine Gebote nicht, sonst giltst du als vom Glauben abgefallen! Und du kennst die Strafe!"

Die Wurmkreatur, die sich eben noch an den Brötchenbröckchen gestärkt hatte, wurde von der Bierbüchse, welche der allmächtige Gott jetzt auf den Tisch donnerte, zerquetscht. Himmel, wofür die ganze Mühe?

„Ja, großer Haller, ich werde es deinen Dienern mitteilen. Kein Bier und kein Schwein mehr!

Großer Haller" kam es nach einer kurzen Pause hervor, „du weißt es sicher schon, heute sind ein paar Leute vom Himmel gefallen. Sie kamen in einem eisernen Kasten und sagten, dass sie auf der Suche nach dem Code des Lanolin sind, den damals ein falscher Prophet von einem himmlischen Wesen bekommen hatte. Kommen sie aus der Hölle oder aus dem Himmel? Und was sollen wir mit ihnen anstellen?"

Gute Frage. Arnold Chantal wusste natürlich nichts von irgendwelchen Besuchern auf Helix IV, durfte das aber nicht zugeben, da er ja der allwissende, große Zauberer war. Ach was soll's, dachte er sich. Wohl nur irgendwelche Neureiche, die mit Papis Sportraumer eine Spritztour unternommen haben und jetzt mit einer Panne liegengeblieben sind. Er dachte an Tramaner und seine Clique, wie sie jeden Tag mit ihren teuren Sportschiffen vor den Campus fuhren und sich zur Schau stellten. Ja, vielleicht war es einer von denen! Na wartet!

Die Reste des zerquetschten Wurmwesens bildeten eine gute Abendmahlzeit für die kleine Gruppe ausgehungerter, käferartiger Kreaturen, die, durch die dicke Staubschicht bestens getarnt, aus der linken, hinteren

Ecke des Tischs angewetzt kamen. Das Überleben für die nächsten Tage war gesichert.

„Ich weiß", gab Haller ins Mikro. „Es sind Feinde der Religion, Diener des IBLIS, Erzfeinde, die vom Angesicht des Universums gewischt gehören."

Hmmm, wie und wann sollten sie sterben? Heute wollte er sich nur noch einen Horrorstreifen reinschieben und dann ab ins Bett, morgen auch nicht, denn da kamen seine Lieblingsserien, also Mittwoch.

Ja, Mittwoch ist ein guter Tag, da kommt eh nichts im Fernsehen, also lassen wir die Jungs am Mittwoch über die Klinge springen.

Es schauderte ihn leicht ob des Gefühls der Macht, die er hatte und so arg missbrauchte. Ein wenig mies fühlte er sich dabei, wie leichtfertig er das Leben der unbekannten Menschen mit einem kleinen Wisch unwiderruflich auslöschte. Und das ohne Grund. Aber die Gewissensbisse waren nicht stark genug, ihn zum Umdenken zu bewegen, der Frust von heute und der Rausch der Macht waren stärker.

„Übermorgen, wenn ich die Sonne habe verschwinden lassen, tötet ihr die Feinde. Ich überlasse es deiner Phantasie, wie dies geschehen soll! Und Haller weiß es am besten!"

„Ja, mein Gott, so sei es! Und Haller weiß es am besten!"

Damit war das Schicksal des Expeditionstrupps der Genderpreis besiegelt.

Die beiden Frauen schlichen sich von Bord. Die eine, in einer Uniform der Föderation, hatte ein schlechtes Gewissen, die andere, Marionetta, blondiert und designerbekleidet, freute sich über den kommenden Karriereschub, der in Aussicht stand und der vielleicht sogar in den dritten Gewinn des Preises ‚Populistischster Moderator und sinnbefreitester Unterhalter des Jahres‘ gipfeln konnte. So oder so, es war eine gute Rache für das erneute Verdrängtwerden von diesem widerlichen Bernd, der niemand anderen neben sich im Rampenlicht duldete. Worin er sich freilich nicht von Marionetta unterschied.

„Ich weiß nicht, ob das so richtig ist, glauben Sie wirklich, dass ...?" spekulierte Elektra, wurde von Marionetta aber gleich wieder auf Kurs gebracht.

„Meine Liebe, Sie wollen doch Karriere machen. Ich biete Ihnen eine Rolle vor einem Milliardenpublikum! Noch in vielen Jahren werden die Leute an Sie denken! Und irgendwie müssen Sie doch den kleinen Shaqueville durchkriegen, so ganz ohne Mann und nur mit einem kleinen Gehalt der Föderation ist das doch kein Zuckerschlecken, nicht wahr? Denken Sie an Ihren Jungen und geben sich einen Ruck!"

„Na schön. Ich will aber erst sehen, was das für eine Rolle ist, bevor ich Ihnen die Informationen gebe!"

So gelangten sie zum Stützpunkt von URS 4 im Helix-System, wo sie herzlich-heuchlerisch in Empfang genommen wurden. „Marionetta! Baby! Wie schön, dich wieder zu sehen! Darling, du siehst blendend aus, Schatzi!" schleimte sich ein kleineres, dürres Männchen jenseits der fünfzig bei der bekannten Moderateuse ein. „Und wer ist das?" wollte der Greis mit sichtbar weniger Enthusiasmus und einem kalten, herablassenden Seitenblick auf Elektra wissen.

„Das ist Elektra Orlando. Sie ist als Kommunikationsoffizierin die Stimme der Genderpreis und womöglich bald auch vom URS, denn sie bekommt die tragende Rolle, von der ich letztens gesprochen habe. Du weißt ...“

„Ach, ja ... Und, Baby, was sind das für brisante Informationen über die Legende Roddi Grubinger?“ wandte sich das Streichholzmännchen an Elektra.

„Können wir bitte erst das mit der Rolle klären?“ fragte diese.

„Hmm - gut, Baby, gut. Komm mit!“ erwiderte Spargeltarzan Senior und ging mit Elektra den Korridor entlang.

„Ist das nur eine kleinere Rolle oder bekomme ich auch Text?“ wollte die Funkerin wissen.

„Äh, jaja, auch Text, auch Text. Nur Text.“ war die lapidare Antwort. Sie gelangten in einen Raum. Kein echtes Studio, sondern ein kleines Kabinchen, in dem nur Platz für einen Tisch, ein Scriptbuch und ein Mikrophon war. „Hier, dein Text!“ sagte die halbe Portion. „Bitte laut und deutlich vorlesen!“

Elektra las verdutzt den Text.

Elektra riss die Augen auf.

Elektra zerriss das Blatt.

Elektra schrie laut auf.

„Was? Wie – wie könnt ihr es wagen!!!! Das könnt ihr nicht ... Oohhh, diese Schlampe! Wo ist sie? Eine wichtige Rolle mit einer Botschaft? Die man noch in Jahrzehnten hört? Jeder wird mir fasziniert lauschen? Milliardenpublikum? Wo ist sie?“ und stürzte auf den Flur – direkt vor Marionetta, die gerade mit dem Kulturintendanten des dritten Kanals ein lockeres Gespräch über den Einsatz von Kreissägen bei öffentlichen Chordarbietungen führte.

„Wie können Sie es wagen, mich so zu hintergehen?" wollte sie von der Moderatorin wissen.

„Hintergehen? Wieso das denn? Schätzchen, ich habe nicht gelogen. Eine wichtige Botschaft, Milliarden werden ihnen zuhören, noch in dreißig Jahren ..."

„Aber nicht mit den Sätzen ‚Bitte bleiben Sie am Apparat, wir werden Sie sofort verbinden‘ und ‚Wenn Sie mit der Beschwerdehotline verbunden werden wollen, drücken Sie jetzt bitte die eins‘!! Aaaahhh!!!"

„Aber (aua!) Elektra, warten (auaaaa!) Sie doch! lassen Sie mich (aaaauaaa!)" mehr konnte die Moderatorin nicht herausbringen, da sie von Elektra eindrucksvoll demonstriert bekam, dass diese in ihrer Jugend einige Jahre intensiv mit Kickboxen verbracht hatte.

„Sie sind für mich gestorben! Beinahe hätte ich unseren Käptn verraten! Wegen so was wie Ihnen!!! Gehen Sie mir bloß aus der Sicht!" waren ihre Worte, als sie schnellen Schrittes die URS-Zentrale verließ.

So wird das nichts mit dem dritten Preis als populistischster Moderator und sinnbefreitester Unterhalter des Jahres.

Das hatten sie sich anders vorgestellt. Ganz anders. Die beiden Angsttiere bewachten die Gefangenen, während der psychopathische Bär in eine nahegelegene Kneipe ging, um dort mächtig dem Honigbier zuzusprechen. Von einem HONIGbierverbot hatte sein Prophet ja nichts gesagt, als er mit den beiden neuen Vorschriften am Abend rübergekommen ist.

Ludovic war zusammen mit Sergeant Kareninoff in einen Käfig gesperrt und nahm seinen Examinator zur Hand, um den Gesundheitszustand des Soldaten zu überprüfen, da dieser bei der Gefangennahme leicht verletzt worden war.

„So – was ist denn das? Wieso funktioniert das Mistding nicht? Ach ... Wer hat an meinem Examinator rumgespielt?"

„Was ist los, Ludo?" fragte Roderich.

„Irgendjemand hat an meinem Examinator rumgefummelt. Er funktioniert nicht mehr, besser gesagt, er wurde umprogrammiert. Er meint, er würde Maschinenelemente untersuchen. Hier: ‚Traggerüst einwandfrei, Kraftübertragung funktioniert, Lackierung leicht beschädigt, sonst guter Zustand, Preis VHB‘. Himmel, ich will Kareninoff doch nicht kaufen, sondern heilen! Ooch, ich glaube, ich habe vorgestern diesen Kevin-Jeanette mal alleine in der Praxis gelassen. Das ist doch so ein Technik-Freak. Der hat bestimmt meinen Examinator umgebaut, um vor seinen Aso-Kumpels anzugeben! Der plustert sich doch so gerne als Super-Mechaniker auf. Na warte, Bürschchen, wenn ich hier jemals wieder rauskomme, verschreibe ich dir Rizinusöl und einen Einlauf!"

Roderich hatte plötzlich eine Eingebung: „Mensch, Ludo, halt den Examinator doch mal an deinen Käfig.

Vielleicht findet der ja eine Schwachstelle!" Gesagt, getan. Und wirklich, das kleine Wundergerät vermeldete ‚Schlechter Zustand, Holz ist marode, Konstruktion wird nur noch von einem Splint oberhalb der Decke zusammengehalten, rate dringend vom Kauf ab'.

Als die Gelegenheit günstig war und Hase und Ferkel sich abwandten, zog Kareninoff den Splint, befreite sich, Sergeant Möller und den Doc, schnappte sich einen Gitterstab, drosch damit auf die beiden Tierchen ein, die sich vor Angst kaum hatten rühren können und befreite dann die anderen.

So weit, so gut.

„Das war der erste Streich, jetzt gehts zum zweiten. Wir müssen Babba alleine abpassen und nach dem Code fragen. Das wird nicht leicht, hier hat er zu viel Unterstützung, lass uns erst mal verschwinden, dann sehen wir weiter." warf der Käptn in die Runde.

„Er hat doch was von einer Heiligen Höhle gesagt. Und er ist aus Richtung Süden angetanzt. Zwei Stunden weiter südlich beginnt eine Bergkette, ist doch logisch, dass wir dort suchen müssen. Hey, schauen wir uns dort ein wenig um, vielleicht haben wir ja Glück und finden diese geheime Heilige Höhle, die ist der Schlüssel, da bin ich mir sicher. Dort werden wir ihn alleine antreffen und können ihn ungestört verhören." spekulierte Ludovic.

Sie holten sich noch einen Teil ihres Proviants und der Ausrüstung, den die Tiersoldaten in einen Schuppen untergebracht hatten, und zogen los. Alle waren sicher, dass der Prophet sich bald wieder in der Höhle blicken lassen und sich die Dinge zum Guten wenden würden.

Gegen Morgengrauen hatten sie den Fuß der Berge erreicht. Ludovic wedelte aus Langeweile und aus Frust

mit dem umgebauten Examinator in der Gegend rum –
und hatte Glück! Dieser zeigte nämlich an, dass ein
Funkwellenemissionsgerät (Kommentar: Alt und schäbig, funktioniert aber noch, keine Kaufempfehlung) in
der Nähe sein sollte, für einen primitiven Planeten wie
Helix IV sehr ungewöhnlich. Das musste etwas zu bedeuten haben!

Kurze Zeit später fanden sie auch, versteckt hinter einem Gebüsch, einen schmalen Korridor, der zu einer
größeren Höhle im Inneren des zentralen Berges führte.
Der Examinator sagte, wo es langging, die Taschen-
lampen, die sie sich wieder angeeignet hatten, leuchte-
ten ihnen den Weg.

In einer kleineren Nebenhöhle des Ganges (Ludovic
musste dabei an seine schnupfengeplagten Patienten
denken) entdeckten sie schließlich das Funkgerät. Roderich rief über sein Handsprechgerät die Genderpreis
und erstattete Bericht. Er erwähnte das Funkgerät und
vermutete, dass es in Verbindung mit Helix III stand,
was ja, wie wir wissen, auch stimmte. Sehr gut ge-
schlussfolgert, der Mann war ja auch Käptn und nicht
Stewart!

Da sie alle Hunger von den Ereignissen der letzten
Stunden bekommen hatten, frühstückten sie erst mal
ausgiebig. Eine weitere Untersuchung der Höhle ergab,
dass sich außer ihnen nichts Spannendes, Gefährliches
oder Seltsames mehr darin befand. Roderich, Ludovic,
Sergeant Möller und Baxter blieben in einer kleineren
Nebenhöhle (Hatschi!), Sergeant Kareninoff ging nach
draußen, um Alarm zu geben, wenn der Tierprophet
sich der Höhle nähern sollte. Bernd und sein Kameramann drehten derweil eine atemberaubende Szene, in
welcher der Moderator so tat, als hätte er gerade das

Funkgerät entdeckt und würde gleich weitere wichtige Geheimnisse lüften.

Und in der Tat, gegen Nachmittag erschien der Sergeant und vermeldete, dass sich der Prophet näherte. Sie gingen in der Höhle in Position, die Babba kurze Zeit später betreten sollte. Angespannt lauerten sie ihm auf, bereit, sich auf ihn zu stürzen. Doch der Prophet ließ sich nicht blicken. Stattdessen flogen seltsame Eier in die Höhle, die beim Aufprall kaputtgingen und ein lilafarbenes Gas freisetzten. Was war das? Diese Frage konnten sie sich nicht mehr beantworten, denn einen Moment später waren sie friedlich eingeschlummert.

Um die Leser aber nicht im Dunkeln tappen zu lassen: Babba war nicht alleine zur Höhle gekommen. Er dachte sich bereits, als er hörte, dass die Gefangenen entflohen waren, dass diese seine Heilige Höhle suchen und vermutlich auch finden würden und ließ eine Eskorte ekliger Kampfinsekten in kurzem Abstand folgen, um sie wieder einzufangen. Immerhin sind es Teufel, die der einzig wahre Gott tot sehen will! Der Trupp, der mit dem Gorilla gekommen war, bestand aus spinnenartigen Kreaturen, wie wir sie bereits kennen gelernt haben, nur dass diese hier kleine, mutierte Eier, die wie Gasgranaten wirkten, aus einer nicht näher definierten Körperöffnung über eine kürzere Distanz hin schei .... sch .... leudern konnten. Ein kleiner Junge auf Helix hatte ursprünglich ein paar Tierchen erschaffen wollen, die Stinkbomben werfen konnten, doch da er keinerlei Kenntnisse über Gentechnik und Chemie hatte, waren die Insekten nur in der Lage, anstelle von Stinkereien Betäubungskugeln zu produzieren, was aber für seine Zwecke auch völlig in

Ordnung ging. Zwei Wochen schulfrei waren so oder
so gesichert.

Kurz darauf wurden sie von den Chimären festgesetzt
und zurück in die Stadt der Tiere gebracht.
Wie gewonnen, so zerronnen.
Wieder in ihren Käfigen, hörten sie sich die Drohungen
Babbas an: "Ihr könnt euch freuen, dass Haller bestimmt hat, euch erst am morgigen Tag in die Hölle zu
schicken. Sonst würdet ihr schon jetzt nicht mehr leben.
Wie konntet ihr es wagen, die Heilige Höhle zu betreten? Wahrhaft, ihr müsst Dämonen sein!"
Die neuen Käfige waren, wie eine unauffällige Über-
prüfung mit dem Examinator ergab, besser gebaut als
die ersten, was bedeutete, dass ein Wunder passieren
musste, um hier noch heil rauszukommen.

Lassen wir die armen Würstchen mal in ihren Käfigen schmoren und begeben uns nach Helix III. Dort zeigte die Meldung vom Käptn Wirkung. Jarulin, der jetzt als Erster Offizier das Sagen hatte, ließ Sathington eine Suchantenne ausrichten, um nach Funksignalen zu suchen, die zwischen Schöpfer und Geschöpf ausgetauscht würden. Und tatsächlich wurde Sathington fündig! Die Quelle auf IV konnte er nur schwer lokalisieren, die auf III dagegen war sehr deutlich erkennbar. Sie lag mitten in einem der schlechteren Wohngebiete der Hauptstadt, einer Betonplattensiedlung, was doch ein ziemlich ungewöhnlicher Ort für den Sitz eines Pantheons war.

Jarulin beschloss, dort nachzuforschen. Es war das Einzige, was sie momentan unternehmen konnten. Rüberfliegen nach Helix IV kam nicht in Frage, da die Genderpreis teils auseinandergenommen in den Docks lag und ihr Rundum-Wohlfühl-Sonder-Luxus-Spa-Paket genoss. Es würde drei Tage dauern, sie wieder in Flugbereitschaft zu versetzen.

Es bot sich an, Lt. Orlando als Kommunikationsspezialistin mitzunehmen. Diese war jedoch mit Marionetta unterwegs, also rief er sie auf ihrem Kommunikator an. „Ja, ich bin sowieso schon auf dem Rückweg, das hat sich hier eh erledigt. Pah!" war die stark angespannte, motzige Antwort von Elektra. So aggressiv hatte Jarulin sie noch nie erlebt! Kurz nachdem die stinkige Funkerin an Bord kam, erschien auch Marionetta. Sie hatte ein blaues Auge, das einen pittoresken Kontrast zu den rötlichen Kratzern auf ihren Wangen bildete und wirkte leicht beschämt, was Jarulin aber im Moment völlig egal war.

Er schnappte sich noch Sathington, Kevin-Jeanette und zwei weitere Crewmitglieder, um ein Großraumtaxi in das Stadtviertel zu nehmen, in dem sie das Funksignal haben lokalisieren können. Dieses Taxi hatte zuvor eine Ladung frischer Tarragenaspitzen (das ist ein spargelartiges Gemüse, auf Helix III eine Delikatesse) in ein Fünf-Sterne-Restaurant transportiert. Dabei ist eine kleine Tarragenaschabe aus der Kiste gefallen, was für die Helixianer nicht tragisch ist, da sie gegen ihr Gift immun sind. Die Genderpreis-Besatzung aber hatte die nötige Impfung aus Zeit- und Kostengründen nicht erhalten.

Wie es so kommen musste, biss die kleine Schabe den ersten Offizier Jarulin, der davon erst mal gar nichts mitbekam. Das war nicht ungewöhnlich, bemerkten doch die Opfer der Tarragenaschabe die ersten sechs Stunden nichts von ihrem Glück. Dann aber fing die betroffene Stelle zu schwellen und zu jucken an und sie hatten nur noch weitere sechs Stunden Zeit, um ihr Testament zu machen und ein letztes Mal so richtig die Sau rauszulassen. Es gab nur ein einziges Gegenmittel, das aus dem frischen Speichel einer speziellen, kleinen Käferart gewonnen wurde. Diese Tiere waren aber recht selten, weshalb der Biss einer Tarragenaschabe zu den häufigsten Todesarten von Touristen auf Helix III gehörte.

Das Signal war immer noch aktiv, daher konnten sie ihm leicht folgen. So gelangten sie eine halbe Stunde später vor einen trostlosen, grauen Wohnkomplex. Es war zwar relativ schönes Wetter für einen Februar, die ersten Vögel zwitscherten bereits und die Luft war angenehm warm, dennoch wirkte die Gegend trist und öde. So, als wäre sie mit einem Spezialfilm angestrichen, der Sonne, Glück und schöne Dinge abperlen lässt.

Sie gelangten vor den Eingang einer Mietskaserne für etwa zweihundert Parteien. Da das Signal zwar die Koordinaten auf der Planetenoberfläche, nicht aber die entsprechende Höhe über dieser lieferte, konnten sie nicht das gesuchte Stockwerk bestimmen und mussten den Rest ohne Hilfe bewältigen.

„So, und was jetzt? Einer der zweihundert Mieter steht in Kontakt mit der Tierwelt. Wie sollen wir den jemals finden?“ fragte Sathington.

„Keine Ahnung. Lass uns doch mal schauen, wer da wohnt. Vielleicht gibt es eine Institution, eine Vereinigung der Tierfreunde oder so.

Halt, hier! Wie sagte Roddi, nennt sich der Gott der Tiere? Halla oder Allher oder so? Hier wohnt ein Haller! Fangen wir doch bei dem an!“

Gesagt, getan. Lt. Orlando klingelte und vermeldete mit einem warmen Ton in der Stimme, dass sie einen neuen Staubsauger vorstellen wolle, der ganz hervorragend sei und zum Beweis die ganze Wohnung sauber saugen würde. Das wirkte, die Türe wurde geöffnet.

Da der Fahrstuhl defekt war, mussten sie bis in den siebzehnten Stock laufen, was gerade für den guten Sathington eine sportliche Leistung war, die zu tätigen er sich vor ein paar Minuten noch nicht hatte vorstellen können oder wollen.

Keuchkeuch ...

Klopfklopf ...

Ein dicklicher, fader Mann von etwa fünfundzwanzig Jahren öffnete die schlichte Eingangstür einen Spalt breit. Elektra fing wieder an, mit erotischer Stimme die Vorteile des imaginären Staubsaugers anzupreisen: "Saugen und blasen, kein Problem. Das Rohr liegt ergonomisch in der Hand und gleitet selbst in die entlegensten Ritzen!“

„Kommen Sie rein!" war der Kommentar Hallers.
Elektra folgte ihm und sehr zu Hallers Überraschung
taten das auch Jarulin und der Rest der Mannschaft, die
sich so neben Elektra postiert hatten, dass Haller sie an
der Tür nicht hatte bemerken können. Schon im Treppenhaus war die Luft mit einem Geruch nach gekochtem Kohl und Schimmelpilz durchsetzt, hier, in der
Wohnung, war sie noch unausstehlicher, da sich noch
eine Note billigen Dosenbiers mit ungewaschener Unterwäsche und drei Wochen Geschirrspülrückstand
hinzugesellte. Offenbar sind die ungeputzten Fenster
die letzten Monate nicht mehr geöffnet worden.
„So, jetzt reden wir mal Tacheles!" legte der erste Offizier gleich los. „Wir wissen, dass Sie mit den Tieren
auf Helix IV kommunizieren. Das ist Ihre Sache, kein
Problem. Doch einige unserer Kollegen sind ebenfalls
vor Ort, um den Code des Lanolin zu erfahren. Dieser
Landungstrupp wurde festgesetzt und schwebt in akuter Gefahr. Wir vermuten, dass Sie das veranlasst haben
und werden hier nicht eher rausgehen, bis unsere Leute
frei sind und den Code erhalten haben, ist das klar?"
„Wer gibt Ihnen das Recht, hier einfach so ..."
„Wir nehmen es uns, Kleiner, einfach so!" war die sehr
maskulin und cool formulierte Antwort von Jarulin, der
schon lange davon geträumt hatte, genau so was mal in
genau so einer Situation zu genau so jemandem wie
Haller sagen zu können.
Dieser sackte in sich zusammen. Was sollte er auch
sonst tun? Es handelte sich um hochrangige Offiziere
der Genderpreis, was er an den Uniformen erkennen
konnte. Wenn er jetzt mauern würde, konnte er nur ein
wenig Zeit gewinnen, mehr nicht. Er sah ein, dass er
verloren hatte. Ein großer Kämpfer war er ohnehin nie
gewesen, und wozu sollte er jetzt die Polizei

hinzuziehen? Die würde ihn nur wegen Anstiftung zu Mord verklagen. Also Kooperation.

„Gut," meinte er. „Ich stehe in Kontakt mit einem rosafarbenen Gorilla namens Babba. Ich spiele Gott, er ist mein Prophet und glaubt mir jedes Wort. Ja, ich habe angeordnet, dass eure Leute hingerichtet werden. Und ja, vor ein paar Jahren ist wohl so ein alter Hannes bei den Tieren aufgekreuzt und hat irgend so einen Code hinterlegt. Babba hat ihn mir mal genannt, ich habe ihn aber wieder vergessen. Wir müssen also den Gorilla fragen. Er wird sicher vor der Hinrichtung noch mal in die Heilige Höhle zum Beten gehen. Das müsste so etwa in einer Stunde sein."

„Dann überlege dir noch eine schöne Verabschiedung, Haller, ich habe nämlich nicht vor, dich mit dem Funkgerät weiter Schindluder treiben zu lassen, das ist für uns zu gefährlich und für die Tierkreaturen zu würdelos."

Und so warteten sie in der kargen Bude des Hilfshausmeisters. Die Zeit schlich langsam dahin. Elektra untersuchte währenddessen das Funkgerät. Alt, einfach und schäbig, aber noch voll funktionsfähig stand es da, mit einer Neutronenbatterie ausgestattet, die noch in zweihundert Jahren Saft für eine interplanetare Verbindung geben würde.

Jarulin schrieb währenddessen einen kurzen Text, den Haller seinem Propheten vorlesen sollte und machte sich Gedanken. Philosophische Gedanken.

Als er seinen Schreibblock auf den schmutzigen Tisch des Hilfshausmeisters legte, um diese Gedanken zu Papier zu bringen, geschah es, dass ein kleines, halbverhungertes Käferwesen, das nur durch das Vertilgen eines von einer Bierdose zerquetschten Wurms am Leben geblieben war, sich von dieser Aktion des ersten

Offiziers bedroht fühlte und diesen daraufhin herzhaft in die Hand biss. Die Bakterien und Enzyme aus dem Speichel des Käfers drangen in das Blut des Offiziers und eliminierten dort das tödliche Gift der Tarragenaschabe. Irgendwie ergibt doch alles einen Sinn!

Und wirklich: Keine zwei Stunden später nahm der Gorilla Kontakt mit seinem Gott auf. Sie hörten Gewinsel von der anderen Seite des Funkgerätes - Babba war in der Höhle!
„Oh großer Haller, du bist der einzige Gott und ich nur Staub unter deinen Füßen." Haller spürte einen Kloß in seinem Hals und hatte Tränen in den Augen. Das war das letzte Mal, dass er so gebauchpinselt wurde. Er würde es vermissen, da war er sich ganz sicher. Doch nun musste er den kurzen Text, den Jarulin für ihn geschrieben hatte, vorlesen.
„Babba! Ich, der große Haller, spreche zu dir. Es gibt Änderungen, die ich nun offenbare. Ich bin nicht der einzige Gott, ich habe noch einen Kollegen. Einen Vorgesetzten, genauer gesagt. Dieser Gott wird nun mit dir reden und du wirst auf ihn hören!" und er übergab an Jarulin. Dieser nahm den zweiten Text, den er sich hatte einfallen lassen und las in einem leicht feierlich-geschwollenem Tonfall:
„Babba, hier liegen einige Missverständnisse vor. Die Leute, die ihr festhaltet, sind keine Teufel. Ihr müsst sie freilassen, ihnen darf nichts passieren." Babba war verwirrt, musste aber an die anderen Religionen denken, die vorher geoffenbart und dann wieder relativiert worden waren.
Ja, die Götter wurden sich offenbar nie einig. Und da die körperlose Stimme in der Heiligen Höhle nicht zu hinterfragen war, akzeptierte der Gorilla Jarulins

Worte. Was sollte man auch sonst tun? Sich mit den Göttern anlegen? Der erste Offizier fuhr fort: „Zuerst ein Test, Babba: kennst du noch den Heiligen Code?"
„Ja, oh großer, neuer Gott."
„Wie lautet dieser?"
„Der Heilige Code lautet – Eins"
„weiter?"
„Eins"
„und?"
„Eins"
„ ......"
„Eins."
„Mehr nicht?"
„Den Rest einfach mit Nullen auffüllen. Was auch immer das bedeutet."
Jarulin war platt. Der ganze Zauber um so einen primitiven, billigen, leichten und dämlichen Code! Wut stieg in ihm auf. Doch es gab noch etwas Wichtiges vorzulesen. Die Botschaft an den Propheten, die letzte Botschaft, welche die Tiere jemals von Helix III empfangen sollten, jedenfalls über dieses Funkgerät.
Also atmete er tief durch, setzte sich an den kleinen, dreckigen Tisch, auf dem die vielen mumifizierten Überreste unzähliger im Kampf ums tägliche Überleben gefallener Krümel lagen und sprach:
„Babba, höre mir zu. Das ist das letzte Mal, dass wir himmlischen Wesen zu euch reden. Ihr müsst von jetzt an zusehen, dass ihr alleine klarkommt. Denn das ist genau das, wozu ihr erschaffen worden seid!
Hätten wir euch Intelligenz gegeben, wenn wir nur wollten, dass ihr uns anbetet und unsere Gebote befolgt, ohne diese zu hinterfragen? Wir gaben euch Klugheit, damit ihr die Welt mit offenen Sinnen und

offenem Geist erkunden könnt und nicht, damit ihr unseren Anweisungen blind Folge leistet.

Vor vierzehn Milliarden Jahren wurde das Weltall erschaffen. Vor etwa dreizehn Milliarden Jahren die Galaxien. Vor vier Milliarden Jahren euer Planet. Vor drei Milliarden Jahren das Leben darauf. Denkst du, dass all dies passiert ist, nur damit ihr uns anbetet? So viel Arbeit für ein paar Gebete? Für wie wichtig haltet ihr euch denn? Wenn wir das gewollt hätten, dann hätte ein kleiner Hinterhof auf einem einsamen Asteroiden gereicht mit einer Taschenlampe als Beleuchtung!

Nein, das All, die Galaxien und Planeten, haben eine Existenzberechtigung, nämlich dass ihr was zu tun habt, damit ihr sie für euch entdeckt und gestaltet!

Und warum sollten wir Wesen erschaffen und diese auf ewig in die Hölle werfen, nur weil sie nicht an uns glauben? Würdest du das mit einem deiner Kinder machen, wenn es dich anzweifelt? Hoffentlich nicht! Und auch wir können so viel Hass nicht aufbringen. Glaubst du wirklich, dass wir, die alles besser wissen und machen, zu so etwas in der Lage wären? Ja? Dann irrst du dich. Wir erwarten nicht, dass ihr euch Kulte ausdenkt, mit denen ihr uns ehrt. Wenn ihr uns ehren wollt, betet ruhig. Es ist nicht verkehrt, wenn es euch hilft. Besser wäre es aber, euch auf den Weg zu machen, um uns ebenbürtig zu werden. Denn das ist das Ziel, der göttliche Plan: Ihr sollt zu Kreaturen werden, denen wir eines Tages auf Augenhöhe begegnen können.

Haller war, wie seine Vorgänger, nur ein Versuch, um zu sehen, ob ihr schon weit genug seid. Ihr wart es nicht, er war es auch nicht, daher melde ich mich jetzt. Und gebe euch einen kurzen Einblick in unsere Karten. Du möchtest vielleicht wissen, wer ich bin? Doch das werde ich dir ganz bewusst nicht sagen, damit du keine

Gelegenheit hast, eine weitere Religion aufzubauen. Lasst die Gebete und die Vorschriften beiseite! Ihr seid für euch der Mittelpunkt, nicht wir. Zudem: Wenn wir eure Gebete und euren Glauben nötig hätten, was wären wir dann für armselige Götter?

Ihr sollt nicht für uns morden. Wenn wir jemanden töten wollen, kriegen wir das selbst sehr gut hin. Wir wollen keine Auseinandersetzungen zwischen euch, sondern Kooperation.

Ihr sollt eine Zivilisation aufbauen, die dieser Bezeichnung würdig ist. Wir haben leider festgestellt, dass wir euch dabei im Weg stehen beziehungsweise dass euer Glaube an uns dies tut, daher werden wir uns heute unwiderruflich von euch verabschieden. Ihr müsst ohne uns klarkommen. Erst, wenn ihr euren Weg geht und euch entwickelt habt, werden wir uns wiedersehen, Babba!

Und wenn du meinst, du könntest den Kult weiterführen, ohne deinen Leuten meine letzten Worte zu überbringen oder diese zu verfälschen, kann es sein, dass wir doch noch eine Hölle extra für dich erschaffen. Also geh hinaus und verkünde den Bewohnern von Helix die letzte Botschaft des Himmels.

Und falls sie dir keinen Glauben schenken: In vier Tagen wird es ein himmlisches Zeichen geben. Wir werden zum Beweis der Richtigkeit meiner Worte drei Lichtrosen an den Himmel zaubern. Und jetzt geh. Geh hinweg, vergiss die Heilige Höhle und beginne mit dem, weswegen wir dich erschaffen haben. Lebe und denke! Übernimm Verantwortung, anstatt dich hinter Vorschriften und Ritualen zu verstecken und respektiere andere nicht, nur weil dich sonst eine göttliche Strafe ereilen wird, wenn du es nicht tust, sondern weil es aus dir selbst herauskommt, weil du selbst die anderen respektierst.

Nicht die Angst vor Strafe soll dich in der Bahn halten, sondern eigener Antrieb, du selbst, dein eigener Wille. Erst dann bist du ein wirklich gutes Wesen. Hast du das verstanden?"

„Ja." war die einsilbige und gehauchte Antwort des Propheten, der jetzt gefordert war. Er musste drangehen, seine eigene Religion zu zerstören. Die Religion, die ihn als Prophet über andere gesetzt hatte. Diejenige, die seinem Leben Sinn und Ordnung gegeben hatte. Die sein Lebensinhalt gewesen ist.

Jarulin wusste, dass er sehr viel von dem Tier verlangte. Es sollte nicht nur sein Leben, sondern auch sein Weltbild von einer Sekunde auf die nächste komplett revidieren. Und da er Babba misstraute, hatte er den Teil mit der Hölle bewusst eingebaut. Das Leben der Expeditionsteilnehmer durfte nicht durch einen eventuellen Alleingang des Gorillas bedroht werden.

Jarulin fragte Haller noch, ob er sich von Babba verabschieden wollte, doch dieser hatte nur Interesse an dem Tier, wenn es ihn anhimmelte und vergötterte. Jetzt aber war es nur noch irgend so ein Wesen auf irgend so einem Planeten, unnötig, noch einen Atemzug daran zu verschwenden. Entzaubert. Wenn ich nicht Chef sein kann, mag ich euch nicht mehr.

Jarulin verabschiedete sich noch von dem Gorilla mit den Worten „Wir entschuldigen uns für die Strapazen!" und von Haller mit einem vernichtenden Blick – freilich nachdem er das Funkgerät zerstört hatte. Zu Fuß die Treppen runter und ein Taxi herbei gewunken war ein Leichtes. Jetzt konnten sie nur noch warten.

Gut. Gehen wir wieder nach Helix IV.

Dort warteten unsere Helden in ihren Käfigen. Der Wachtrupp, bestehend aus einem Angstferkelchen und einem braunen Puuhbären, der genüsslich eine Hasenkeule verschmatzte, ließ sie nicht aus den Augen. Es war Mittwoch. Der Tag, an dem man drei Stunden lang zum großen Haller beten und winseln musste, um dessen Zorn zu beschwichtigen. Der große Prophet kam, wie immer an diesem Tag, von den Bergen herab. Doch diesmal bemerkten die gläubigen Tiere eine Veränderung. Der Gorilla wirkte eingefallen, aschfahl im Gesicht und ging wie ein angeschlagener Boxer. Er kam langsamen Schrittes auf sie zu. Zornig blickte er die Gefangenen an, dann ging er weiter, hoch zu einer wackligen Kanzel, auf der er für gewöhnlich zum Gebet rief. So auch dieses Mal – zum letzten Mal.

In einer traurigen, aber bewegenden Rede übermittelte er mehr oder weniger Jarulins Worte, dass Religion von nun an für alle Zeiten überflüssig sei und die Gefangenen freizulassen seien. Höchstpersönlich gab er ihnen den Heiligen Code, um dann mit den Wachen zu sprechen. Diese befreiten die Gefangenen und gaben ihnen zu essen (nein, keine Hasenkeule) und trinken. Eine Abordnung von Soldaten, unter ihnen Lirio und Puuhbär, sollte sie zurück zum Shuttle geleiten. Und so geschah es auch. Am Abend hoben sie ab in Richtung Helix III.

„Offenbar hat Jarulin Erfolg gehabt." meinte Ludovic. „Das war knapp. Und das alles wegen ein paar neuen Formaten von Trashserien. Nicht zu fassen!"

„Ja, das stimmt. Ich hoffe, dass wir bald auch diese beiden Moderatoren und den androgynen Androiden los sind. Die erste Staffel Big-Brother-in-Space dürfte bald vorbei sein, vielleicht reicht das Geld für die Föderation. Zur Not sollen sie ein anderes Schiff mit dieser Serie beglücken."

Der Transfer dauerte knapp fünf Stunden, die für fünf der sieben Abenteurer gut verliefen. Zwei hatten mit leichten Turbulenzen zu kämpfen.
Bernd und sein Kameramann verließen als Erste das Shuttle, jeweils mit einem blauen Auge und zerknitterten Klamotten – ein kleines Andenken der Besatzung an die Aktion mit dem Hinterhalt. Somit bildeten sie eine ideale Ergänzung zu Marionetta, die von Elektra ebenso zugerichtet worden war.

Kevin-Jeanette entschuldigte sich bei Ludovic wegen der Zweckentfremdung des Examinators. Er hatte ihn sogar soweit umbauen können, dass die Einstellung P oder K (original ‚Privat oder Kasse') nun Personenkraftschiff oder Kleinraumschiff bedeutete und entsprechende Ergebnisse ablieferte. Bevor Ludovic das Gerät nach Helix IV genommen hatte, konnte Kevin seinen Kumpels mächtig damit imponieren, da mit Hilfe des Examinators auch die letzten Schrottschiffe wieder repariert und auf den Cent genau taxiert werden konnten. Jetzt aber ging es in die Werkstatt, das Wundergerät wieder in seinen Originalzustand zu versetzen.

„Na, dann können wir wenigstens noch zwei Tage das Rundum-Wohlfühl-Sonder-Luxus-Spa-Paket genießen", sinnierte Ludovic. Doch da hatte er sich zu früh gefreut!
„Ach, das Paket" brummelte Sathington. „Ein Druckfehler. Es war kein Rundum-Wohlfühl-Sonder-Luxus-

Spa, sondern ein Rundum-Wohlfühl-Sonder-Luxus-Spar-Paket, mit der Betonung auf Spar. Das Schiff ist ein wenig aufgepeppt worden, doch wir mussten für jede Kleinigkeit Aufpreise zahlen. Höchste Zeit, dass die Föderation wieder flüssig wird! À propos flüssig, ich hab' da noch was in petto ..."

Wahl mit Folgen

Der Wunsch Sathingtons sollte sich erfüllen, denn just in diesem Moment trafen sich die führenden Köpfe der Föderation der zivilisierten Planeten der Milchstraße (FZPM), um einen neuen Präsidenten zu wählen. Dieses Gremium hieß ‚Der Hohe Rat' und bestand aus Repräsentanten aller Sektoren der Milchstraße sowie Vertretern verschiedener schrecklich wichtiger Organisationen und Vereine.
Da Frau Vurg Astentoi aufgrund der finanziellen Misere ihren Rücktritt angeboten hatte, wurde es höchste Zeit, einen neuen Kopf ranzulassen. Acht Kandidaten standen zur geheimen Wahl. Wahlberechtigt waren hundertzwanzig Wesen, zum Präsidenten wurde gekürt, wer in einem Durchgang mindestens zwei Drittel der Stimmen auf sich vereinigen konnte. Dazu waren in der Vergangenheit immer einige Durchgänge mit

Beratungen und Kungeleien in den Pausen vonnöten gewesen, da verschiedene Blöcke, Interessenverbände und Lobbyisten so viel Einfluss wie möglich nehmen und ihren Kandidaten durchboxen wollten. Zudem musste man sich an einige unausgesprochene Vorgaben halten.

Damit der Rat möglichst unbeeinflusst einen neuen Chef bestimmen konnte, wurden die insgesamt hundertachtundzwanzig Personen in eine abhörsichere Kammer gesperrt und erst wieder rausgelassen, wenn sie einen neuen Präsidenten gewählt hatten. Sogar das Essen wurde in einer Schleuse überreicht, lediglich ein privater Sekretär stand via Telefon jedem Mitglied des Hohen Rates zur Verfügung, um Kontakt mit der Außenwelt zu halten.

Frau Astentoi eröffnete die Sitzung, die letzte unter ihrer Leitung. Dazu hatte sie sich extrafein in Schale geschmissen. Das war wörtlich zu verstehen, denn unter Molluskenwesen ist es üblich, bei feierlichen Anlässen besondere Gehäuseschalen zu tragen, diese mit Schmuck zu behängen, die Fühler mit Fühlerringen zu zieren und darauf zu achten, dass die Schleimspur, auf der man herumrutscht, durch Verwendung von Platinflitter auch schön glitzert.

Zunächst stellten sich die Kandidaten vor: Sieben hoffnungsvolle, erfahrene Politiker traten der Reihe nach ans Mikrofon und hielten ihre Reden. Sie erwähnten ihre bisherigen unverzichtbaren Heldentaten im Verwaltungswesen, umrissen ihre Absichten und erklärten, dass sie es allesamt viel besser machen, der Föderation wieder zu neuem Glanz verhelfen und ein goldenes Zeitalter einläuten würden. Das hörte sich alles ganz famos an - wenn man ihnen Glauben schenkte, was freilich niemand tat.

Denn keiner der Redner konnte konkret sagen, wie er die Probleme lösen würde. Und als Erstes, Zweites und Drittes stand da die Finanzkrise, wegen der man praktisch handlungsunfähig war. Zwar konnten die laufenden Kosten halbwegs aus dem Vertrag mit URS 4 über Big-Brother-in-Space, Pimp my home und anderen Peinlichkeiten gedeckt werden, doch mehr war einfach nicht drin.

Nachdem sieben der acht Kandidaten ihren Text vorgelesen hatten, trat der letzte der Bewerber vor, ein Hinterbänkler, unbekannter Tunichtgut und Außenseiter bei der Wahl: Joschi Delgado vom Aldebaran, nur durch Zufall und eine Verwechslung in den Rat aufgestiegen.

Seine bisherige Rolle im Hohen Rat war es mehr oder weniger gewesen, die Rolle des Hofnarren zu spielen, was ihm den Spitznamen „Jester-Joschi" eingebracht hatte. Und diese Rolle passte gut zu ihm. Mit seinen dunkelblonden Haaren im Surferlook, seinen erst 30 Jahren und einem ziemlich respektlosen Auftreten fehlte eigentlich nur noch die Schellenkappe, um als würdiger Nachfolger in Till Eulenspiegels Fußstapfen zu treten.

Da er selber weder Ambitionen noch Ahnung hatte und auch ganz offen dazu stand, konnte er ganz naiv, in kurzen Sätzen, en passant Anträge der Gegenseite wirkungsvoll hinterfragen, einfach, in dem er seinen gesunden Menschenverstand einsetzte. Seine zumeist als kurze Zweizeiler vorgetragenen, spöttischen Einwände brachten die Antragsteller oftmals mächtig ins Schwitzen, was ihn jetzt nicht gerade bei seinen Ratsgenossen beliebter machte.

Doch dieser Joschi hielt eine bewegende Rede. Und da es sich um eine historische Rede handelte, die eine neue

Ära eingeläutet hat, wird sie hier im Original wiedergegeben:

„Hi! Leute, Leute! Ruhe bitte. Ja, auch ich habe meinen Hut in den Ring geworfen. Und ich bin mir sicher, diese Wahl zu gewinnen. (Geraune, Gelächter, Zeitungsgeraschel). Ja! Denn ich kann als Einziger einen konkreten Rettungsplan vorlegen. (Wisperwisper) Was haben die anderen Sieben denn vorgebracht? Wir müssen sparen, sparen, sparen, Missionen herunterfahren, feilschen und ‚strukturelle Änderungen‘ (hier äffte er übertrieben sarkastisch die Anführungszeichen mit Zeige- und Mittelfinger nach) anbringen. WELCHE Strukturen sollen denn WIE geändert werden? Na? Und ‚soziale Gerechtigkeit‘. Was ist das denn konkret? Hallo?
Niemand weiß das! Eine schöne Phrase, aber nicht mehr. (erste Buhrufe, Verdauungsgeräusche und darauffolgendes Gelächter). Nun gut! Hört mir zu! Hört mir zu. Ich erkläre euch, warum ihr mich wählen werdet:
Ich werde die Finanzkrise mit meinem Amtsantritt beenden (wieder Gelächter, Zwischenrufe und obszöne Laute) und ich werde euch jetzt sagen wie (Zwischenrufe „Hört hört“, „Oha, jetzt aber ...“, erste kleinere Wurfgeschosse fliegen). Wie hoch stehen denn die Kurse für die anderen sieben Kandidaten bei den Buchmachern? Na? Der Favorit Jean-Philippe Chevallier wird mit 1:6 gehandelt, Nummer sieben steht noch bei 1:56. Und wo stehe ich (Zwischenruf „bei 1:1348, und das aus gutem Grund!“, Gelächter)? Ja, richtig, bei 1:1348. Und daher werdet ihr mich wählen! (Gemurmel, Geraune, jemand öffnet mit lautem Zischen eine Bierdose). Denn ich habe ein festes Programm, hier ist

es! Vier Punkte, vier einfache Punkte, die ich euch jetzt erzähle:

Punkt eins: Ihr werdet mich gleich wählen.
Punkt zwei: Danach werdet ihr sofort euren Sekretären via Telefon mitteilen, dass sie sämtliches Geld, das die Föderation noch flüssigmachen kann, auf meinen Sieg setzen sollen und Schwupps, sind wir mit meinem Amtsantritt sofort saniert!
Zur Erinnerung: Es sind mittlerweile knapp 550 Milliarden Öcken Schulden, wir müssen also etwa 410 Millionen auf meinen Sieg setzen, um eine Punktlandung bei 0 hinzulegen.
Gut, sagen wir 411 Millionen, dann haben wir noch etwa 1300 Millionen übrig. 1300 Millionen durch 128 macht (fettes Grinsen) .... Okay, lassen wir das! (Geschocktes Gemurre, Zwischenrufe: "Scharlatan! Wir sind nicht käuflich! Lächerlich! NIE werden wir so was wie dich wählen! Einstimmig abgelehnt! Das ist Bestechung! Eine Schande für die Föderation! Dumpfer Populist!" und so weiter.)
Punkt drei: Wir werden noch vier Tage mit der Verkündung des Ergebnisses warten. Wir können die Zeit nutzen, ordentlich zu feiern, anstatt uns die Köppe heiß zu reden. Warum warten? Sag ich euch. Machen wir es kürzer als vier Tage, könnte es Probleme bei den Buchmachern geben, die Leute würden denken, dass hier manipuliert worden ist.
Und Punkt vier sieht vor, dass wir diese vier Tage Wartezeit hier kräftig feiern.
Kinners, mal ehrlich: Was ist denn der Präsident der Föderation schon? Ich werde für sechs Jahre im Amt bleiben, in dieser Zeit kann ich ohne euch sowieso kaum was entscheiden. Ich werde also keinen Schaden

anrichten und zur Not, wenn alle Stränge reißen, könnt ihr mich einfach abwählen! Also: Das ist mein Programm. Überlegt es euch! Ich fordere keinen Barentssprung, sondern nur ein Kreuz an der richtigen Stelle, mehr nicht!"

Der Barentssprung ist ein Ritual mit einer langen Tradition, gedacht für leitende Angestellte und deren Untergebene. Das ist erst mal ein Fakt. Ob man diese Tradition nun für fortführenswert erachtet oder nicht, hängt ganz davon ab, wie beziehungsweise als was man daran teilnimmt - doch der Reihe nach.
Vor Jahrhunderten fingen Unternehmensberater an, überteuerte Kurse und Wochenendausflüge anzubieten, die den Zusammenhalt und das Vertrauen innerhalb der Belegschaft eines Unternehmens stärken sollten. Ein unverzichtbarer Bestandteil solcher vertrauensbildenden Maßnahmen war es, einzelnen Teilnehmern die Augen zu verbinden, damit diese sich dann zurückfallen lassen konnten in der Hoffnung, die Kollegen würden sie auffangen, was diese in der Regel auch taten. Danach waren alle eine große, glückliche Familie, die sich gegenseitig voll vertraut und den Umsatz verdoppelt, wenn man den Erklärungen der Veranstalter Glauben schenken durfte.
Nun, eines Tages musste auch ein gewisser Fentar Barents an diesem Ritual teilnehmen. Er war damals ein kleiner Angestellter in einer Firma, die Abenteuerreisen organisierte. Just in dem Moment, als ihn seine Kollegen auffingen, hatte er eine Idee. Eine geniale Idee.
‚Warum soll man sich nur aus knapp zwei Metern Höhe fallen lassen? Wenn das schon Vertrauen schafft, dann wird ein Sprung aus zweitausend Metern Höhe die

*Belegschaft zusammenschweißen bis an ihr Lebens-
ende, mehr als der Bund der Ehe!' so der Gedanke.
Auf dem Planeten, den er bewohnte, befand sich eine
kolossal tiefe und enge Schlucht, Todesschlucht genannt. Die sollte jetzt sein Kapital werden. Barents
machte nun seinen eigenen Laden auf, eine Kombination aus Abenteuerreisen und Unternehmensberatung.
Das mit dem Abenteuer hatte er zur Genüge in seiner
alten Firma gelernt, den unternehmensberaterischen
Teil saugte er sich einfach, wie alle anderen Unternehmensberater auch, aus den Fingern. Als Hauptattrak-
tion bot Barents den nach ihm benannten Sprung an.
Und der ging so:
Ein Teilnehmer aus der Gruppe, für die sein Kunde den
Barentssprung gebucht hatte, komischerweise immer
ein Untergebener, ließ sich rückwärts in einem fernge-
steuerten Spezialanzug in die tiefe Schlucht fallen. Dieser Anzug wurde von einem anderen Mitarbeiter (seltsamerweise immer einer, der in der Hierarchie höher
stand) dergestalt gelenkt, dass der Fallende unterwegs
nicht mit den scharfkantigen Felsen kollidierte, sich
der Fallschirm rechtzeitig öffnete und er unbeschadet
unten in der Schlucht auf einem kleinen Landekissen
landete, anstatt sich bei Bodenkontakt in einen unappe-
titlichen Haufen fleischlicher Überreste zu verwandeln.
So sollte ein grenzenloses Vertrauen in das Geschick
des Steuernden gesetzt werden und man muss sagen,
dass diejenigen, welche das Abenteuer in der Schlucht
überlebten, danach wirklich ein besseres Verhältnis zu
ihren Vorgesetzten hatten.
Natürlich wurde auch hier den Angestellten, die zum
Fallen verdonnert waren, die Augen verbunden. Es
hätte sonst vorkommen können, dass der ein oder*

andere angesichts der Tiefe und Enge der Schlucht einen Rückzieher gemacht hätte. Außerdem könnten die roten Flecken und vermoderten Knochen, die auf den scharfkantigen Felsvorsprüngen unterwegs vor sich hin verrotteten, doch ein wenig Misstrauen in das Ritual streuen.

Die Firma „Barents, Gesellschaft für Abenteuer, Reisen, Ausflüge, Unternehmensberatung und Steuerersparnis mbH" (kurz Barents GARAUS mbH) war auf ihrem Planeten eines der profitabelsten und gesündesten Unternehmen. Böse Zungen behaupteten allerdings, dass das auch daran lag, dass die Mitarbeiter als Geschenk zu ihrer Pensionierung einen Barentssprung geschenkt bekamen. Lenker des Anzuges war immer der Personalchef. Leider passierten bei diesem Sprung doch immer wieder einige Missgeschicke, wodurch die Firma Millionen an Unternehmensrenten einsparen konnte. Aber ein genauer Zusammenhang oder gar Absicht konnte bislang nicht bewiesen werden.

Das konnte sich der Hohe Rat natürlich nicht gefallen lassen. Alle waren sich einig, dass so ein Kasper, der nur durch eine Verwechslung in das Gremium aufgestiegen war, nie an die oberste Position gelangen durfte. „Abgemacht, jeder wählt erst mal seinen Kandidaten, aber nicht den Joschi!" war man sich unisono einig.

Dann kam der erste Wahldurchgang. Nach einem gemeinsamen Mittagessen wurde das Ergebnis bekannt gegeben - es war niederschmetternd und alle waren froh, dass vorläufig niemand außer dem Hohen Rat selber das Ergebnis kannte. Denn Joschi Delgado wurde einstimmig zum neuen Präsidenten gewählt!

Die letzten sechsundzwanzig Präsidenten standen bislang immer frühestens nach dem vierten Durchgang fest, so eine Einstimmigkeit zu so früher Zeit war sensationell. Es herrschte peinliches Schweigen, der neue Präsident trat vor und hielt seine zweite Rede an diesem Tag. Eine Rede, die ebenso wie die erste von Weitsicht und Bodenständigkeit gezeichnet war.
Auch diese geben wir hier originalgetreu wieder:

„Dankedanke, Leute. Ihr seid wunderbar! Ja, wirklich! Ich liebe euch! Ja, echt! Hey, Punkt eins haben wir hinter uns gebracht, jetzt gehts an Punkt zwei: Sagt euren Privatsekretären, was sie zu tun haben – ihr wisst schon was ... (Tuscheltuschel, leise Anrufe die nächsten fünf Minuten, dann kehrt Ruhe ein). Dann möchte ich mich jetzt den beiden anderen Punkten widmen:
Zu Punkt drei, für das Protokoll: Die Wahl war NICHT einstimmig! Es gab fünf Gegenstimmen! (Geraune, Gemurmel) Ja Leutz, was wollt ihr denn zuhause erzählen? Bei einer einstimmigen Wahl müsstet ihr zugeben, für mich gestimmt zu haben, was euch ja hochpeinlich ist und ihr sowieso nie tun würdet – nicht wahr (peinliche Stille)? Mit fünf Gegenstimmen aber kann jeder für sich und seinen Sektor beanspruchen, dagegen gewesen zu sein, nur der Rest, die anderen Sektoren beziehungsweise die bösen Organisationen von der anderen Seite, die eh an allem Schuld haben, waren halt für mich. Pech. So könnt ihr alle euer Gesicht wahren.
Das ist doch das Schöne an demokratischen Wahlen: Das Schlechte kommt immer von den anderen, das Gute hat man selbst gemacht! Seien wir also demokratisch. Na, Antrag angenommen? (alle gucken beschämt zu Boden und heben die Hand, einstimmig angenommen)

Gutgut, gut.
Punkt vier sieht vor, dass der Kellner jetzt kommt und von jedem eine größere Bestellung aufnimmt! Und dass mir niemand das Dessert vergisst!"
Und der Kellner kam. Und niemand vergaß den Nachtisch. Doppelte Portion mit Sahne. Die nächsten drei Tage lang feierte der Hohe Rat. An Tag vier gab er bekannt, dass im elften Durchgang Joschi Delgado mit fünf Gegenstimmen zum neuen Präsidenten der Föderation gewählt worden war.

Die ärmeren Massen, die sich vor dem Palast, in dem die Wahl stattfand, zusammengefunden hatten, waren es zufrieden. Weißer Rauch stieg aus dem verschnörkelten Schornstein auf, den man nur für den Zweck gebaut hatte, der Galaxis zu zeigen, dass ein neuer Präsident gewählt worden war. Im umgekehrten Fall wäre es schwarzer Rauch gewesen, ganz in Anlehnung an ein altes Ritual auf Terra III. Mit diesem Trick erhoffte man sich Aufmerksamkeit zu erheischen, denn normalerweise interessierte sich kaum jemand dafür, was der Hohe Rat den ganzen Tag über so alles machte – bis auf ein paar Steuerprüfer vielleicht.
Den besagten ärmeren Massen, die sich im großzügig dimensionierten Vorhof eingefunden hatten, war das ebenso schnurz. Sie waren nur gekommen, weil man seit etwa hundert Jahren den weißen Rauch mit einem speziellen Kraut aus dem Aernuba-System erzeugte, das eine stark halluzinogene Wirkung auf Sauerstoffatmer hatte. Auf diese Art und Weise stellte man sicher, dass sich mediengerecht eine größere Anzahl von Bürgern vor dem großen Palast versammelte, um den Anschein zu erwecken, sie würden die Wahl des neuen

Präsidenten feiern beziehungsweise sich überhaupt dafür interessieren.

Dass es sich dabei um die eher unterste Schicht handelte, die nur versuchte, sich möglichst geschickt in den Wind zu stellen, um dann für drei Tage in einer dunklen Ecke mit einem breiten Grinsen auf den Lippen vor sich hin zu vegetieren, spielte hierbei keine Rolle.

Direkt nach Bekanntgabe des Ergebnisses zerrissen Millionen von enttäuschten Wettern wütend ihre Tippscheine. Nur die Finanzverwalter der Föderation ließen die Sektkorken knallen, denn mit einem Schlag hatte sich die dunkle Wolke, die über ihrer Organisation lag und alles blockierte, in Nichts aufgelöst. Stattdessen gab es wieder blauen Himmel, eitel Sonnenschein und Perspektive.

Die Medien überschlugen sich: Joschi Delgado, DER Joschi, unser Joschi ist Präsident!

Was, welcher Joschi? Wer ist das? Nie gehört! Was denn jetzt?

J a, was denn jetzt?

Die Föderation konnte ihre Schulden begleichen. Sie hatte es auch nicht mehr nötig, den Vertrag mit URS 4 zu verlängern, was bedeutete, dass André und die Moderatoren mitsamt den installierten Kameras beim weiteren Verlauf der Mission nicht mehr dabei sein würden.

Und da die Genderpreis so extrem gut ihre Missionen erfüllt hatte, konnte die Besatzung für drei Tage in Urlaub gehen – naja, besser als gar nichts.

Doch zuerst musste Jarulin noch, vier Tage nach seinem Gespräch mit Babba, das himmlische Zeichen herbeizaubern. Dafür hatte er drei riesige Silvesterraketen erstanden, in das Shuttle gebracht und sich nach Helix IV aufgemacht, um direkt oberhalb der Tierstadt, mitten in den Abendhimmel, drei Rosen zu zaubern. Die Tiere, die vielleicht noch an Babbas Worten gezweifelt hatten, waren jetzt überzeugt. Nur ein wahrer Prophet konnte vorhersagen, dass sich so ein augenweidendes Spektakel ereignete, und das sogar zur vorhergesagten Zeit!

Nebenbei bemerkt war Babba damit etwas Einzigartiges gelungen: Er ist zum ersten und bislang einzigen Propheten geworden, der eine Voraussage getätigt hatte, die dann auch genauso eingetroffen war.

Und Ferkelchen? Ferkelchen war fein raus. Das kleine Angsttier hatte sich mit drei anderen Schweinchen verbündet und gemeinsam dem Puuhbärenmonstrum aufgelauert. Es war ein Leichtes, dieses nach einer durchzechten Nacht kaltzustellen und einem Wolf, der eigentlich die anderen Schweine fressen wollte, als Morgenimbiss zu servieren. Bär im Honigmantel, eine Delikatesse!

Der weitere Weg der Tiere musste abgewartet werden. Jarulin hatte jedenfalls die besten Voraussetzungen geschaffen, dass sie in ihrer Entwicklung voranschreiten konnten und schon bald in der Lage sein würden, eine Rakete zu bauen, um nach Helix III zu gelangen und dort ihre wahre Geschichte zu erfahren.

Und die Genderpreis?

Zuerst zu André. Dieser hatte die Genderpreis, im Gegensatz zu den Moderatoren, wirklich verschönert. Alle Besatzungsmitglieder fühlten sich deutlich wohler in dem Ambiente, dass er geschaffen hatte, auch wenn nicht alle dies zugeben mochten. Nachmittags wurde er von Roderich und der Führungscrew verabschiedet. Seinen riesigen Haufen an Koffern, Tragetaschen und Hutschachteln hatte er natürlich mit dabei.

„Mon Captain, isch 'abe mich sehr gefreut, an Bord gewesen sein zu dürfen. Isch 'offe, Ihre Raumschiff ist jetzt ein wenig schnuckeliger und plus agreable als zuvor. Es 'at mir großen Spaß gemacht. Au revoir, mon très cher ami!"

„Ja, machen Sie es auch gut. Ich muss zugeben, dass ihre Designertipps wirklich gut gewesen sind, es ist alles wohnlicher und angenehmer. Aber diese ganze Gleichmacherei …" sagte Roderich.

„Ah, die Gleichmacherei, das bin isch doch nicht. Als androgyner Android spiele isch gerne mit die Geschlechterrollen, isch liebe das weibliche, das Schminken, das Zurechtmachen, die Klamotten, das Kokettieren. Aber gleichzeitig liebe isch auch das männliche, virile. Isch bewundere die Sergeanten und auch Sie, mon très cher ami, für Ihre klare 'altung und das Ungestüme, Kräftige.

Gleichmacher wie diese Roth-Grün wollen mir das nehmen, indem sie alle Wesen uniformieren. Doch

wenn alle uniform sind, welchen Freiraum 'abe isch dann noch? Welche Frau macht sich dann noch 'übsch? Welcher Mann geht dann noch ins Studio zum Trainieren? Isch bin doch nur eine schöne Blüte am Baum von die Gesellschaft, die die Ver'altensweisen von Mann und Frau reflektiert. Wenn solche Genderisten die Axt an der Stamm von die Gesellschaft legen, werde auch isch getroffen, weil die beiden Pole, zwischen denen isch mich bewege, zu einem einzigen verschmelzen. 'offen wir beide, dass es nicht soweit kommt. In diesem Sinne, machen Sie es gut!"
Mit einem Mal erschien André wesentlich sympathischer, fand Roderich. Jetzt konnte er ihn, ohne sich zu verstellen, auch freundlich verabschieden.

Es folgte eine große Live-Gala an Bord der immer noch im Dock liegenden Genderpreis. Die beiden Moderatoren plauschten und blendeten auf einer gigantischen Leinwand vergangene Höhepunkte ein, um diese zu kommentieren und das Milliardenpublikum daheim an den Schirmen heiß zu machen. Dann musste Roderich auf ein geheimes Zeichen von Bernd ‚völlig überraschend' die provisorisch errichtete Bühne betreten und den Moderatoren vor laufender Kamera atemlos den Code übergeben. Die Bunnies begleiteten mit zauberhaftem Gesang und Tanz jede Zahl, die der Käptn nannte.
Und Roderich genoss es, im Mittelpunkt einer galaxisweit übertragenen Show zu stehen, auch wenn es nur für fünf Minuten war. Er nahm es als Beleg, dass er es geschafft hatte, noch auf seine alten Tage eine komplizierte und gefährliche Mission zu Ende zu bringen. Und es war ihm gelungen, sich das ein oder andere Mal gegen die neue Welt, die anfangs so erbarmungslos

über ihn hereingebrochen war und ihn runtergezogen hatte, durchzusetzen. Dem weiteren Verlauf ihrer Reise konnte er nun deutlich lockerer entgegensehen.

URS 4 konnte wieder auf die geheimsten Pläne ihres vergesslichen Ex-Chefs zurückgreifen, neue Serien und Formate senden und das Niveau noch weiter nach unten drücken. Die erste Staffel war damit fast abgedreht, der Vertrag lief Ende dieser Woche aus, von der die Genderpreis allerdings drei Tage in Urlaub sein würde. Zu einer Verlängerung würde sich die Föderation – hoffentlich – nicht breitschlagen lassen. Es gab ja auch keine Notwendigkeit mehr.

Die eigentliche Mission war lange noch nicht beendet und würde weiterlaufen, doch ohne künstliche Aufgaben, rausgewählte Besatzungsmitglieder und störende Kameramänner. Alleine Person Roth-Grün würde wieder mitkommen, aber das konnte man auch noch geregelt bekommen – irgendwie.

Und gerade, als das spektakuläre Raumschiff wieder flottgemacht war, ging ein Anruf aus der Föderationszentrale ein. Man habe da einen wichtigen und geheimen Auftrag, den nur ein zuverlässiges Schiff mit einem vertrauenswürdigen Käptn und gefülltem Tank übernehmen könne ...

Hier ist eine Auswahl von Satzteilen, Fragmenten und Wörtern, die es aufgrund von Schreibfehlern, Handlungsänderungen oder anderen Gründen nicht ganz bis ins Buch geschafft haben:

Früher hätten wir diese widerlichen Wesen einfach so weggepustet, heute gestaltet sich das leider aufgrund der „Leitlinie zur Gewaltlosigkeit und Gender-Gleichstellung" wesentlich schwieriger.

Dauernd forderten sie bestimmte Reinigungsprodukte, um ihre Zelle auf Vordermann zu bringen. Ich war froh, als wir sie übergeben hatten. Soll sich doch die Föderation mit denen rumärgern, ich will nur noch mein Gigabitburger-Pilsner genießen, zudem sind mir meine Exasperen-Schmerz-Weg-Tabletten ausgegangen — Mist, das steckt an!

zuerst ganz klein und unscheinbar, doch es gipfelte fast im völligen Kollaps der bekannten Zivilisation: das Wettrennen der Werbeleute.

Er war Moderator bei URS. Hat dmaals gute Wissenschaftssendungen gemacht. Hab' ich immer gerne gesehen.

Allerdings lief sein Rechner.

Mit dieser SAlbe einreiben und gleich geht es wieder besser".

Na warte, Bürschchen, wenn ich hier nochmals rauskomme, verschreibe ich dir Rizinusöl und einen Einlauf!"

Mein Mechaniker erklärte mir, dass die Genderbeauftragte seine „Werkzeugkästen" an Bord entdeckt und entsorgt habe, er daher neidisch auf uns gewesen ist und sich von Kevin-Jeanette hat runterbeamen lassen. Die Ganze Crew – außer natrülich den Beamoffizieren – sollte auf die Oberfläche gebeamtwerden:

Diese machten daraufhin etwas völlig Merkwürdiges: obwohl sie niemand berührt hatte, fielen sie wie gefällte Bäume zu Boden, hielten sich das Schienbein und forderten einen Strafstoß.

sECHS GRO?E; SPORTLICHE MÄNNERVERSPERRTEN IHNEN DEN wEG:

Als Sechstes musste also eine weibliche Person mit. Ich schlug Frau Roth-Grün vor, womit wir laut Genderrechner auf 148 Punkte kamen – 2 zuwenig.

Andere wiederum hatten nichts, wofür es sich zu sterben lohnte, und somit auch nichts, wofür es sich lohnte, zu leben. Daher fiel es ihnen leicht, ihre Zukunft und die Zukunft ihrer wenigen Kinder leichtfertig aufs Spiel zu setzen.

Bericht Nr. XII-4-R, Raumzeit – nein, noch nicht, Erdenzeit Jahr 3215, KommanderIn des Schiffes Genderprice Jörg Kirk.

Abramm: erster Prophet der Tierreligionen auf Helix IV, zweibeiniger Delphin, Kuscheltier

Admiral Krothenfels: Vorgesetzter von Roderich, Mensch

Akabaranismus: extrem strenge und intolerante Religion mit Ala-Djaballah als oberstem Gott

Al-Djaffadth: Erster Navigator der Genderpreis, Mensch

Alexia Beck: Diplom-Geologin, Gastwissenschaftlerin auf der Genderpreis, Mensch

André, der androgyne Android: Moderator der Sendung „Pimp my home", Android

Arnold Chantal Haller: dritter Gott von Helix IV, Mensch

Babba: Hohepriester auf Helix IV, Gorilla, Kuscheltier

Baxter, Möller und Kareninoff: Sergeanten auf der Genderpreis, Menschen

Bernd Brotkast: Moderator der Sendung „Big Brother in Space", Mensch

Boscholeh: Kellermeister auf Vignoble III, Vignobler

Branka Slobocic: Zoologin, Gastwissenschaftlerin auf der Genderpreis, Mensch

Carmen-Peter Roth-Grün: Diversitätsbeauftragte vom Verein für Gleichstellung und Unterschiedlichkeit (VGU), Mensch

Elektra Orlando: Kommunikationsoffizierin der Genderpreis, Mensch

Emilio Scampinelli: 4-Sternekoch der Genderpreis, Italiener

Familie Oschatz: Unterschichtenfamilie, die in den in etwa 36 Kammern des Lanolin lebt, Proleten

Fred Filonkel: Sekretär von Graf Para, Jurist

Friedrich Kampen alias Lanolin: Ex-Moderator und Herr der in etwa 36 Kammern, Mensch

Frogel Barmerdick: ein exzentrischer Milliardär, Mensch

FZPM: Föderation der zivilisierten Planeten der Milchstraße

Graf Para: Präsident von Jura IV, Jurist

Jarulin Voof: Erster Offizier der Genderpreis, Bregander

Jay Hofer: erster Gott von Helix IV, Mensch

Jo Filakow: oberster URS-Boss, Mensch

Joschi Delgado: Präsident der Galaktischen Föderation, Aldebaraner

Karl Gott: zweiter Gott von Helix IV, Mensch

Kevin-Jeanette Müller-Brandenstett: Praktikant im Maschinenraum der Genderpreis, Mensch

Lautes Licht: Grave-Metalband in den in etwa 36 Kammern des Lanolin, Ex-Menschen und Monster

Lirio, Puuhbär, Ferkelchen und Rabbit: Wächter auf Helix IV, Kuscheltiere

Lord Schwarzencape: Erzfeind von Roderich, Mensch

Lorgag 45 und Krukk 32: Diebe, Blugunzianer

Ludovic Vaillard: Bordarzt auf der Genderpreis, Mensch

Marionetta Emisson: Moderatorin der Sendung „Big Brother in Space", Mensch

Mbemba-Mbemba: zuerst Bordarzt, Mensch

Pastafarismus: einzig wahre Religion mit Pastafari als oberstem Wesen

Prof. Dr. Dr. Frederik Euten: Nautiker, gelähmter Gastwissenschaftler auf der Genderpreis, Mensch

Prof. Dr. Dr. Glrbrdryk: Experte für Plattentektonik, Gastwissenschaftler auf der Genderpreis, Zwengenbrink

Quogag: Navigationsassistent der Genderpreis, Abrenkulaner

Roderich Grubinger: Kapitän der Genderpreis, Mensch

Roy Bähr: Weltraumpirat, Mensch

Sathington Durbrick: Maschinist der Genderpreis, Mensch

Shaqueville-Boomsheeka oder „Shaque-a-Boom", Sohn von Elektra Orlando, Mensch

Sphinx: tödlicher Rate-Roboter in den in etwa 36 Kammern des Lanolin, Roboter

URS 4: Fernsehsender „Unterhaltung, Reality und Soaps"

VGU: Verein für Gleichstellung und Unterschiedlichkeit

Vurg Astentoi: Ex-Präsidentin der Galaktischen Föderation, Schneckenwesen